中國新聞史研究輯刊

五 編

主編 方漢奇

副主編 王潤澤、程曼麗

第 2 冊

殖民文化詮釋與建構：偽滿時期
《盛京時報》「主辦事業」研究（1931～1944）

楊 悅 著

花木蘭文化事業有限公司

國家圖書館出版品預行編目資料

殖民文化詮釋與建構：偽滿時期《盛京時報》「主辦事業」研
究（1931～1944）／楊悅 著 -- 初版 -- 新北市：花木蘭文化
事業有限公司，2020〔民109〕
序 4+ 目 6+216 面；19×26 公分
（中國新聞史研究輯刊 五編；第 2 冊）
ISBN 978-986-518-167-3（精裝）
1. 中國新聞史 2. 中國報業史 3.讀物研究
890.9208   109010532

中國新聞史研究輯刊
五 編 第 二 冊   ISBN：978-986-518-167-3

殖民文化詮釋與建構：偽滿時期
《盛京時報》「主辦事業」研究（1931～1944）

作　　者　楊 悅
主　　編　方漢奇
副 主 編　王潤澤、程曼麗
總 編 輯　杜潔祥
副總編輯　楊嘉樂
編　　輯　許郁翎、張雅淋　美術編輯　陳逸婷
出　　版　花木蘭文化事業有限公司
發 行 人　高小娟
聯絡地址　235 新北市中和區中安街七二號十三樓
　　　　　電話：02-2923-1455 ／傳真：02-2923-1452
網　　址　http://www.huamulan.tw 信箱 hml 810518@gmail.com
印　　刷　普羅文化出版廣告事業
初　　版　2020 年 9 月
全書字數　179816 字
定　　價　五編 4 冊（精裝）台幣 10,000 元　　　版權所有・請勿翻印

殖民文化詮釋與建構：偽滿時期
《盛京時報》「主辦事業」研究（1931～1944）

楊悅 著

作者簡介

楊悅，女，1980 年 3 月生於吉林省長春市，吉林大學文學院文學與媒介文化專業博士學歷，黑龍江大學新聞傳播學院新聞專業講師，中國新聞史學會地方新聞史研究會成員，主要研究方向偽滿時期媒介文化研究，其博士論文《偽滿時期〈盛京時報〉主辦「事業」研究（1931 ～ 1944）》「盛京賞」關鍵詞，被全國報刊索引全文收錄；其撰寫的文章《體育，作為戰爭的「隱喻」——偽滿時期〈盛京時報〉主辦「體育活動」研究》榮獲中國新聞史學會地方新聞史研究委員會 2019 年學術年會優秀論文獎。

提　　要

　　一份報紙組織和策劃的「事業」是其主觀干預社會的重要內容，《盛京時報》從 1906 年 10 月 18 日在東北奉天（瀋陽）創刊，到 1944 年 9 月併入《康德新聞》發行時間長達 38 年，在 38 年的報導中記錄了東北地區從清朝末年、民國時期到偽滿洲國等三個不同的歷史時期的新聞事件和社會生活。偽滿洲國時期《盛京時報》是日本殖民主義者最具信賴的輿論宣傳媒介，也是東北地區當時發行量第一對民眾有重要影響的報紙之一。《盛京時報》作為偽滿時期東北最具影響力的中文報紙，曾主辦和策劃過多項「事業」即多項活動，這些活動是其以媒介身份主觀干預當時東北社會的重要表現。也成為我們研究日本利用大眾傳播媒介對東亞進行殖民統治的重要內容。

　　本書作者依託一手材料，以偽滿時期《盛京時報》主辦和策劃的各項文化「事業」為主線，對《盛京時報》自 1931 年～ 1944 年間以報社名義主辦和策劃的關於文學、藝術、體育、教育、旅行觀光、慈善事業等各方面文化活動，進行認真地梳理和細緻地考察。在對資料的詳細整理和統計後，作者詳細闡述了《盛京時報》在偽滿時期（1931 ～ 1944）主辦的「盛京賞」活動、「京吉驛傳馬拉松」活動、「奉天足球大會」活動、「奉天滿係市民滑冰會」活動，「滿洲優良兒童表彰會」活動、「記者巡迴各都市」、「滿洲觀光事業」、「歲末同情周間」等各項活動具體策劃和實施內容，以此為契機，進一步考察日本文化對偽滿洲國文化造成的影響，從而揭示了日本妄圖以文化為手段征服中國東北的野心。

　　本書作者以新聞學理論視角，依託新聞史學研究的方法，利用報紙作為文化轉播的工具，獨創性地以報紙主辦各項活動為切入點，深刻揭露了日本利用大眾媒介對中國東北進行文化侵略的實質。對我們瞭解東亞殖民史具有極其重要的作用。

序

蔣　蕾

　　給學生的書寫序，是幸福的。

　　楊悅是我帶的第二位博士研究生，2014 年考入吉林大學文學院攻讀文學傳播方向博士。她是一位眼角常帶笑意的年輕女性，雖然在生活中和研究中也遇到很多難題，但她從不愁眉苦臉，總是笑呵呵地面對。同學們都叫她「大悅兒」，我不知不覺中也這樣稱呼她。她活潑樂觀的天性、堅韌不拔的態度，打破了我們這個由師生組成的偽滿媒介研究小組原有的沉悶。在她加入以前，研究小組只有我和博士生梁德學兩個人，小梁極認真，我比較嚴肅。楊悅來了以後，她熱情爛漫的性格感染了我們，交流日益活躍。

　　楊悅讀博的機會來之不易，這是她執著堅持、奮力爭取而來的。我常常把她作為「鍥而不捨」的例子，講給女兒和學生們聽。能不能考上博士，能不能最終完成一篇好的博士論文，研究基礎固然重要，但勇氣、決心和毅力是第一位的。楊悅在投考前曾遭到我的反對。那時她已任教於黑龍江大學新聞傳播學院，但我通過電子郵件瞭解到：她剛剛生育小孩；丈夫是軍人，不能常回家；父母在長春，她在哈爾濱生活。我覺得她沒有時間精力讀博士。而我對於博士生的要求極高，我認為：讀博士要「傾其所有」，傾盡全部時間、精力甚至金錢，才能做成一篇像樣的博士論文。我當時持反對態度，也與自己的處境心情有關。2013 年冬，我迎來了人生中的冬季：八旬老父親摔傷、手術；婆婆患癌症、手術、化療。緊接著，2014 年 1 月，2 歲兒子肺炎住院，八旬老公公高燒住院、手術。而我愛人總是不在家，去臺灣參加文化交流一走就是 20 多天；女兒面臨高考，參加保送生考試、藝術類加試我都只能目送。疲憊不堪的我，想到楊悅也面臨類似問題，勸她還是不要考了。但楊悅態度非常堅定。結果出乎我的意料，她不僅參加了入學考試，而且最終勝出。她的堅韌，也體現在後來的博士論文撰寫當中。

　　楊悅最初研究興趣是「女性」，這與她的人生角色、生活處境有關。關於

女性知識分子生存奮鬥之艱辛不易，她有更多切身體驗。通過探尋那些久已被人遺忘的偽滿時期女性報人，她走進了偽滿媒介文化研究領域。她對一位叫「李芙蓉」的女編輯給以特別的關注。李芙蓉 1930 年代初擔任《滿洲報》《盛京時報》編輯，同時也是一位女作家。她的名字已經鮮為人知，她的身影淹沒在歷史波濤之中，沒人知道她離開《盛京時報》之後的下落。楊悅對這位當年的獨立女性有心心相通之感，查閱各種史料搜尋她的信息。她充滿探究樂趣，每找到一點線索就興奮地報告給我。此時我的第一個博士生小梁正做著偽滿時期日人報紙《泰東日報》中國報人的研究，那些報人是清一色的男性，這讓我覺得：楊悅關於偽滿洲國女性報人的研究，有特殊意味和深刻意義。後來考慮到資料殘缺度高，支撐博士論文有困難，楊悅忍痛轉換論文選題，但她是追尋著這些女性報人的足跡而走入偽滿媒介研究大門的。這段努力給她日後的研究打下堅實基礎。她回憶起那段日子說：「整整兩年的時間，我一頭紮進吉林大學圖書館、吉林省圖、長春市圖、哈爾濱市圖等地圖書館，翻看相關報紙文獻，並在吉林省檔案館、黑龍江省檔案館、遼寧省圖書館及吉林省社科院圖書館等地查找、翻閱中日文相關資料」。她坦言：「當時查閱資料的過程是相當艱辛考驗耐力的，但我堅持下來了。」

　　對《盛京時報》「主辦事業」進行研究的論文選題，是楊悅在反復閱讀141本《盛京時報》影印本的基礎之上，經過我們多次討論而形成的。在這個偽滿媒介研究小組裡，我所做的努力就是：調動和彙集大家的力量，建立對於偽滿媒介研究的整體性意識。首先，每個人的個體研究都是團隊整體研究的重要組成部分，每人自選一份重要的東北舊報刊進行「深耕」，研究相對獨立，又互為補充、形成合力，構成對於偽滿洲國媒介生態的全景式考察。其次，要從宏觀視角鳥瞰偽滿洲國媒介現象，在堅持文本細讀、字句挖掘的實證考察之上，擺脫那種局限於一報一社、一人一派的孤立思考，將研究置於歷史風雲變幻的國際視野之中，放在近代以來日本打著「大亞細亞主義」思想旗號對東亞實施殖民侵略的大背景裡，探究其開展傳播活動的政治傾向與國家意識。

　　對於日本對華侵略中的殖民文化建構意識，我們接觸到的史實越多，感觸就越深。日本帝國主義對東北的新聞侵略、思想侵略，是步步為營、老謀深算的，其計劃之完整、系統，實施之連貫、長期，都讓人扼腕，深感揭露之必要。《盛京時報》通過「主辦事業」開展的新聞策劃活動，正是通過媒介傳播方式，積極建構服務於殖民體系的意識形態。多年研究讓我深感問題重

要，但這具有很大的挑戰性，需要投入大量精力。我對楊悅說：日本對華殖民文化侵略是有框架有體系、有步驟有層次的。他們的通盤計劃由誰制定、具體如何，是一個謎。你能否通過研究《盛京時報》新聞策劃活動，揭開這黑幕一角？

這一論文題目的提出，既來自於史料梳理、研究感悟，也是我們在新聞學研究中的收穫，是探尋新聞活動規律而得到的啟示。在楊悅為論文選題困惑、常找我述說的那段時間，剛好我在給研究生上《媒介傳播策劃》課程。談論起當下的新聞策劃，我們不免感歎《盛京時報》新聞策劃做得精心細緻，將殖民文化浸透的野心、殖民意識建構的盤算考慮，都深藏在一次次看似零散、實則嚴密的媒介策劃當中。新聞報導是被動的、等待的，而新聞策劃則是主動的、設計的，從新聞策劃活動最能看出媒介的主觀意識。從宏觀策劃層面來看，《盛京時報》通過舉辦活動強調品牌傳播、滲透辦刊理念，完成了殖民文化輸出任務。該報創立「盛京賞」、舉辦體育賽事等，都體現了媒介積極參與政治、傳播殖民思想的主觀意圖。其對於新聞資源的調動與利用，還體現出《盛京時報》與官方組織機構的密切關係。因此，我們認為以《盛京時報》新聞策劃為突破口，可以打開一片新的研究天地。（有趣的是，楊悅的研究成果不僅是媒介傳播史的研究成果，還在我的《媒介傳播策劃》課上展示過，讓研究生同學們瞭解到：《盛京時報》在 1930 年代至 1940 年代已在媒介策劃方面功力頗深。）

在研究之初，到底哪一個詞（被《盛京時報》使用的詞）最能代表「新聞策劃」，這讓我們頗費思量。研究要回歸歷史情境當中，符合歷史邏輯，絕不能用現代名詞代替歷史名詞，抹去那個真實存在過的名詞的歷史作用，更不能對今天的理論簡單套用、牽強地解釋歷史。閱讀 2 萬餘版《盛京時報》之後，楊悅發現，1941 年《盛京時報》創刊 35 週年時在回顧自述中採用「主辦事業」一詞，並將大大小小的新聞策劃活動羅列其中。「主辦事業」一詞代表了《盛京時報》的媒介策劃活動，其中「主辦」二字最能體現其策劃的主動性。

通過楊悅對 141 冊《盛京時報》（影印版）的逐條梳理，我們知道：《盛京時報》進行過各種策劃活動數以百計。這些活動正如楊悅總結：「是經過縝密規劃、仔細思考、有組織的報社策劃活動，內容上有延展性、時間上有連續性」「具有明顯的目的性和嚴密規劃性」。楊悅從中選擇出最主要、最典型的策劃活動，有：盛京賞、優良兒童表彰會、體育事業、觀光事業、慈善事

業等。這些由《盛京時報》精心策劃的媒介活動，涉及偽滿洲國社會生活的方方面面，對東北人民進行了全面的思想滲透和精神控制。而其研究難度也由此凸顯出來，因為研究者需要深入瞭解偽滿洲國的文學、醫學、語學、體育、建築、教育、旅遊、慈善等眾多學科和領域，只有深入瞭解其來龍去脈、歷史背景，才能對這些策劃活動展開分析思考，真正獲知其策劃行為背後的目標指向。楊悅不僅搜集掌握了這些領域的史實，還借鑒這些學科的理論研究成果，從英雄儀式、戰爭隱喻以及殖民文化對日常生活的滲透等角度切入，剖析《盛京時報》媒介策劃活動的計劃方案、結果影響，由表及裡地揭露出《盛京時報》包藏在其中的文化建構意識。

　　其實，楊悅的研究基礎不算雄厚，她本科學習英語專業，研究生階段才進入東北師大學習新聞傳播學，關於史學、文學、建築學等諸多學科的學習都是讀博士以後一點點補課的。但她非常刻苦，能夠持之以恆。我常在吉大校園裡遇到她，她差不多每天都在圖書館裡，坐得住研究的冷板凳。她行動力極強，常常是我剛剛接到她的電話，不一會兒人就到眼前了。除了查閱資料、深入討論，她還積極參加各種學術會議，認真準備論文，到會上聽取大家意見。我們在吉大舉辦的兩次國際學術會議，她不僅發表論文，還承擔繁重的辦會任務。難忘她與我、師弟師妹們一起去大連、蘭州等地參加學術會議，一起去瀋陽訪問偽滿洲國時期作家李正中先生。國內外學者來訪，如美國哈佛大學費正清研究中心合作研究員薛龍教授、加拿大圭爾夫大學歷史系諾曼教授、華東師大中文系劉曉麗教授、日本龍谷大學博士華京碩等來長春，她都積極地見面交流，收穫很多思想火花。楊悅還是一個非常細心的人，默默地總結我們這個研究小組的團隊活動成果，整理歷次學術交流活動的照片。

　　為了集中精力攻讀博士，楊悅把家庭重心從哈爾濱轉移到長春，每週坐高鐵去哈爾濱上班，過著「雙城」生活。她這樣做相當辛苦，還花費高額的車費，但她認為唯有這樣才能兼顧研究、教學和育子。楊悅把生活安排得很好，並未發生我所擔心的問題：或無暇研究，或不能做個好母親。她不僅在學業上突飛猛進，研究成果不斷，在孩子教育方面也可圈可點，為兒子提供琴棋書畫的學習機會，在做好博士論文的同時做了一個好媽媽。

　　現在，楊悅的博士論文即將結集出版，這無疑是她學術生涯的里程碑。這本書是對過去幾年辛勤耕耘的總結與收穫，也是奔向更高更遠目標的開始。我祝福楊悅永遠笑對人生，用樂觀的態度在學術之路上執著前行。

目

次

緒　論

第一節　研究緣起

　　從 19 世紀末到上個世紀 40 年代中期前，中國東北的廣大地區長期處於被侵略、被殖民的歷史狀態。從日俄戰爭爆發到日本扶植偽滿洲國對中國東北長達 14 年統治，在長達 40 多年的時間裏，東北歷史書寫的是被日本殖民主義者瘋狂侵略、掠奪的歷史。日本對東北地區的佔領，不僅表現在進行軍事領土擴張，同時體現在對中國東北文化殖民侵略上。早在清朝末年，日本人先後在東北各地創辦報紙，利用報紙等媒介偵查、窺探東北地區經濟、文化、軍事、外交、教育、社會風情等各方面情況。

　　《盛京時報》作為當時東北地區最有影響力的報紙之一，是日本人中島真雄於 1906 年 10 月 18 日在中國東北奉天（瀋陽）日本領事館創辦的，報紙「擁護帝國在南北滿洲的利益，適應國策執行者即滿鐵的事業和帝國的對支政策，作為東北支那附帶國家使命的唯一一家中文報紙，創刊以來貢獻甚多」。〔註 1〕《盛京時報》從 1906 年 10 月 18 日創刊到 1944 年 9 月 15 日與《大北新報》、《黑龍江民報》等 15 家報紙合併成《康德新聞》，發行長達 38 年，是日本人在中國辦刊時間最長的報紙。

　　《盛京時報》辦刊的 38 年時間，經歷了中島真雄、佐原篤介、染谷保藏三位社長，中島真雄從 1906 年 10 月創辦《盛京時報》到 1927 年（民國 15

〔註 1〕中村明星，動盪的滿州言論界全貌，大連：新聞解放滿鮮支社，1936 年出版，第 21、22 頁。

年）5 月辭任，任期 21 年，1927 年佐原篤介繼任社長，到 1932 年佐原篤介病逝，由染谷保藏繼任社長一職，直到 1944 年 9 月。在資金運營方面，報社開辦之初由中島真雄獨資經營，到 1926 年（民國 14 年）由「南滿株式會社」向《盛京時報》注資，資本增至三十五萬元，到 1941 年《盛京時報》社運營資本達到四十萬兩千元。〔註 2〕

　　《盛京時報》1906 年在奉天（瀋陽）創辦後，在各地不斷發展擴張，影響逐漸顯現。民國 7 年（1919）《盛京時報》刊發副報蒙文報週刊，開始時隨報贈送；1923 年《盛京時報》報社在東北哈爾濱創辦《大北新報》，其經營權歸《盛京時報》報社，《大北新報》偽滿時期成為哈爾濱地區主要報紙之一；1938 年 8 月 1 日，《盛京時報》副報《小時報》創刊，開始時隨《盛京時報》贈送，到 1940 年 3 月，《小時報》獨立發行，但經營權歸屬《盛京時報》報社；1938 年《盛京時報》在錦州創刊《遼西晨報》，第二年併入《錦州新報》，由《盛京時報》委託《錦州新報》報社經營。在各地設立支社方面，早在創刊之初，《盛京時報》就在日本大阪設支社，民國期間又分別在哈爾濱、大連、日本東京設立支社；偽滿洲國成立之後，分別在長春、錦州、通化設立支社，並在北京設立特派員，負責新聞報導事宜。隨報社事業擴展，《盛京時報》逐漸成為偽滿時期最有影響力的報紙之一。〔註 3〕

　　《盛京時報》與日本侵略者官方關係密切，不僅在資金方面得到「南滿株式會社」支持，私下與關東軍司令部等日本官方機構有密切聯繫，《盛京時報》表面上獨立於官方機構，實質上是日本帝國主義文化殖民策略的重要組成部分，通過《盛京時報》新聞宣傳、思想滲透，日本為偽滿洲國打造的意識形態「王道思想」、「建國精神」等深入東北地區國人思想中，從而達到對偽滿洲國殖民文化統治的目的。因而偽滿洲國成立後，伴隨《盛京時報》影響力不斷擴大，《盛京時報》成為日本對偽滿洲國輿論控制和文化滲透的強有力武器。

第二節　關於「主辦事業」的概念

　　《盛京時報》在偽滿時期作為東北地區第一大中文日報之一，承載的使

〔註 2〕千霄之木孕於一子刻苦奮勤始有今日，盛京時報，1941 年 10 月 17 日，2 版。
〔註 3〕此部分內容來源千霄之木孕於一子刻苦奮勤始有今日，盛京時報，1941 年 10 月 17 日，2 版。

命不僅僅是傳遞新聞信息、引導輿論，更重要的是日偽希望借助《盛京時報》達到東北地區殖民文化統治的真正目的。因而本文作者在考察從 1931 年九一八事變之後，到 1944 年 9 月《盛京時報》併入《康德新聞》，《盛京時報》在偽滿時期長達 13 年的辦報過程中，對偽滿的政治、經濟、文化、教育、體育等各方面起到了引導作用，主要的表現是這一時期《盛京時報》每年以報紙的名義主辦各種活動，內容涉及到文學、體育、教育、旅行觀光、慈善事業及市民生活等方方面面，被其自身認定為「主辦事業（項）」〔註 4〕。

「事業」的概念，根據《現代漢語詞典》的解釋，是「人所從事的，具有一定目標、規模和系統而對社會發展有影響的經常性活動。〔註 5〕」對一個報社來說，報社所主辦的「事業」，應該是根據報社所設定的目標，具有一定規模、對社會有一定影響力的組織活動，這種活動往往具有連續性。

圖 1-1　《盛京時報》35 週年回顧

關於《盛京時報》「主辦事業」的內容，《盛京時報》在 1941 年 10 月 18 日創刊 35 週年回顧時對報社自身發展進行了比較詳細的總結，內容涉及到報社的創立、發展歷程、規模等，其中單獨提及了「主辦事業」一項（如圖 1-1），本文作者摘錄原文如下：

「主辦事業（項）及參加：本報主辦事項及參加者，年來實屬不少，茲略其小者而僅記其大者，康德三年十月十八日，本報三十週年紀念，設定科

〔註 4〕千霄之木孕於一子刻苦奮勤始有今日，盛京時報，1941 年 10 月 17 日，3 版。
〔註 5〕中國社會科學院語言研究所詞典編輯室編，現代漢語詞典，商務印書館出版，
　　　　1983 年版，第 1052 頁。

學文藝體育三項盛京賞，為每年固定行事，復於今年（康德八年）設語學賞表彰日滿語十傑。自康德二年起，本報每年發起京吉馬拉松競走，復於康德三年起每年秋季在奉天舉行足球大會以提倡體育。近年在國內舉行象棋大會以啟智及競爭，昨年為滿華聯歡計，邀請華北象棋名家來滿比賽，今年定十一月資送滿洲象棋名手赴華北比賽。〔註6〕」上面記錄了《盛京時報》在偽滿時期主辦的主要「事業」內容。

　　從中國報業發展的歷史看，從清朝末年到民國時期，很多報紙為了提高銷售額，吸引讀者，以報社的名義組織和舉辦各項活動，這些活動往往被稱為「主辦事業」。如民國時期北京《晨報》、上海《申報》、天津《益世報》等都曾主辦過各種文學、體育、戲劇等活動，豐富市民生活。在東北地區，20世紀20年代初，大連《泰東日報》以報社的名義多次主辦過大連足球比賽等活動；新京《大同報》在30年代主辦的文學徵文活動等，但相對來說，所在奉天（瀋陽）的《盛京時報》在偽滿時期其主辦的活動具有規模相對較大、持續時間較長、對東北民眾影響較深等特徵，加之在偽滿時期，最為日偽機關的倚重的新聞媒介，《盛京時報》組織的活動承擔了殖民文化輸出的重要內容，因而對其研究意義重大。

圖1-2　《盛京時報》「本年度新事業計劃」

〔註6〕千霄之木孕於一子刻苦奮勤始有今日，盛京時報，1941年10月17日，2版。

　　值得注意的是，《盛京時報》隨著主辦的活動影響逐漸增強，這些活動每年以固定的時間被確定下來，很多活動持續了近十年，對當時的東北民眾影響深遠。以 1941 年為例，《盛京時報》在 1941 年共計舉辦、策劃活動 19 項，很多活動並不侷限於奉天（瀋陽）地區，範圍涉及到整個偽滿洲國。報社對策劃、舉辦活動非常重視，本文作者在 1941 年 1 月 1 日《盛京時報》新年號找到關於《盛京時報》報社針對 1941 年度《盛京時報》預計舉辦的主要活動說明（如圖 1-2），上面詳細地列出歷年報社舉辦的常規性活動和 35 週年慶特別活動，這條說明刊載在當年《盛京時報》1 月 1 號頭版的顯著位置〔註 7〕，足以顯示其報社組織者對所舉辦活動的重視。《盛京時報》主辦和策劃的活動實質上是日本侵略者對偽滿洲國文化殖民政策的很重要內容，是我們考察日本對東北地區實施殖民文化統治的重要依據。

　　因而，根據《漢語詞典》中「事業」的定義，結合《盛京時報》報社自身對「舉辦事業」的定位，我們認為偽滿時期《盛京時報》「主辦事業」的概念包含如下內容：

　　　　在偽滿時期，《盛京時報》（1931 年到 1944 年）以報社的名義主辦的具有一定目標、規模和系統的，對偽滿時期東北社會產生和人民生活產生重要影響的相關活動，這些活動在時間上據有連續性，在內容上包括以《盛京時報》命名綜合性活動「盛京賞」、體育活動「京吉驛傳馬拉松大會」、「奉天足球大會」、「滿華象棋大賽」等為代表的多種活動，還包括文學、藝術、教育、慈善、旅遊以及節日紀念等各方面的內容。

　　可以肯定地說，《盛京時報》報社主辦的各種「事業」是經過縝密規劃、仔細思考、有組織的報社策劃活動，內容上有延展性、時間上有連續性，不是一時興起的策劃活動，具有明顯的目的性和嚴密規劃性。《盛京時報》所「主辦事業」內容涉及範圍廣泛：在體育方面，進行「全奉天大賽」、舉行「全滿自行車選手大賽」、舉行「全滿馬拉松比賽」、舉辦「奉天滿系市民滑冰會」，每年春季和秋季舉辦「象棋大賽」等；在教育方面，選舉「優良兒童」，並以連載的方式在報紙上刊出這些優良兒童照片、姓名，特長及優點；舉辦「滿人新人歌手大會」，調動市民積極參與，設立獎項；各地旅遊方面，每年派遣《盛京時報》特派新聞記者到各地進行巡迴慰問，發回大量關於城市觀光（旅

〔註 7〕今年度本報新事業計劃，盛京時報，1941 年 1 月 1 日，頭版。

遊）的撰稿，以連載的形式刊發在《盛京時報》顯著位置，供讀者對偽滿洲國及日本各地不同風貌瞭解和認知。

　　大眾傳播往往最終能表現出一個國家的社會意識形態變遷。偽滿時期《盛京時報》所「主辦事業」是日本帝國主義對中國東北地區人民文化侵略和殖民意識形態滲透重要手段。九一八事變後，日本侵略者為了維護殖民統治，為其所謂的「大東亞理想」服務，它利用了一切手段對東北淪陷區加以控制，日本侵略者通過報紙、廣播、出版等大眾傳播媒介加強對殖民文化的宣傳和控制，試圖以這樣的方式對東北地區人民進行思想滲透和精神控制。因此在《盛京時報》、《泰東日報》、《大同報》等有影響力的報紙宣傳「建國精神」、「王道思想」，利用中國傳統儒家思想道德和傳統文化達到其對國人思想控制的目的。《盛京時報》主辦的各種活動，一方面向民眾灌輸了「王道思想」、「建國精神」的意識形態，一方面崇尚日本文化、在文藝、醫學、體育、旅遊等方面進行各種形式的宣傳，通過民眾參與的形式擴大影響範圍，最終形成偽滿時期的一種文化氛圍。日本侵略者利用《盛京時報》報紙媒介傳達一種殖民文化意識形態，彰顯了殖民文化構建的野心。《盛京時報》偽滿時期所主辦和策劃的相關「事業」是日本侵略者文化侵略的重要表現，也是日本對偽滿洲國殖民文化建構的重要組成部分，因而對《盛京時報》策劃活動的研究，能深入探究其日本文化殖民霸權和意識形態滲透的本質屬性，具有比較現實和深遠的意義。

第三節　目前國內外研究現狀

　　偽滿洲國作為上世紀 30、40 年代東亞歷史特定時期的產物，其政治、經濟、文化、軍事、教育等各方面有其特殊性。近年來伴隨東亞歷史研究成果的不斷深入，對偽滿洲國歷史的方方面面研究也逐漸展開。《盛京時報》從上世紀初創辦，經歷了清朝末年、民國時期、偽滿洲國時期等不同時期，其 38 年的辦刊經歷，記錄了東北地區各個階段重要新聞事件、人文地理、文藝風土等各方面的內容，成為研究上世紀東北地區各項事業寶貴歷史資料。本文作者在考察近些年來以《盛京時報》為內容的主要研究發現，以《盛京時報》作為文本的主要國內外研究，主要分為兩大類，一類是以《盛京時報》作為主要歷史資料的研究，其內容涉及到文學、社會學、廣告學、語言學及歷史學等相關學科。相對來說，以《盛京時報》作為歷史資料的研究，近年來國

內外的研究成果頗為豐富，單以中國知網數據庫對「盛京時報」篇名進行搜索，就出現 120 篇相關文獻，針對「盛京時報」關鍵詞進行全文搜索，則出現 4617 條相關文獻資料；本文作者在文獻前期積累時對這 4000 多相關文獻進行了閱讀，為瞭解《盛京時報》及偽滿時期社會各方面問題提供良好的研究基礎。

　　而對《盛京時報》的另一類研究，則是對《盛京時報》報社及其主要報導內容的研究。這方面的研究主要涉及到報紙編輯學、中國東北新聞史、日本殖民統治歷史等各方面的內容。在國內，以新聞學作為視角對《盛京時報》進行的研究的內容並不多，其中葉彤博士論文《傲慢與欺騙：日偽時期〈盛京時報〉言論研究（1931～1944）》（中國傳媒大學 2015 級畢業論文）和涂明華博士論文《〈盛京時報〉的社論研究——從九一八事變到七七事變》（清華大學 2010 屆博士畢業論文）是比較新的研究成果，葉彤論述了偽滿時期《盛京時報》的言論特徵，在對《盛京時報》新聞學研究中顯現出比較高的學術價值；另外潘陽師範大學邢雪的碩士論文《〈盛京時報〉新聞標題語言研究——以 1907～1911 年奉天新聞為例》（潘陽師範大學，2013）以新聞學視角闡述《盛京時報》新聞標題語言的特徵；徐紅嵐的《〈盛京時報〉述略》（《圖書館學刊》1989，2）整體上對《盛京時報》的創刊時間和背景、報導內容和範圍、新聞排版和專欄做以介紹；黑龍江大學鍾靖碩士論文《偽滿末期〈盛京時報〉社論研究》（黑龍江大學，2013）闡述 1941 年到 1944 年《盛京時報》的社論主要內容及特徵。

　　除了國內學者的研究成果，筆者也搜集相關海外學者近些年來對《盛京時報》的研究，臺灣國立中興大學吳素慧碩士論文《〈盛京時報〉之研究》（1995 年），介紹盛京時報辦刊、發展及經營情況；華京碩《滿洲における初期の新聞：『遠東報』と『盛京時報』の經營を中心に》（2015，日本龍谷大學社會學部紀要）概述了《盛京時報》經營發展狀況；文學方面，平石淑子《二十世紀初頭の中國東北地區における文學狀況について：『盛京時報』を中心に》（2015，お茶の水女子大學中國文學會報）闡述了偽滿時期《盛京時報》副刊上文學發展情況；另外報社成員佐原篤介、菊池貞二、穆儒丐等人的研究近年來也成為熱點，如日本龍骨大學社會學部博士研究生華京碩《佐原篤介と滿鐵子會社時期の『盛京時報』》，長井裕子《滿族作家穆儒丐德文學生涯》（《民族文學研究》2006 年第 5 期）概述穆儒丐在《盛京時報》期間創作的文

學作品、張菊玲《風雲變幻時代的旗籍作家穆儒丐》（《滿族研究》2006 年 4
期）片斷記述了穆儒丐在偽滿時期《盛京時報》擔任職務及授到獎勵，這些
研究為本研究提供了堅實的基礎。

　　同時，本研究是圍繞《盛京時報》偽滿時期主辦的主要活動為內容進行
研究，這些活動的內容本身涉及到偽滿洲國當時的文學、體育、建築、教育、
旅行觀光、慈善事業等各方面文化內容，因而本文作者寫作之前，閱讀了大
量偽滿時期東北地區關於文學、建築、體育、教育、旅行觀光、慈善事業等
諸多方面的國內外著作及研究成果，總結有如下幾方面：

　　一、關於偽滿文學方面：村田裕子在 1993 年發表的《「滿洲國」文學的
一個側面——以文藝盛京賞為中心》（原文為日文，刊載山本有造編，《「滿洲
國」の研究》，京都大學人文科學研究所，1993 年 3 月），用較長的文字詳細
闡述了《盛京時報》文藝「盛京賞」從 1936 年到 1942 年連續八屆（共九屆）
獲獎人及獲獎作品及在「滿洲國」文學中的重要作用，為本文作者對「盛京
賞」相關研究奠定了堅實的基礎；另外，張菊玲《幾回掩卷哭曹侯滿族文學
論集》記錄了穆儒丐等滿族作家在《盛京時報》長達二十幾年的文藝編輯生
涯，對偽滿文學影響，蔣蕾《精神與抵抗：東北淪陷區報紙文學副刊的政治
身份與文化身份——以《大同報》為樣本的歷史考察》以《大同報》文藝副
刊作為文本對象，詳細考察了偽滿時期文人作家政治身份和文化身份，為本
文作者以《盛京時報》主辦的「盛京賞」等文藝活動提供了研究基礎。另外
在文學史料方面，劉曉麗主編《偽滿時期文學資料的整理與研究》系列叢書，
非常詳細地記錄了偽滿時期各個時期的作家作品及相關研究，此書有一部分
詳細記錄了近年來偽滿文學研究比較有影響力的研究成果。

　　二、關於偽滿體育方面：本文是以《盛京時報》在偽滿時期主辦「事業」
為主題，其中《盛京時報》主辦的「事業」即各項活動中體育活動占其中很
大一部分內容。對偽滿體育的研究，本文作者查閱了大量關於東北體育的文
獻，偽滿時期專門的體育專刊有兩本，一本是《盛京時報》在 1937 年開始發
行的《滿洲運動年鑒》，另外一本是當時「滿洲國體育聯合會」刊發的《滿洲
體育》，本文作者找到了《滿洲運動年鑒》的內容，為本文撰寫《盛京時報》
舉辦的多項體育活動的內容提供了寶貴的資料；另外，在吉林省、黑龍江省、
遼寧省及大連、長春、瀋陽等各地區 1931 年到 1945 年的地方年鑒、地方志
中也部分記錄了偽滿時期舉辦的主要體育賽事，成為本文撰寫的重要依據；

在對偽滿體育政策和日本殖民體育教育的文獻資料，作者主要參考了崔樂泉《中國體育通史》、國家體育委員會主編《中國近代體育史》、古世權主編《中國體育史》近代部分、張福德、崔永志主編《外國體育史》日本部分等內容。對近年來的國內外關於偽滿體育方面的研究，一本值得參考的文獻是中國體育史學會 1987 年主編一本《體育史論文集》，其中盧聲迪《怎樣認定和評價東北淪陷時期──偽滿十四年的體育運動》成為認識偽滿體育的重要參考資料。另外，蘇州大學王妍 2007 年碩士論文《偽滿體育研究》比較系統地描述了偽滿洲國時期體育政策、體育活動和體育比賽等內容，北京體育大學張蕾 2011 年碩士論文《中國近代體育運動發展研究》、吉林大學李劍《偽滿〈盛京時報〉體育報導研究》等論文也為本文的撰寫提供正確的思路。

　　三、在偽滿教育方面：因為《盛京時報》主辦的活動包括「滿洲優良兒童表彰會」活動，此部分的內容涉及到偽滿時期教育政策和日本殖民教育在東北的實施等方面諸多內容，同時偽滿教育的內容是偽滿時期日偽殖民文化滲透重要表現，本文作者閱讀了大量相關文獻，其中包括王野平主編《東北淪陷十四年教育史》、齊紅深《東北地方教育史》、《日本對華教育侵略：對日本侵華教育的研究與批判》、中國現代史料編輯委員會主編《抗戰中的中國文化教育》、武強《東北淪陷十四年教育史料》、王希亮《東北淪陷區殖民教育史》、王鴻賓《東北教育通史》、楊家余《偽滿社會教育研究》、孫邦主編《偽滿文化》、劉晶輝《民族、性別、階層：偽滿時期的「王道政治」》、（臺灣）施玉森《日本侵略中國東北與偽滿傀儡政府機構》等；日本殖民教育統治方面，遼寧師範大學楊曉教授的《矛與盾──近代日本民族教育之管窺》詳細描述了日本殖民教育的歷史、殖民教育的政策、途徑及效果，為我們研究日本殖民教育的政策和方法提供了全新的視角，對日偽時期理解東北殖民教育提供比較開闊的思路。另外本文作者還參考了陳小沖《日本殖民統治臺灣五十年史》、郭鐵椿、關捷主編《日本殖民統治大連四十年史》、顧明義《日本侵佔旅大四十年史》、關捷《日本與中國近代歷史事件》、陳本善《日本侵略中國東北史》、李卓《日本近現代社會史》、（美）康拉德希諾考爾、大衛勞瑞《日本文明史》、（日）小森陽一《日本近代國語批判》、萬峰《日本資本主義史研究》、呂萬和《簡明日本近代史》、石豔春《日本「滿洲移民」社會生活研究》、梁忠義《日本教育》、張經緯《近代日本的內外政策與東亞》、張洪祥《近代日本在中國的殖民統治》等頗多的研究，這些文獻資料和研究成果，

開拓了本文研究思路，使本文作者比較客觀、全面地認識日本在中國東北的殖民文化侵略的內容，成為本文撰寫《盛京時報》主辦殖民教育活動等研究深入進行提供學術基礎。

四、在偽滿建築和旅行觀光方面：因為《盛京時報》主辦的「觀光滿洲論文募集」、「滿洲國三十五景選取」等活動涉及到偽滿建築各旅行觀光兩方面的內容，本文作者對近年來這方面的研究成果進行了閱讀和整理，在偽滿建築方面，日本學者越澤明撰寫的《偽滿洲國首都規劃》和楊家安、莫畏《偽滿時期長春城市規劃與建築研究》是目前偽滿時期建築歷史文化研究比較有影響力的研究成果，另外偽滿東北各大城市建築的研究中，本文作者閱讀了曲曉範《近代東北城市的歷史變遷》、呂欽文《長春、偽滿洲國那些事》、王新英等《長春建築尋蹤》、陳伯超《瀋陽城市建築圖說》、《瀋陽都市中的歷史建築匯錄》、袁敬偉等《吉林建築文化研究》、李成、王長元《老滿洲》、韓悅行《大連掌故》、（俄）克拉金《哈爾濱——俄羅斯人心中的理想城市》、王清海《冰城夏都歷史舊事》、秦翰才《滿宮殘照記》、劉加量《建築記憶》等相關研究資料；在建築文化方面，張復合《中國近代建築研究與保護》、同濟大學城市規劃教研室《中國城市建設史》吳慶洲、張成龍，《建築與文化論集》也為本文在偽滿建築文化內容積累寶貴的經驗。

五、在偽滿慈善方面的研究，日本夫馬進撰寫《中國善會善堂史——從「善事」到「慈善事業」的發展》〔註8〕一文比較完整地總結中國在清末民國時期的「善會」以及慈善事業的發展歷程，其中提到東北慈善事業的發展；白宏鍾《移民與東北近代社會文明的構建（1860～1911）》一文闡述了東北地區在清朝末年到民國時期社會文明構建的時代背景和客觀條件，為本文作者研究偽滿時期東北社會慈善事業的發展提供了比較可靠的依據；周秋光等著《中國近代慈善事業研究》專門設一張撰寫民國時期的東北慈善事業，對本文的研究提供寶貴的前期研究基礎。在學位論文方面成果，荊傑碩士論文的《近代中國東北慈善救濟事業研究（1861～1931）》和湖南師範大學楊鳳《近代東北地區慈善事業研究》兩篇文章比較系統第梳理了東北地區自清朝末年到民國時期東北主要慈善事業發展的方式及主要慈善活動等，為本文前期研究成果的積累打下堅實基礎。本文作者同時在圖書館和檔案館搜尋、整理完

〔註8〕出自常建華主編，中國社會歷史評論（第7卷），天津古籍出版社，2006年版，第1到7頁。

成關於東北地區各地方志、年鑒中對偽滿時期東北各地區的慈善事業、慈善救濟和慈善活動等相關資料，為本部分的內容的撰寫提供了大量詳實可靠的一手材料。

除了對偽滿時期以《盛京時報》主辦「事業」為代表的東北政治、文化、教育、體育、旅行觀光、慈善事業等方面的研究積累，本文作者同時閱讀關於媒介文化方向的相關文獻如約翰費斯克《解讀大眾文化》，尼克·史蒂文森《認識媒介文化》阿雷恩·鮑爾德溫《文化研究導論》、薩義德《東方學》、劉海靜《抵抗與批判：薩義德後殖民文化理論研究》、西村真次《日本文化史概論》、內藤湖南《日本文化史研究》、本尼迪克特《菊與刀》、約瑟夫·坎貝爾《千面英雄》、彭兆榮《人類學儀式的理論與實踐》、陳士部《法蘭克福學派批判理論的歷史演進》等相關研究資料，為偽滿時期《盛京時報》主辦各項「事業」及背後賦予的日本霸權殖民文化內容分析和闡釋奠定堅實的理論基礎。

近年來國內外研究學者雖然對《盛京時報》以各種角度和各種學科方向上進行了分析，但以新聞學和媒介文化理論對偽滿時期《盛京時報》活動策劃進行梳理、總結和深入分析的研究仍然處於空白狀態，本研究試圖以新聞學、傳播學及媒介文化研究的視角，深度剖析偽滿洲國報紙的新聞策劃和活動策劃對整個偽滿洲國殖民文化構建的作用。

第四節　研究思路及研究方法

一、研究思路

筆者查閱、搜集、整理其相關資料，以《盛京時報》史料入手，通過定量研究、文本細讀、對比研究等手段，發現偽滿時期《盛京時報》報社舉辦過大量的活動，隨著舉辦活動的增多，這些活動每年以固定的時間和固定形式被《盛京時報》報社確立下來，並報紙上刊載出來，策劃活動每年以多種形式出現，一直持續到偽滿末期。比如《盛京時報》為推選偽滿洲國傑出人才，從 1936 年起每年 10 月策劃「盛京賞」活動，分別針對偽滿時期在醫學、文藝和體育方面的傑出人才進行評選和表彰，並進行相關的新聞報導，刊載在報紙上；在體育方面的活動策劃，從 1936 年起每年進行全奉天大賽，並對比賽進行連續報導，舉行「全滿自行車選手大賽」、「舉行全滿馬拉松大賽」，所涉及範圍不僅僅是奉天（瀋陽）一地，而是涵蓋整個偽滿洲國，舉辦「奉

天滿系市民滑冰會」，每年春季和秋季舉辦「象棋大賽」等；在市民生活方面，選舉「優良兒童」，並以連載的方式在報紙上刊出這些優良兒童照片、姓名、特長及優點。舉辦「滿人新人歌手大會」，調動市民積極參與，設立獎項，並對歌手大會進行相應報導；每年派遣《盛京時報》特派新聞記者到各地進行巡迴慰問，發回大量關於城市觀光（旅遊）的撰稿，以連載的形式刊發在《盛京時報》顯著位置，供讀者對偽滿洲國及日本各地不同風貌瞭解和認知。

　　《盛京時報》是日本人在中國東北地區辦刊時間最長的報紙，這份報紙本身與日本的官方有著千絲萬縷的關係，在很多角度能體現日本殖民統治者的用心和意圖。因而，我們對偽滿時期《盛京時報》策劃活動進行梳理和分析，能夠從一個側面深入研究《盛京時報》報社的辦報方針、辦報目的、辦報者的政治、經濟及文化的意圖，從而反映了日本殖民主義者對偽滿洲國文化殖民意識形態的建構，因而有著比較深遠的意義和影響。

　　《盛京時報》作為偽滿時期日本帝國主義侵略中國東北地區的輿論宣傳重地，其活動策劃在偽滿時期受到了偽滿洲國及日本官方組織的高度重視，精心策劃的活動既能能夠很好貫徹偽滿洲國「建國教育」、「王道意識」的核心思想，又能通過民眾參與的形式鼓舞士氣，推行日本侵略者主張的殖民文化策略。因而《盛京時報》活動策劃是日本侵略者對偽滿洲國殖民文化構建的重要組成部分，對這方面的分析和深入研究揭穿了偽滿時期《盛京時報》主辦「事業」的實質。

二、研究方法

　　本文作者針對這一選題，主要採用以下方式進行研究：

（一）史料分析法

　　作者對偽滿時期東北地區報紙進行的詳細研讀，挖掘大量一手資料，不僅對 1987 年遼寧圖書館《盛京時報》影印本 141 本全冊進行仔細研讀，而且在黑龍江省圖書館、哈爾濱市圖書館、吉林省圖書館、遼寧省圖書館、大連市圖書館、長春市圖書館等各地資料地，有真對性地對同一時期《大北新報》、《泰東日報》、《大同報》《滿洲日日新聞》、《國際協報》等主要報紙進行閱讀和分析，挖掘大量關於偽滿時期《盛京時報》活動策劃內容、影響、組織機構、主創人員信息等相關歷史資料，通過對這些資料的分析、考證，試圖還原歷史原貌。

（二）定量分析

　　本次研究擬在研究過程中建立一個偽滿時期《盛京時報》主辦、策劃活動數據庫，因此將使用統計分析的方法詳細列出策劃活動名稱、起止時間，報導範圍時間長度、報導面、主要影響、與讀者互動、取得效果等各項。通過統計分析的方法，使描述性的定性說明與嚴格的定量分析相結合，從而更精確地把握偽滿時期《盛京時報》策劃各項活動的基本脈絡，在此基礎上研究《盛京時報》主辦者策劃活動的目的、效果以及在對偽滿洲國殖民文化構建起到的作用等方面，因而此研究方法能確保本研究嚴格化、科學和精確化。

（三）對比研究

　　科學的歷史比較，是深入研究歷史，正確發現和闡明歷史發展規律的一種行之有效的方法。本次研究，作者試圖採用兩個方面的對比：1. 偽滿時期《盛京時報》主辦「事業」與同一時期偽滿其他幾份權威報紙如《大同報》、《大北新報》、《泰東日報》進行比較，在主辦、策劃活動的規模、策劃活動影響面、反饋等一系列方面綜合比較，試圖研究總結出《盛京時報》活動的特性及代表性；2. 對偽滿時期《盛京時報》不同時間同一活動進行比較，分析《盛京時報》各種活動隨時間延展，策劃活動在報導方式、影響力、讀者互動方面等不同變化。進而，通過以上宏觀和微觀方面的比較，作者分析研究偽滿時期《盛京時報》主辦活動的特性及對偽滿文化殖民構建的影響和意義。

（四）內容分析法

　　內容分析法是通過對文獻的定量分析，統計描述來實現對事實的科學認識。本研究作者需要從兩個方面著手進行文本的內容分析。一方面，作者對偽滿時期《盛京時報》內容做定量研究，對偽滿不同時期《盛京時報》報社組織策劃的不同活動進行分類整理，對所做報導內容詳細研讀，分析，從而探究《盛京時報》在進行活動策劃目的和效果，活動的實施及影響，對偽滿洲國殖民文化構建的作用和意義。另一方面，作者希望通過對偽滿時期其他相關報紙、文獻的查找、閱讀及研究，分析研究《盛京時報》活動策劃與偽滿洲國官方機構、日本殖民侵略者之間存在的關係，進而分析偽滿殖民文化構建中《盛京時報》擔當的角色。因而，內容分析法也將是本次研究中需要使用的方法。

第五節　研究重點、難點研究

一、研究重點

　　本選題是致力於以新聞學和媒介文化研究的視角分析偽滿時期殖民報紙《盛京時報》，報紙的媒介策劃作為有效的切入點，通過對《盛京時報》的主辦、策劃活動梳理、分析、研究策劃背後的媒介動因、取得效果、影響範圍及對受眾意識形態的領域的影響。因而具有歷史和現實意義。本研究的重點分為：

　　（一）通過對《盛京時報》主辦「事業」的梳理，研究《盛京時報》報社的活動策劃者對於每次活動策劃的預期目標、取得效果，影響範圍。

　　（二）《盛京時報》主辦的「事業」與偽滿時期各種組織機構關係，如《盛京時報》組織「盛京賞」活動，設「科學賞」、「文藝賞」和「體育賞」，每年分別由「滿洲醫學會」、「滿洲文藝家協會」、「滿洲體育協會」推薦優秀「人才」一名，最終由《盛京時報》報社組織受賞，因而《盛京時報》與這些組織之間關係成為本研究的研究重點之一。

二、研究難點

　　基於以上兩個方面的研究重點，本研究作者進而以傳播學及媒介文化理論視角繼續深入研究《盛京時報》主辦各項「事業」對偽滿洲國殖民文化構建起到的作用和影響，從而試圖透過《盛京時報》主辦活動的現象，揭示事物的本質。因而如何以媒介文化理論闡釋和分析《盛京時報》活動策劃對偽滿洲國殖民文化構建的意義和影響成為本研究的一大難點。

第六節　本研究主要創新性

　　本研究是基於偽滿時期《盛京時報》活動策劃的基礎上開展的研究，因而具備以下幾方面創新點：

　　（一）雖然國內外學者近幾年對《盛京時報》的研究逐漸增多，但以《盛京時報》所舉辦和開展的各種活動及報導為切入點的研究仍然處於空白，因而本研究在查閱偽滿時期各大報紙所舉辦開展活動時，發現《盛京時報》在偽滿期間策劃舉辦多項活動，並進行各方面的報導及宣傳，具有代表性和典型性，因而通過總結、梳理《盛京時報》活動策劃，進而分析闡述在日本殖

民侵略的背景下，《盛京時報》作為偽滿時期比較前衛有影響力的媒介，報紙組織及策劃的活動對偽滿殖民文化構建上的作用和影響，從這個角度上，填補《盛京時報》活動策劃研究的空白。

（二）基於對《盛京時報》報社組織策劃成員的研究，深刻揭示《盛京時報》與偽滿各種組織之間關係。本研究作者透過《盛京時報》主辦、策劃活動的報紙呈現，考察和探究策劃活動背後報社策劃委員會舉辦各項活動的真實目的，通過對所舉辦的各項活動歷年的實施情況，最終取得了怎樣的效果，所舉辦活動的影響範圍有多廣，影響力又多深等。因而本研究透過事物表面，探究事物的本質，揭示《盛京時報》報社主辦、策劃活動的真實目的，從而揭示、探究《盛京時報》辦刊實質，與偽滿洲國各種相關組織之間錯綜複雜的關係。

（三）本研究突破了國內外學者對《盛京時報》史學視角的研究，本研究是以新聞學專業的視角，在分析《盛京時報》報社主辦策劃活動基礎上探究新聞事業活動策劃的目的、實施、意義及影響，並以運用傳播學理論及媒介文化理論闡釋《盛京時報》作為偽滿時期重要媒介手段對偽滿殖民文化構建的影響和意義。因而，本研究是對新聞學、傳播學、媒介文化及歷史領域的跨學科研究，具有獨創性。

第一章 《盛京時報》綜述

第一節 《盛京時報》的創辦及社會影響

　　《盛京時報》是日本人中島真雄於 1906 年 10 月 18 日在奉天（今瀋陽）創辦中文報紙。《盛京時報》經歷了清朝末年、民國混戰時期以及偽滿洲國統治三個重要時期，到 1944 年 9 月併入《康德新聞》其發行時間總計 38 年，共發行一萬二千三百四十七號。是日本人在東北創辦第一份也是發行時間最長的中文報紙。因而對東北的影響頗為深遠。

　　日本自 1868 年明治維新之後，希望在軍事、經濟、文化、教育等方面亞洲的強國，於是日本實施「富國強兵」、「殖產興業」、「文明開化」等政策，使日本成為經濟實力雄厚軍事力量逐漸強大的國家。日本意識到，要想使本國強大，除了國內自身進行改革之外，還要傚仿歐美列強，以軍事手段進行侵略。因而 1885 年福澤諭吉發表了《脫亞論》，闡述了日本脫亞入歐的思想，使日本開始走向了侵略他國的道路。因而在 19 世紀 70 年代開始，日本不斷向周邊國家朝鮮、中國等地發起侵略戰爭。1885 年日本與朝鮮簽訂了《漢城條約》，接受朝鮮的賠款。1894 年中日甲午戰爭以中國失敗而告終，最終中日簽訂《馬關條約》割讓遼東半島、臺灣、澎湖列島給日本，並賠款日本軍費白銀 2 萬萬兩。並允許日本在中國商埠開設工廠等。

　　對中國的侵略中，日本逐漸意識到要傚仿歐美在中國各地辦報，利用輿論媒體對中國社會進行窺視和偵查，以利於其殖民統治的需要。於是在中日甲午戰爭後,日本在中國掀起了第一次辦報高潮。從 1895 年到日俄戰爭前夕，日本在中國相繼創辦中、日文報紙有 13 種。1895 年之後，日本在東北利益越來越受到俄國威脅，最終在 1904 年爆發日俄戰爭。日俄戰爭最終以日本取得勝利結束，日俄戰爭的勝利，使日本更加意識到，要加強對中國各地區的殖

民統治，必須建立其強有力的媒介陣地，實施更有利於日本侵略者的輿論效應。因而，掀起了日本在中國辦報的第二次高潮。根據日本外務省外交史料館的統計，明治四十二三年前後（1909 年、1910 年前後），僅「漢文（中文）報紙八九十種，英文二十種，日文十二三種，俄文等其他語種三四種，合計一百二三十種〔註 1〕」到大正二年末（1913 年末）全國中文報紙就有 139 種，而日文報紙超過了英文報紙達到 18 種，英文報紙 16 種〔註 2〕。《盛京時報》就是在日本在中國興起的第二次辦報高潮時創刊。

　　《盛京時報》創辦者中島真雄，日本萬延二年（1861 年）2 月 26 日出生，日本山口縣山口市人，「生於萬延縣，鎌倉郡〔註 3〕」早年曾進入陸軍軍官學校學習，1891 年中島真雄隨伯父三浦梧來到上海，後來進入「日清貿易研究所」學習中文和英文。「日清貿易研究所」表面上是研究中日兩國貿易，實際上是以商人身份，在中國培養日本間諜，為日本搜集情報。1895 年後，中島真雄參與籌辦日本同文會，並與 1898 年在福建創辦《閩報》。因在福建的生活和工作並不順利，導致《閩報》發行一直沒有起色。1901 年 8 月，中島真雄到北京籌劃創辦，《順天時報》，同年 12 月《順天時報》正式創刊，逐漸成為日本在中國的政治喉舌。1905 年日本外務省接手《順天時報》，同年 11 月 25 日中島真雄來到營口，在營口創辦《滿洲日報》。在 1906 年中島真雄在奉天（瀋陽）創刊《盛京時報》後，《滿洲日報》於 1908 年停刊。中島真雄的早年的創辦報紙的經歷不僅使他積累了豐富的辦報經驗，而且中島真雄在各地創辦報紙的過程中，也積累了豐厚的社會人脈資源。為《盛京時報》的創辦奠定了堅實的社會基礎。

　　1906 年 10 月 18 日，經過多年辦報磨練的中島真雄，經多方籌措，在奉天（瀋陽）創刊《盛京時報》，得到了日本外務省和中國東北外交局總辦陶大均等人的支持。在最初創辦之時，由日本外務省每月固定補助津貼，並且滿鐵以廣告的形式進行固定補助。《盛京時報》主筆菊池貞二曾經評價中島真雄：「我中島翁這樣的，獨自承擔經營值得信賴的對支對滿宣傳機構，一點都沒有自我宣傳之心，極其淡薄名利，除了極少數人之外，其人與成就，功績都

〔註 1〕日本外務省大正七年末調查，支那二於ケル新聞及通信二關スル調查，許金生，
　　　　近代日本在華報刊通訊社調查史料集成（第 2 集），線裝書局出版社，2014 年
　　　　版，第 197 頁。

〔註 2〕日本外務省大正七年末調查，支那二於ケル新聞及通信二關スル調查，許金生，
　　　　近代日本在華報刊通訊社調查史料集成（第 2 集），線裝書局出版社，2014 年
　　　　版，第 197 頁。

〔註 3〕本報初代社長中島真雄翁在自抵逝世，盛京時報，1943 年 8 月 4 日，頭版。

全然不為世界所知。世界多種多樣，有徒有赫赫之名而其實沒有什麼功績的人，也有冥冥之中樹立大功之人，如翁一樣的是其後者。〔註4〕」

《盛京時報》在民國時期，依靠犀利的言論，批判張作霖軍閥統治等，騙取了很多民眾的支持，因而在民國時期已經成為奉天當時的中文大報。在1931年九一八事變後，《盛京時報》依託日本軍政勢力的支持，言論上大力為日本殖民者造勢。因而在偽滿洲國成立之後，一躍成為全東北中文大報之一。1936年偽滿洲國成立「滿洲弘報協會」，《盛京時報》以中文大報的身份是最早加入其組織的報社之一。1937年之後，日偽逐漸收緊對「滿洲國」新聞輿論的管控，《盛京時報》借勢接收奉天《民生晚報》、《大亞公報》、《奉天日報》等當地報紙，成為偽滿洲國最有勢力的報紙之一。

《盛京時報》作為偽滿時期日偽方面重要的中文大報，是日本殖民統治的重要輿論陣地。因而日本方面對其評價極高，《滿洲國現勢》中評價《盛京時報》是「滿洲最有力之滿字紙」〔註5〕。日本內閣總理大臣近衛文麿評價《盛京時報》：「盛京時報，在滿洲與東北均被推為最大最古、其信用之宏博、行銷之暢旺，舉世皆知……於安定民心，恢復治安上，又著殊功，逮滿洲建國，乃順應國策，克盡言論機關之使命，嗣見中國事變忽起，對指導言論，悉心致力，雖所處境與華北俄蒙毗連，而得使人心至今毫無動搖者，良以此報之力也。〔註6〕」認為《盛京時報》在「安定民心」、「克盡言論機關使命上」取得極大作用。滿鐵總裁松岡洋右，在《盛京時報》創刊三十週年之際，評價其「實為滿洲最古之漢文報，而且係滿洲唯一暢達民意之報導機關，互悠久歲月在孤立無援之下，為我對滿政策之遂行與一般民眾之福祉增進計，雖受多障，努力奮鬥、主正義、指導輿論，寄予滿洲文化而促進開發，均為眾人所共認。〔註7〕」

在新聞史學界，《盛京時報》也被認為是研究東北政治、經濟、文化等各方面的重要資料。戈公振《中國報學史》這樣評價它：「《盛京時報》以張作霖取締中國報紙頗嚴，而該報獨肆言中國內政，無所顧忌，故華人多讀之，東三省日人報紙之領袖也。〔註8〕」方漢奇主編《中國新聞事業通史》中，這樣評價

〔註4〕菊池貞二：滿洲の漢字紙，丁杳盧漫筆，新京日日新聞社，1936年，第59頁。
〔註5〕吉林省圖書館整理：偽滿洲國研究資料，滿洲國現勢，廣西師範大學出版社，2013年版，第201頁。
〔註6〕近衛文麿祝詞，道民啟智屢著殊功努力奮鬥再加一籌，盛京時報，1941年10月17日，頭版。
〔註7〕祝卅年紀念，盛京時報，1936年10月18日，2版。
〔註8〕戈公振：中國報學史，中國新聞出版社，1985年版，第66頁。

《盛京時報》：「是日俄戰爭後日本在中國最早出版的報紙……。是日本在東北影響最大、在華歷史最久的中文報紙。〔註9〕」臺灣中華民國新聞編輯人協會編印的《中國新聞史》中概括東北新聞史，也特別注明了《盛京時報》當時的顯著地位：「（東北地區）外人所辦報紙以日人為最多，大多在南部，以大連、瀋陽為中心，中日文皆有，共計二十三家，以《盛京時報》為最大。〔註10〕」

第二節　報社基本情況

一、報社地址

　　《盛京時報》從 1906 年 10 月 18 日在奉天創建，到 1944 年 9 月併入《康德新聞》，報社社址經歷幾次變更。1906 年 10 月報社創辦之初報社租用奉天東大門內龍王廟後大東內蒙古佐領衙內，光緒三十三年十月十九日（陽曆 1907 年 11 月 24 日），《盛京時報》上發表「本報館遷移廣告」：「本報館去年開辦伊始暫租大東內蒙古佐領衙門為館宇今定於十九日於大西門外大什字街北商品陳列附屬動工所西壁房屋所有一切往來之件均於斯日後交大西門外本館可也特佈」〔註11〕，因而這一天報社社址遷到奉天大西門大什字街北商品陳列所附近。在 1920 年報社在奉天南滿鐵路附屬地浪速隅田町九番地（今瀋陽市和平區衡陽街 26 號）蓋起二層樓，後來報社社址一直固定在此，直到停刊。

二、資金

　　《盛京時報》早年開辦時由中島真雄獨資經營，但每年接受日本外務省補貼，並且由於中島真雄與外界交往頻繁，《盛京時報》也得到滿鐵及日本東洋拓殖公司等贊助。到 1925 年《盛京時報》由中島真雄獨資經營變成股份制經營。由滿鐵、日本外務省、東洋拓殖公司等幾家股東。至民國十四年（1925年）《盛京時報》改成株式會社時，資本金 35 萬元，到 1941 年資本金達到 40 萬 2 千元。〔註12〕

〔註9〕方漢奇：中國新聞事業通史（第一卷），中國人民大學出版社，1992 年版，第 806 頁。

〔註10〕李瞻主編，中華民國新聞編輯人協會編印：中國新聞史，臺灣學生書局，1980 年版，第 527 頁。

〔註11〕本館遷移廣告，盛京時報，光緒三十三年十月十九日，2 版。

〔註12〕本文作者根據「本報之沿革」，盛京時報，1941 年 10 月 17 日，頭版內容及中下正治：中國日本經營紙，東京：研文出版社，1996 年資料整理。

三、報社的社長及組織機構

　　《盛京時報》在長達38年的經營中經歷了三任社長,第一任社長中島真雄,自 1906 年 10 月 18 日開始負責《盛京時報》經營,至 1926 年退休;中島真雄退休後,由副社長佐原篤介繼任社長,1932 年 7 月佐原篤介去世;1932 年 7 月之後由染谷保藏擔任社長,直到 1944 年《盛京時報》併入《康德新聞》。《盛京時報》創辦之初,由一宮房次郎擔任主筆,1918 年之後,由菊池貞二擔任主筆。

　　報社在成立之初,設營業和編輯兩個部門以及印刷工廠,到康德三年 7 月（1936 年 7 月）改營業、編輯兩部為局,並設正副主幹。1940 年開始,社長以下,設主幹一名,分編輯、總務、業務三局。編輯局設論說委員,委員若干,委員長即為主筆,同時集整理、取材聯絡、調查翻譯各部,並設有寫真、校正、庶務各課;總務局設庶務、經理、事業、工務四部,並管理各支社業務;業務局設販賣、直賣、廣告三部,負責銷售、廣告等各項業務。《盛京時報》在長達 38 年的發展歷程中,編輯、記者以及其他工作人員逐年增加,其報社人員由最初十幾人發展到 1940 年左右,報社奉天總社的員工達到 200 人的規模,加上各地支社和通信社成員,共計 700 人〔註 13〕。成為當時中文報社中員工人數最多的報紙之一。

四、關於《盛京時報》附屬子報及支社

　　《盛京時報》從 1906 年創刊後,社長中島真雄就致力於擴張的道路,1918 年 3 月,《盛京時報》發刊蒙古語《蒙文報》週刊,最初免費贈閱,發行量大概在 1000 份,後來由於投入太大,經濟上得不到保證在 1920 年夏休刊。

　　中島真雄在 1922 年 10 月在哈爾濱創刊《大北新報》,作為《盛京時報》的「姐妹報」,《大北新報》成為當時日本在哈爾濱唯一一份中文報紙。在九一八事變之後,《大北新報》成為日本在哈爾濱的機關報。1936 年作為《盛京時報》產業第一批加入「滿洲弘報協會」。

　　1938 年 7 月《盛京時報》又組織創辦《小時報》,最初幾年隨《盛京時報》免費贈閱,1940 年 3 月《小時報》獨立發行,但仍屬於《盛京時報》附屬事業。

　　1938 年 8 月 1 日,《盛京時報》在錦州創刊《遼西晨報》,設立《遼西晨報》,主要因為「概因錦州已設省治,該地風氣,未盡開通,本報認為有誘啟之必要〔註 14〕」。1939 年《盛京時報》《遼西晨報》歸《錦西新報》社,但仍

〔註 13〕關於報社人數,本文在第二章進行專門闡述。

〔註 14〕本報之沿革,盛京時報,1941 年 10 月 17 日,2 版。

屬於《盛京時報》產業，只是委託《錦西新報》經營。

除了附屬子報外，偽滿洲國成立後，《盛京時報》加速擴張之路，在奉天兼併多家中文報刊，1936年「滿洲弘報協會」成立，作為中文大報之一的《盛京時報》成為最早加盟「弘報協會」組織的報社之一。同年《盛京時報》社長染谷保藏兼任新京《大同報》社長，《大同報》報社的主要成員也大部分由原盛京時報社成員擔任。在 1937 年之後，《盛京時報》在奉天先後接收了《民生晚報》、《大亞公報》、《奉天日報》等報紙，因而成為「滿洲國」首屈一指中文大報。

《盛京時報》為了發展新聞業務，在各地設立支社，在創刊之初，就在大阪設立支社、後在哈爾濱、大連、東京等地設立支社；偽滿洲國成立後，在新京（長春）、錦州、通化等地設立支社，並在北京安排有特派員。《盛京時報》各支社每週定期向總社發回新聞，因而偽滿時期，《盛京時報》上設有《大連特刊》、《新京特刊》、《哈爾濱特刊》、《錦西特刊》等獨立版面。

五、報紙版面、報社的設備、廣告及發行情況

（一）報紙版面

《盛京時報》從 1906 年 10 月創刊到 1944 年 9 月結束經歷 38 年發展歷程，其報紙版面幾經改革，關於報紙版面的變化，《盛京時報》曾在 1941 年 10 月 17 日報紙創刊 35 週年回顧時進行總結，本文作者為了保持其原貌，摘錄如下：

> 「本報發刊之初，報面為五段制，記載文字用四號字，日出一大張，星期休刊，月曜日無報，明年（光緒十三年）二月二十日增刊附張，逐日出一大張半，月曜日仍無報，宣統元年一月八，報面改為六段制，宣統三年七月十五日，報面改為八段制，日出兩大張，至民國九年六月，改為十段制，仍日出兩大張，記載字體由此逐漸改小，民國十三年三月十日，廢除星期日休刊月曜日出一大張，民國十五年四月五日，月曜日又增刊紫陌週刊或圖畫週刊，隨報附送。民國十六年三月以降（後），水曜日增刊大連版半張，民國十八年六月二十日起，每日出刊二大張半，增刊停止，是年十月一日，報面改十二段制，大同元年七月十日，日刊三大張，康德二年四月，日刊三大張半，康德三年五月二十日起日刊四大張，康德六年七月，報面改為十三段制，康德七年十一月三十日，改十四段制，康德八年七月一日，為紙之節約起見，日出減為兩大張，版制亦從而改革，發行市內者分晨晚刊，發行市外者為綜合版，月曜日仍出一大張，

是年八月四日，採用新活字，改報面十五段制。」〔註15〕

此段文字比較詳細地記錄總結了《盛京時報》的版面發展歷程，但有些並不確切，本文作者在查閱《盛京時報》1906年到1944年完整的版面變化，進行了甄別和確認，為了方便起見，製作成如表格2-1：

表2-1　《盛京時報》版面變化〔註16〕

時間	版面	字體	張數	休刊	出刊情況
創刊之初	五段制	四號字	一大張，四版	週日休息、週一休刊	日刊
1907年2月20日	五段制				
1909年1月8日	六段制				
1911年7月5日	八段制		兩大張，共八版		
1920年6月	十段制	字體逐漸減小			
1924年3月10日				廢除週日休息，週一出一大張	
1927年3月			週三出大連版半張		
1929年10月1日	十二段制		兩張半，增刊停止		
1932年7月10日			三大張		
1934年4月			三大張半		
1936年5月20日			四人張		
1938年7月7日			改晨晚刊，晨刊（兩大張半），晚刊（一大張）		
1939年7月	十三段制		1939年3月開始晨晚刊共三大張半，晨刊兩大張，晚刊一大張半	週一隻出晨刊一大張	
1940年11月30日	十四段制				
1941年7月1日		字體減小	減為兩大張，市內晨晚刊，市外為綜合版	週一一大張	
1941年8月4日	十五段制	新活字			

〔註15〕本報之沿革，盛京時報，1941年10月17日，頭版。
〔註16〕本表是本文作者查閱1906年到1944年《盛京時報》版面內容，結合1941年10月17日《盛京時報》創刊35週年回顧總結。

其中值得說明的是，《盛京時報》「本報之沿革」中並沒有提到 1938 年 7 月 7 日之後改晨晚刊的內容，本文作者查閱整理後，填入其改晨刊與晚刊內容；關於晨刊晚刊的內容，其實在 1937 年 7 月 7 日七七事變之後，由於中國局勢的迅速變化，《盛京時報》在七七事變之後除發行正常日刊報紙之外，在晚間發行號外，最初為兩版，後來達到四版，這種格局一直持續到 1938 年 7 月 7 日，經歷的一年週期，《盛京時報》決定把正常的日刊和晚間的號外固定下來，於是變成晨刊和晚刊的形式，於是有了《盛京時報》1938 年 7 月 6 日「本報發行晨刊晚刊預告」[註17] 的說明，從 1938 年 7 月 7 日開始正式實行晨晚刊。

從上表格中我們非常清晰地瞭解到，《盛京時報》從創刊到民國之前，清朝末年間版面變化不大，基本穩定在 4 版的主要內容；在民國時期，版面逐漸擴展，內容增多，從 4 版發展到民國後期 10 個版面；到偽滿初期，從 1931 年末到 1941 年 7 月之前，是《盛京時報》報紙版面的鼎盛發展時期，其中在 1936 年 5 月沒改晨刊和晚刊之前，報紙日刊版面一度達到 16 個版，與東北同一時期的其他中文報紙如新京《大同報》、哈爾濱《大北新報》、大連《滿洲報》和《泰東日報》相比[註18]，其日刊版面數量最多，內容最為豐富；在偽滿後期，由於整個日偽報業紙張缺乏，導致《盛京時報》在 1941 年開始減少版面，到 1944 年 9 月，此段時間成為《盛京時報》版面的衰退期。

（二）報社設備及廣告費用

《盛京時報》報社的技術和設備在民國時期和偽滿時期都處於國內領先水平。民國時期《新聞報》和《申報》是在 1914 年前後引進第一臺輪轉印刷機，改變原來的平板印刷設備，大大提高的印刷的數量和質量[註19]。而東北地區的《盛京時報》是最早使用輪轉印刷機的報紙，報社於 1918 年「更新為輪轉機」[註20]，比當時東北地區日文報紙如《滿洲日日新聞》等擁有先進的設備還早。這種輪轉機為 32 時小型，每小時大約可印刷 2 萬份，印刷的數量和質量都處於

〔註17〕「本報發行晨刊晚刊預告」，盛京時報，1938 年 7 月 6 日，頭版。
〔註18〕本文作者統計《大同報》、《泰東日報》、日刊最多版面在 12 版左右，《大北新報》則更少，《滿洲報》銷售數量最多時版面也不曾達到日刊 16 個版，因而《盛京時報》與其相比，日刊版面數量在當時處於第一位。
〔註19〕張立勤：20 世紀二三十年代民營報業的自主發行模式及經營策略——以《申報》、《新聞報》為考察對象，國際新聞界，2013.4，第 133 頁。
〔註20〕解學詩主編：滿鐵檔案資料彙編第十三卷滿鐵附屬地與九一八事變，社會文獻出版社 2011 年 11 月，第 420 頁。

國內先進水平。當時東北大部分報社還在採用平板印刷設備時，盛京時報社已經有高級的輪轉印刷設備。在《盛京時報》加入「滿洲弘報協會」後，其技術設備始終處於中文報紙的先列，甚至很多設備超過了日文、英文及俄文報紙。

為了更清晰地瞭解《盛京時報》當時的技術設備，本文作者引用 1939 年《滿洲國現勢》中的內容，總結如下表 2-2：

表 2-2 1939 年「滿洲國」各大報紙技術設備及廣告費用概況〔註21〕

報紙名稱	語言	刊／版面	技術設備	字號及分欄	購買費／月	廣告費用
盛京時報	中文	朝夕刊12版	輪轉機兩臺，鑄造機寫真整版，其他機械完備	活字 9 磅 12 段	一元四十錢	一行一元
大同報	中文	朝夕刊12版	輪轉機一臺，平板印刷機兩臺	活字 9 磅 13 段	一元三十錢	一行一元
泰東日報	中文	朝夕刊12版	輪轉機兩臺	活字 9 磅 12 段	一元三十錢	一行一元二十錢
大北新報	中文	朝夕刊12版	輪轉機一臺，	活字 9 磅 12 段	一元四十錢	一行一元
滿洲新聞	日文	朝夕刊16版	超高速輪轉機，活字鑄造機、寫真（技術）及其他機械完備	活字 7 磅 14 段，	一元三十錢	普通一行一元五十錢，特殊三元
新京日日新聞	日文	朝夕刊12版	國產輪轉機兩臺	活字 8 磅 13 段	一元	廣告一行一元五十錢
滿洲日日新聞（奉天）	日文	朝夕刊16版	超高速輪轉機奉天大連各兩臺，其他最新機械完備	活字 7 磅 14 段	一元三十五錢	廣告一行一元五十錢，特殊一行三元
奉天每日新聞	日文	朝夕刊16版	輪轉機兩臺	活字 7 磅 14 段	一元三十五錢	一行一元二十錢，特別一元五十錢
滿鮮日報	朝鮮文	朝夕刊8版	輪轉機一臺	活字 7 磅 14 段	一元	一行一元二十錢，特殊一行一元五十錢

〔註21〕 本表格根據《滿洲國現勢》1939 年資料整理，吉林省圖書館：偽滿洲國研究資料——滿洲國現勢，第 6 冊，廣西師範大學出版社，2013 年版，第 539 到 541 頁。

哈爾濱日日新聞	日文	朝夕刊12版	輪轉機一臺，鑄造機寫真，其他完備	活字7磅14段	一元十錢	一行一元
醒時報	中文	朝刊8版	平板四臺	活字9磅12段	八十錢	一行一元
黑龍江民報	中文	朝刊6版	平板三臺	活字9磅12段	一元二十錢	一行五十錢
濱江日報	中文	朝夕刊8版			九十錢	

　　如上表2-2，這是「滿洲國」1939年各大報社發行報紙狀況。總體上，偽滿時期報紙，日文報紙的技術要高於中文報紙，但我們驚奇地發現，《盛京時報》作為當時中文大報，其設備甚至超過了很多日文報紙。根據《滿洲國現勢》1939年統計，《盛京時報》擁有輪轉機2臺，鑄造機寫真技術及其他設施完備，與之相比，《大同報》是輪轉機1臺，平板印刷機2臺；《泰東日報》輪轉機2臺，《大北新報》輪轉機1臺，《盛京時報》設備技術明顯處於滿洲國四大中文報紙之首。另外，其鑄造機寫真技術甚至技術超過「弘報協會」旗下《新京日日新聞》、《奉天每日新聞》、《滿鮮日報》等日文及朝鮮文報紙，與哈爾濱最權威日文報紙機構《哈爾濱日日新聞》設備相同。

　　同時，在此表格中，我們可以很清楚地看到，《盛京時報》每月購買費用是一元四十錢，在同時間中日文報紙中，收費最高。新京《大同報》、大連《泰東日報》都是一元三十錢，而在偽滿時期奉天日文大報《滿洲日日新聞》也只有一元三十五錢，收費價格都不如《盛京時報》。因而在這裡，說明當時《盛京時報》讀者定位是社會中有身份和地位的人群。

　　另外，在廣告方面的收費，《盛京時報》的廣告收費標準，在一行一元的標準，在當時中文報紙中，收費較高。值得說明的是，《盛京時報》在偽滿時期日刊出版在12到16版之間，其中有一版或兩版整版廣告，其餘則是半版或三分之一版。

（三）報紙發行數量

　　關於《盛京時報》報紙發行量，國內外資料有各種記錄，在這裡我們依然引用《盛京時報》在「本報之沿革」中的描述：

　　　「本報在發行之初，銷售僅一兩千份，除本社直接送寄外，外
　　埠之分館及帶派處僅二三十處，由於逐年增加銷數，分館帶派處亦

次第增設，至宣統二年奉天省城報紙、遂統歸震泰報館分送，外城
各地方支社分館帶派處，仍由該社直接郵寄。因本社無暇兼顧分送
事宜，康德二年二月，在大西門設本報直賣所，將震泰分送報紙事
宜收歸直賣所經營。而各省及國外之分館帶派處，至是遂增加至三
百處之多，今占全滿報紙之第一發行額。〔註22〕」

　　此段文字說明《盛京時報》販賣的方式分為直接售賣和由各省分館及帶
派處分別代銷兩種方式。在偽滿時期各省及國外各分館帶銷處就達到 300 處，
因而發行量是「全滿報紙之第一發行額」。本文作者查閱相關資料，《盛京時
報》在 1937 年發行數量達到 3 萬份〔註23〕，的確是當時「滿洲國」中文報紙
發行數量最多的報紙之一。

第三節　《盛京時報》辦刊宗旨

　　《盛京時報》自 1906 年 10 月 18 日中島真雄創刊以來，其辦刊主要目的
始終為日本殖民者服務的，但在不同的時期，《盛京時報》辦刊的宗旨有所不
同。總體上，清朝末年到民國時期，《盛京時報》是以報紙為窗口和平臺對中
國東北地區的政治、經濟、文化進行窺視；而到偽滿時期，受到日偽當局的
倚重，《盛京時報》則成為為日本殖民侵略者宣揚其殖民策略的重要武器。

　　《盛京時報》在 1906 年創刊號上就明確提出其辦刊宗旨：「唯報界仍在
幼稚時代，夫以三省之大，竟無無一完全報章，另民氣凋敝，至於今日，此
真可謂長歎息。吾儕不端譾陋，所以發行《盛京時報》即為此故也，況今朝
廷明降諭旨，著王公大臣籌議官制，舉行自治以預備立憲……。斯時也，如
不盡力開通風氣以裏盛舉，爭生存於優勝劣汰之舞臺，則不惟無以對奉省同
胞，且將何以對朝廷開通主義。〔註24〕」我們從中能夠看出，開通風氣，支
持君主立憲，是當時《盛京時報》的主要辦刊宗旨。

　　而在民國時期，《盛京時報》辦刊宗旨，由「開通風氣、支持立憲」演變
成對軍閥的批判和對「滿日親善」的維護。這方面可以從《盛京時報》「十週

〔註22〕本報之沿革，盛京時報，1941 年 10 月 17 日，2 版。
〔註23〕本文作者參考許金生主編：日本外務省外交史料館史料編輯整理《近代日本
　　　　在華報刊通信社調查史料集成》（1909～1941），線裝書局出版社，2014 年版
　　　　資料整理。
〔註24〕發刊之詞，盛京時報，1906 年 10 月 18 日，頭版。

年紀念辭」中得以體現，「本報既揭日中親善之標的，則對於遠東問題，自不能擺脫其扶持呵護之正宜〔註25〕」。說明《盛京時報》需要肩負中日關係方面重要職責。在對軍閥的批判上，《盛京時報》利用言論蠱惑人心，對張作霖政府的作為大肆批判，進而使銷售量大增。

到偽滿時期，由於《盛京時報》的任務以由原來對東北地區的窺視、偵查，變為為偽滿的殖民統治進行輿論宣傳，因而在辦刊宗旨上也發生了很大變化。在 1938 年發行一萬號紀念時，明確提出「（本報創刊宗旨）該以中日提攜，實現大亞主義為一貫之宗旨，此宗旨於東亞各民族，無所厚薄，唯以共存共榮為最終目的，但此主義，何由而現，先自中日提攜始。〔註26〕」日偽當局在當時提出的「日滿親善」、「共存共榮」等思想，在《盛京時報》辦刊宗旨上得以體現。明顯地，《盛京時報》作為日偽中文大報，必然成為日偽機關輿論喉舌。

〔註25〕十週年紀念辭，盛京時報，1916 年 10 月 1 日，頭版。
〔註26〕一萬號感言，盛京時報，1938 年 1 月 23 日，頭版。

第二章　偽滿時期《盛京時報》報社
成員及主要編輯概況

第一節　《盛京時報》報社成員概述

　　《盛京時報》由中島真雄於 1906 年 10 月 18 日創辦開始，報社員工隨報紙的規模壯大而逐年增加。在其發展的 38 年歷史中，報社社員逐年增加。在菊池秋四郎與中島一郎 1926 年編著的《奉天二十年史》中記載，《盛京時報》當時有「中日社員約 700 人，其中本社成員 100 人，各地支社約 600 人〔註 1〕」。到偽滿洲國時期，報社社員已經擁有龐大的規模，到 1938 年左右報社主社（奉天）中日員工規模已經接近 200 人〔註 2〕，在當時東北地區中文報社中擁有員工人數最多，規模最為龐大。本文作者經過詳細查證，在《盛京時報》上找到 1932 年到 1940 年《盛京時報》報社歷年社員的詳細名單。為了進一步分析研究，我們抽取 1931 年、1940 年兩個主要年份關於《盛京時報》對報社成員披露，具體見下表 3-1 和 3-2：

〔註 1〕 本文作者沒有找到《奉天二十年史》原書，但找到解學詩：滿鐵檔案資料彙編第十三卷，滿鐵附屬地與「九一八」事變，社會科學文獻出版社，2011 年版，第 424 頁的轉載原文，菊池秋四郎、中島一郎著：奉天二十年史，瀋陽：奉天二十年史刊行會，1926 年出版。

〔註 2〕 本文作者在《盛京時報》1932 年到 1940 年新年賀表中找到歷年報社（奉天）成員的名單，總結而成。

表 3-1　1932 年《盛京時報》社員〔註3〕

李克廷	穆六田	王冷佛	傅築齊	金小天	金中孚	孫智先	李士榮	高玉章
聞鳳鳴	王質彬	馬翼	吳丞承					
恩化東	夏星五	劉雲志	劉殿傑	劉廷芳	李世哲	張席		
張德發 張馨芝	張永勳 劉鴻閣	張雅三	巴文治	朱景文	張鳳林	張維民	關德潤	王貴林
趙文忠 治環	方慶魁 陶玉芝	張貴	劉樹清	楊景德	劉永貴	管靜達	劉仲元	周安詳　潘
姜寶英 周志遠	孫良臣 張錫麟	周致忠	張書霖	劉鴻德	劉國臣	潘治佩	張奉舉	張奎斗
王永生	葛萬祥	那玉峯	王起	王永昌	裴致華	信來生	吳廣君	王者風
于江　依文本　張國士　馮景斌								
李海山	李少周	楊景文	馬成山	孫鳳閣	徐順義	王化玉	王化周	
王貴卿 董喜堯 張步洲	張茂林 張兆慶	黃金多	周文升	程玉書	周文璋	劉振堂	張連喜	杜法堯
黃金有	黃慶祥	那景和						
劉治臣 袁寶興	孫元德 樊進發	周祥	孫雲高	馮彬卿	脫成祥	張玉峰	張樹新	任成智

表 3-2　1940 年《盛京時報》社員〔註4〕

染谷保藏　菊池貞二　東光明　酒家重好								
廣田正　熊耳貫雄　加藤清一　菅野祐　吉阪上雄一								
穆六田 李遇吉	李克庭 王懷偉	金小天	于蓮客	李士榮	韓丞民	賈榮山	李雅森	范景融
韓鍾毓 鍾秀	楊森 李桂孚	安鳳麟	劉英豪	于赤葉	王海波	吳丕承	佟維周	舒崇勳　韓
廉鳳鑾	陳少華	李永福	譚寶印					
榎原德三郎　山崎彰　高橋清孝　毛井正男								
杳掛教男　宮本利男　水澤良次　穀田部哲雄								
瀧澤美惠子　大野杉　永淵ヵズユ								
恩化東 馮彬卿	劉庭芳 孫雲高	金亞天	李世哲	王書勳	王道民	梁毓春	孫元德	劉治臣
孫耀廷	劉敬榮	欒寶田	張玉庫	銀有昌	劉長盛	脫成祥		

〔註3〕本表作者根據 1932 年 1 月 1 日《盛京時報》3 版「社員賀表」內容製作。
〔註4〕本表作者根據 1940 年 1 月 1 日《盛京時報》頭版「社員賀表」內容製作。

原田義雄	鈴木義雄	張麟閣	張書俊	張維民	張新芝	鄭玉恒	巴文治	關德印 趙文忠
劉樹清 方慶魁	管靜達	劉鴻閣	李之均	李振起	方景春	陳永久	王永生 王永昌 侯振聲	
陳德盛 楊相忱	劉同心	李希林	李景福	那景文	王克儉	李恩試	湯文舉 吳國滿 崔鎮庭	
劉千祥 路自昌	于恩林	張之學	徐順祥	李萬發	楊愈會	李世棟	田福成 侯希華 李希武	
張子敬 董國會	張固本	班永憲	周純仁	杜雲芳	單維垣	舒德昌	鄭玉才 王寶琦 周文泮	
孫克正 楊金芳	于江	依文本	王錫壽	馬文權	李紹志	王者風	韓慶年 宋喜明	
王貴卿 張茂林	周文章	黃金多	周文升	程玉書	仁成智	杜紹興	王振亞 包憲武 孔憲哲	
周志成	張寬	刁墨翰	周文漢	張玉九	周鳳岐			
周增森	馬奎良	王德泉	王有德	依文連	高銳峰	王維東	劉永魁	
于濱	任寶忠	于增麟	李士鐸					
伊藤洵治								
福島潔	星野武	牛島猛	高冠山	魏永泰				
市橋太郎	小川健太郎	小林周三	孫錫五	孫民初	李天德	于景周		
田春光	馬心誠							
瀨戶保太郎								
松本五七郎								
有留重利	王德興	中川英義						
段弼忱	趙月鵬	沈廼文	蕭本福	劉煥庭				
賽樹昌 馬欽麟	程世魁	邊振一	劉錦發	邵自立	劉紹炎	佟華章	楊鳳梧 曹笑塵 田作霖 王英甲 郎拙忱	

　　我們通過表 3-1 和表 3-2 的比較，發現這樣幾個值得注意的問題：

　　1. 我們統計了表格 1932 年所列成員共 100 人，1940 年所列成員共計 195 人〔註 5〕；為了保持報社成員列表的原貌，因而表格中每行分隔及姓名排列

〔註 5〕說明：作者找到的 1932 年到 1940 年歷年社員列表，只是奉天主社的成員名單，
　　　　不包括各支社和通訊社的成員。

（原文為列），均摘抄《盛京時報》原文。通過對兩個表格的比較，我們不難發現，基本每一行都是報社一個部門的全體成員；那麼，非常明顯地，1940年報社的部門明顯多於 1932 年部門，這也能充分證明《盛京時報》在偽滿時期其報社的擴張道路。另外每一行的成員姓名排列是按照其所在部門的重要程度進行排列。如 1932 年編輯部成員李克廷、穆六田、王冷佛、等人，按照排序的位置穆六田（穆儒丐）職位低於李克庭，高於王冷佛、傅築齊和金小天等人。

2. 在表 3-1 和表 3-2 中，我們發現，1932 年《盛京時報》報社社員名字中，只記錄了滿籍人員的名字，而沒有記錄日人的名字。到1940年的表二顯示，既包括日籍社員也包含了中國籍人員，並且在每一個部門，日籍人員的姓名都按要求排在中藉社員的前面。本文作者查閱了 1932 年到 1940 年歷年新年報社成員列表，發現在 1937 年之前報社成員列表只記錄中國成員的名字，不顯示日籍成員；而在 1937 年之後的每年，在每個部門中先排列日籍成員姓名，然後是中國成員。這也能說明一個問題，即《盛京時報》在 1936 年之後，報社部門系統改革，因而 1937 年之後，報社成員列表也相應發生變化。

3. 關於報社重要編輯人員，1932 年主要為李克廷、穆六田、王冷佛、傅築齊、金小天、金中孚、孫智先李士榮、高玉章；到 1940 年，除染谷保藏、菊池貞二、東光明、酒家重好外，主要編輯記者增加到 31 人。中國編輯記者明顯增多。因而說明《盛京時報》在偽滿時期經營規模的擴大，其奉天主社的成員逐年增加。

第二節　報社主要成員個人經歷

《盛京時報》在發展的 38 年歷程中，共經歷三任社長，分別是中島真雄、佐原篤介和染谷保藏，偽滿時期報社的發展，主要形成了以染谷保藏為社長、菊池貞二為主筆、主幹東光明和酒家重好以及眾多中國編輯記者的成員陣容。受篇幅及資料的侷限，本文作者針對偽滿時期報社主要成員經歷進行概括。

一、染谷保藏

染谷保藏作為盛京時報社第三代社長，上海同文書院畢業，1918 年東省實業株式會社董事長，1920 年 10 月 15 日在長春創辦《長春實業新聞》（1932

年改名《新京日日新聞》）〔註6〕。1923年進入《盛京時報》，擔任副社長，主管經營。1932年佐原篤介逝世後就任《盛京時報》社長。1933年兼任長春《大同報》社長。1944年偽滿各大報業合併成《康德新聞》，染谷保藏繼續擔任社長。1945年7月日本投降後，染谷保藏作為戰犯在瀋陽處於有期徒刑，死於哈爾濱監獄。〔註7〕

很多學者認為，在《盛京時報》發展的38年的歷程中，染谷保藏作為第三代社長，主要負責報社的資本運營，本文作者認為他是《盛京時報》在偽滿時期成為中文第一大報、最先加入「滿洲弘報協會」組織的關鍵性人物。

二、菊池貞二

生於明治十八年（1885年），1904年考入上海東亞同文書院，1908年進入《盛京時報》，從事編輯工作，憑藉良好的漢語，1914年就提升為編輯人，報社主筆（論說委員會委員長），以「傲霜庵」為筆名，在《盛京時報》發表了大量的論說，主要集中在民國時期和偽滿時期，他的言論言辭激烈，迷惑性強，在偽滿期間是日偽輿論引導的重要人物之一。

在盛京時報社中，菊池貞二地位甚高，《盛京時報》在1941年報紙創刊35週年回顧把他和中島真雄、佐原篤介、染谷保藏三位社長同時稱為「本報四大功勞者」〔註8〕。東亞同文會主編的《對華回憶錄》中對菊池貞二也評價極高，「該報的主筆菊池貞二，自創辦以來，不但是本社的光榮，且為全滿新聞界的明星，他的光輝至今還照耀著滿洲的山河」〔註9〕。在孫邦主編的偽滿史料叢書《偽滿文化》中，林穆這樣評價菊池貞二，「菊池貞二化名「傲霜庵」專門撰寫中文社論，（由華人學究李克庭修詞）。由於他們是外國人，擁有治外法權，敢於觸及滿清政府及軍閥政權的時弊，意在起離間作用，迷惑了不少讀者。〔註10〕」

〔註6〕作者根據曾虛白：中國新聞史，三民書局，1966年版，第177頁關於《長春實業新聞》內容整理。

〔註7〕王承禮等主編：東北淪陷十四年史叢書之《苦難與鬥爭十四年（下）》，中國大百科全書出版社，1995年版，第471頁。

〔註8〕見本報之沿革，盛京時報，1941年10月17日，頭版。

〔註9〕（日本）東亞同文會編，胡錫年譯：對華回憶錄，北京：商務印書館，1959年11月版，第498頁。

〔註10〕孫邦主編：偽滿史料叢書，偽滿文化卷之林穆撰寫《被囚禁的新聞》，吉林人民出版社，1993年版，第314頁。

菊池貞二作為盛京時報社主筆為報社工作了三十多年，除了在《盛京時報》撰寫論說之外，在 1925 年和 1927 年編著過《東三省古蹟遺文》及《東三省古蹟遺文續編》兩本書〔註 11〕。偽滿時期在 1939 年到 1943 年之間，他每年主編一本《滿洲國運動年鑒》，由株式會社滿洲支社每年 7 月出版發行。

三、穆儒丐

關於穆儒丐，應該是《盛京時報》極具特色的滿籍社員。《盛京時報》從 1906 年 10 月創辦，到 1944 年 9 月結束，共經歷 38 年歷史，而儒丐作為《盛京時報》編輯有 27 年的歷史，因而他也成為為《盛京時報》服務最久的中國編輯之一。民國時期，儒丐在盛京時報社主持文藝副刊「神皋雜俎」編輯工作，發表了大量的文藝作品，包括小說、隨筆、雜談、劇評等文章；除長篇小說《梅蘭芳》、《北京》及歷史小說《福昭創業記》發行過單行本之外，其他作品主要集中於《盛京時報》，偽滿時期在新京（長春）《大同報》也有大量轉載；其文學地位和社會影響力在民國時期逐漸顯現出來，在偽滿時期達到了頂峰。1938 年 10 月穆儒丐憑藉歷史小說《福昭創業記》獲得《盛京時報》第三屆「盛京文藝賞」，1939 年 2 月同樣以《福昭創業記》獲得「滿洲國第一屆民生部大臣文藝賞」。1938 年 10 月開始，儒丐作為《盛京時報》幾位論說委員會委員之一，在報紙上發表了大量論說。1942 年 7 月，他成為康德新聞社理事。對穆儒丐在偽滿新聞屆的貢獻，「滿洲弘報協會」曾在 1938 年 11 月 19 日對在「滿洲國」新聞界服務二十年以上的穆儒丐進行表彰〔註 12〕。

相比穆儒丐個人的經歷，偽滿洲國時期的榮譽和文學成就只是他人生中的精彩片段。他的一生曲折豐富，在不同時期身份的變化以及在文學、戲曲、評論方面的極高造詣，使得我們對於穆儒丐個人經歷頗為感興趣。正如滿族文學研究學者張菊玲的總結：「民國初年，北京有位頗為著名的劇評家穆辰公；民國至偽滿洲國時期，瀋陽有位著名的小說家穆儒丐；中華人民共和國的 20 世紀 50 年代，北京文史館有位館員名為寧裕之；看似三個不同的人，實則是

〔註 11〕菊池貞二：東三省古蹟遺聞，奉天：盛京時報社，1925 年出版，菊池貞二：東三省古蹟續編，奉天：盛京時報社，1927 年出版。

〔註 12〕新落成紀念，表彰滿洲新聞界十年以上服務者，盛京時報，1939 年 11 月 19 日，晚刊 2 版。

三易書名的同一人。這是一位出生於清朝末年，北京香山健銳營的旗籍作家。由於處在時代巨變之中，生活道路顯得複雜另類，長時期來，研究者多對其略而不論。〔註13〕」

（一）穆儒丐的個人簡歷

關於穆儒丐的身世，近年來國內外的學者有諸多研究，本文作者在全面查閱相關資料後，認為可以依託兩份材料對穆儒丐的前半生的人生簡歷進行還原。一份是儒丐在 1938 年獲得「盛京文藝賞」後《盛京時報》在 1938 年10 月 20 日披露其個人「穆氏略歷」的原文；另一份是發表於 1939 年 2 月 11日《大同報》上「穆氏傳略及著書」的內容。此兩份材料詳細的記錄了穆儒丐身世，本文作者經過詳細比對，主要年份及個人經歷上沒有出入，其內容詳實可靠。《大同報》上關於「穆氏傳略及著書」的全文已被蔣蕾教授著作《精神與抵抗：東北淪陷區報紙文學副刊的政治身份與文化身份──以《大同報》為樣本的歷史考察》全文刊載〔註14〕，本文不再贅述；發表在《盛京時報》關於「穆氏略歷」的內容，鑒於國內外學者的研究中沒有引用過，本文作者為了還原穆儒丐身世材料的原貌，全文引用如下：

> 「穆六田五十五歲，北京滿洲正藍旗人，光緒二十八年由八旗
> 第二小學升入宗室覺羅八旗高等學堂，光緒三十一年被送入日本留
> 學，光緒三十四年卒業於早稻田大學附設之師範班歷史地理科，宣
> 統三年，卒業於該大學專門部政治經濟科，是年八月，內閣驗放，
> 賜法政科舉人學位。民國五年沖奉天法政專門學校講師，六年入本
> 報社，至現在。」〔註15〕

因而，本文作者綜合《盛京時報》關於「穆氏略歷」和《大同報》「穆氏略傳及著書」以及張菊玲引用伊增塤先生關於《寧裕之其人其事》原文〔註16〕等相關材料，總結穆儒丐一生主要簡歷如下：

穆儒丐（1884～1961），原名穆篤里（也作穆都哩），字六田，號辰公，

〔註13〕張菊玲著：幾回掩卷哭曹侯滿族文學論集，瀋陽：遼寧民族出版社，2014 年版，第 331 頁。

〔註14〕見蔣蕾，精神與抵抗：東北淪陷區報紙文學副刊的政治身份與文化身份──以《大同報》為樣本的歷史考察，吉林人民出版社，2014 年版，第 320 頁。

〔註15〕見文藝小說家穆六田氏著述功伴正史，盛京時報，1938 年 10 月 20 日，4 版。

〔註16〕見張菊玲，穆儒丐的晚年及其他，滿族研究，2007 年第 3 期，第 117 頁。

筆名辰公、儒丐、丐。1884 年生於北京健銳營武家，八旗子弟，1902 年由北京八旗第二小學升入北京宗室覺羅八旗高等學堂，1905 年被送入日本留學，1908 年從日本早稻田大學附設之師範班歷史地理科畢業，繼續在早稻田大學專門部政治經濟科學習，1911 年從早稻田大學專門部政治經濟科畢業，總計在日本留學 6 年時間。1911 年 8 月，經日本內閣核准，獲得法政科舉人學位。1911 年年末宣統皇帝退位，清王朝覆滅，因而導致穆儒丐沒有進入仕途，轉而從事過秘書和教師的職務。1916 年穆儒丐來到奉天（瀋陽），就任奉天法政專門學校講師一職，1917 年加入盛京時報社，1918 年開始主持《盛京時報》「神皋雜俎」文藝副刊的工作。穆儒丐在《盛京時報》工作了 27 年，在 1938 年「滿洲弘報協會」表彰「滿洲新聞界服務二十年以上者」中曾特別表彰穆儒丐先生。日本投降之後，儒丐在 1945 年回到北京，改名「寧裕之」，1953 年擔任北京文史研究館館員，1961 年 2 月 15 日在北京逝世〔註17〕。

　　穆儒丐一生的文學著述頗多，《盛京時報》在儒丐 1938 年 10 月獲得「盛京文藝賞」時對其作品進行的總結：「其著作業績：一、伶史、二、小說梅蘭芳、三、小說金粉夜叉、四、小說女優、五、小說北京、六、小說徐生自傳、七、小說哀史（譯）、八小說岩窟島伯爵（譯）、九、小說財色婚姻、十、小說栗子、十一、歷史小說福昭創業記等，此外短篇隨筆及雜著等多種」〔註18〕。其實《盛京時報》這裡總結的並不是穆儒丐的全部作品。他的文學作品大約分為原創小說、翻譯小說、散文、隨筆、劇評、論說等多種，除了小說《梅蘭芳》（1919 年 6 月出版）、《北京》（1924 年 2 月出版）及《福昭創業記》（1939 年出版）三本小說出版了單行本之外，其大部分均發表在《盛京時報》上，在 1937 年到 1938 年《大同報》上也進行了轉載。

　　穆儒丐除了在小說、戲劇、評論等方面的極高造詣，他個人也及其重視對文學青年和文學愛好者的培養。《盛京時報》在 1922 年 1931 年每年新年推出的「新年號徵文」活動，就是在他的主持之下順利推行的。「新年號徵文」活動不僅吸引了更多讀者對報紙的關注，通過這種方式，也使得很多民間的優秀作品進入到《盛京時報》中，豐富了《盛京時報》文藝副刊的內容，更

〔註17〕關於穆儒丐改名「寧裕之」及其擔任北京文史館館員，作者參考張菊玲：幾回掩卷哭曹侯滿族文學論集，遼寧民族出版社，2014 年版，第 352 頁引用伊增塤先生關於《寧裕之其人其事》的原文。

〔註18〕見文藝小說家穆六田氏著述功侔正史，盛京時報，1938 年 10 月 20 日，4 版。

重要的是，通過這種方式選拔和歷練了很多文藝青年，使他們走上文學的道路，如金小天、白薇、趙鮮文等，他們的文章豐富了上世紀 20、30 年代東北文壇。

很多年輕的文學作者對他十分尊敬。翠羽（于蓮客）在《藝文志》裏寫過一篇文章這樣評價儒丐「二十年間，滿洲各新聞雜誌上，少見有人創作過小說，尤其是少見有人翻譯外國名著，只有穆先生的穿鑿，能翻譯，更能在彼時純文言勢力之下，率直的以白話文來寫作，而開語體文之先」[註 19]，言語中顯現了其對儒丐的敬佩；古丁對穆儒丐也稱先生，評價「儒丐先生是滿洲作家的老前輩，是譯過雨果的《哀史》的翻譯家，這不用我喋喋介紹，對於滿洲的讀眾，早就如雷貫耳了。我們最近拜讀大作《栗子》，真不啻荒原上的一支鮮花」[註 20]；金小天把儒丐看成是最好的老師和朋友，在儒丐的支持下，金小天在《盛京時報》發表了大量的小說、隨筆。他的小說後來成為了「小天體」。

儒丐的文藝作品，京味十足，充分顯現了一個滿族旗人對滿清文化濃濃的眷戀。從整體上看，他的原創小說、翻譯小說以及隨筆、戲評，都經歷了「舊文學」向「新文學」轉變的過程。因而，我們認為儒丐也是東北文學從「舊文學」走向「新文學」的標誌性人物，在民國、偽滿時期的東北文學中，起到了承上啟下、承前啟後的重要作用[註 21]。

（二）國內外對穆儒丐的研究現狀及作者的幾點思考

由於穆儒丐一生身份幾經變化，其在戲劇、文學、戲曲及藝術等方面的造詣非凡，但由於歷史原因，早年對他的研究並沒有深入進行。伴隨文學、藝術及新聞史研究的不斷深入，近些年對穆儒丐的研究也逐漸增多，很多研究學者開始對穆儒丐的文學作品及文藝方面的貢獻進行了深入的研究和廣泛的探討。

本文作者在詳細閱讀了數十篇國內、日本、臺灣以及歐美國際學者對穆儒丐的研究，發現目前對穆儒丐的研究主要集中在幾個方面：

[註 19] 見翠羽：穆儒丐先生，藝文志，1944 年 4 月發行，第 30 頁。
[註 20] 見古丁：閒話文壇，一知半解集，引自《古丁作品選》，春風文藝出版社，1995 年版，第 9 頁。
[註 21] 關於東北新、舊文學轉變的內容，本文作者在第三章盛京文藝賞部分有詳細闡述。

第一、穆儒丐的個人人生經歷及文學影響力。因為穆儒丐是滿洲八旗子弟，出生北京，早年留學日本，又經歷了清王朝覆滅、民國、偽滿洲國以及建國等不同歷史時期，他個人在不同時期又以不同身份和姓名在社會扮演者不同的角色，有著與眾不同的影響力，使得很多研究學者對其個人經歷展開深入的研究。其中日本北海道大學長井裕子《滿族作家穆儒丐的文學生涯》〔註22〕結合穆儒丐個人的經歷，對其小說及戲評進行比較客觀的評價；張菊玲《風雲變幻時代的旗籍作家穆儒丐》、《穆儒丐的晚年及其他》等文章〔註23〕比較細緻地還原了穆儒丐一生豐富曲折的經歷，對其在文學藝術上貢獻做出了中肯的評價，為日後進行穆儒丐研究奠定了詳細、準確、客觀的基礎。

第二、關於穆儒丐《福昭創業記》及其政治傾向的研究。在穆儒丐的眾多小說中，歷史小說《福昭創業記》最為出名，但也頗具爭議。很多學者認為這部小說以滿清的建國歷史和功勳為偽滿洲國政權尋找合法性，因而它帶有強烈的政治色彩。由此判斷穆儒丐是「漢奸作家」，其作品《福昭創業記》也被認為是「漢奸文學」。但很多學者也提出了更為客觀的看法。其中蔣蕾教授認為，穆儒丐作為滿洲旗人，「中華民族『融合觀』與當時偽滿強調的『五族協和』有本質不同。偽滿洲國所謂的『五族協和』，指『滿、蒙、朝、日、俄』的融合，強調『滿、蒙』必須脫離『中國』。而穆儒丐著眼於整個中華民族的歷史，強調『滿漢蒙回藏』的融合。〔註24〕」學者葉彤認為穆儒丐身上有濃重的滿族情結，他的文化觀點是保守的。〔註25〕本文作者在細讀穆儒丐的作品後，認為蔣蕾教授和葉彤評價更為客觀，我們需要把歷史人物放進當時的歷史環境進行考察，顯然穆儒丐因為其個人的經歷，身上帶有著強烈的家國情懷，但不能就此認為其為「漢奸文人」，其作品《福昭創業記》可能被偽滿政府利用藉以宣傳其殖民文化思想，我們不能就此認定穆儒丐的政治傾向。

〔註22〕長井裕子，莎日娜（譯）：滿族作家穆儒丐的文學生涯，民族文學研究，2006年第2期，第163～170頁。

〔註23〕見張菊玲：幾回掩卷哭曹侯滿族文學論集，遼寧民族出版社，2014年版，第331到359頁。

〔註24〕見蔣蕾：精神與抵抗：東北淪陷區報紙文學副刊的政治身份與文化身份——以《大同報》為樣本的歷史考察，吉林人民出版社，2014年版，第323頁。

〔註25〕見葉彤：傲慢與欺騙：日偽時期《盛京時報》言論研究（1931～1944），博士論文，2015年，第131頁。

以上兩方面是目前國內外學者對穆儒丐的研究成果總結，本文作者在參考整個《盛京時報》20多年的相關新聞、論說和副刊「神皋雜俎」等內容後，認為當下對穆儒丐的研究遠遠不夠，還需要擴充以下幾方面內容：

1. 儒丐的論說研究，穆儒丐在民國至偽滿時期發表了大量的論說，也是《盛京時報》論說委員會成員之一，目前對其論說研究的成果較少。

2. 儒丐的翻譯小說，在東北文壇中，儒丐是最早用白話文翻譯外文小說的作家之一，因而對其研究有較高的學術價值。

3. 儒丐的隨筆、雜談以及劇評的相關研究，尤其是對他的戲評研究，目前基本處於空白的狀態。

4. 儒丐對《盛京時報》「盛京賞」活動推動和評選在偽滿文學中起到的作用。1936年到1944年《盛京時報》「盛京賞」活動無疑有儒丐的參與和推動，尤其「盛京文藝賞」的評選，對當時東北文學藝術的發展起到重要作用。因而對其研究意義重大。

四、金小天

在《盛京時報》工作超過十五年的中國編輯中，金小天是其中一位。由於自上世紀20年代開始小天參與儒丐組織的《盛京時報》文藝副刊「神皋雜俎」的編輯工作，因而名聲大噪。金小天原名金光耀，曾用名金德宣，筆名小天，1902年生於遼寧，畢業於奉天省立第一師範學校。1921年開始在《盛京時報》副刊「神皋雜俎」中發表小說，1926年4月5日，與穆儒丐、王冷佛創立《盛京時報》副刊《紫陌》，並同時擔任《圖畫週刊》編輯。偽滿時期曾任偽滿文化部長。作為《盛京時報》資深滿籍（中國）編輯，1939年11月19日曾被「滿洲弘報協會」以為「滿洲新聞界工作超過五年以上者」進行表彰。建國後在遼寧省博物館工作。1966年十年動亂中被迫害致死〔註26〕。

金小天為東北新文學發展做出了貢獻。他的小說《鸞鳳離魂錄》、《屈原》、《柳枝》、《春之微笑》《靈華的傲放》、《畫家》、《煮鵲的禮物》、《春晨》、《冰生君傳》、《秋光和小樹葉》、《中秋的家信》等，開闢了浪漫體小說的模式，其小說後被稱為「小天體」；另外還發表過《紫陌之歌》、《青春之歌》等新詩。其作品形成小說集《屈原》、《骷髏》、詩集《春之微笑》等。

〔註26〕關於金小天建國之後的情況，作者參考了徐乃翔主編：中國現代文學詞典，廣西人民出版社，1989年11月版，第170頁內容。

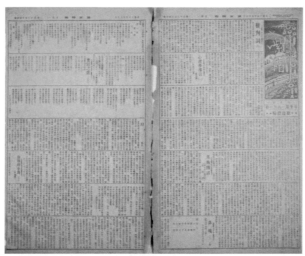

圖 3-3　副刊《紫陌》及《圖畫週刊》

　　穆儒丐對金小天的文學發展起到很大幫助作用。金小天還是學生的時候，穆儒丐就鼓勵其進行小說創作。在金小天創作小說過程中，常常得到儒丐的指點和評閱，因而在金小天自傳《吾之生涯》中把儒丐說成「亦師亦友」〔註27〕。在儒丐的幫助和培養下，金小天在 1926 年主持文學副刊《紫陌》，這份副刊 1926 年 4 月 5 日刊發（如圖 3-3），以報紙專頁的形式，單獨一張，一版是《紫陌》，背面一版是《圖畫週刊》，橫版印刷，固定在每週一出刊。《紫陌》一直出刊到 1928 年 12 月 10 日結束，共計 125 期。《紫陌》的刊發為上世紀

〔註27〕金小天的自傳《吾之生涯》，見《盛京時報》副刊「神臯雜俎」1933 年 10 月
　　　27 日到 11 月 28 日之間的連載。

20 年代東北的文學發展創造了條件，同時也為 30、40 年代《盛京時報》的大幅擴版奠定了基礎。

　　偽滿時期，金小天積極推動《盛京時報》副刊擴版，在他的推動下，副刊「神皐雜俎」也增設了「摩登」等欄目；在他的推動下，1932 年 2 月 22 日《盛京時報》建立了副刊《另外一頁》；1933 年 3 月 8 日，芙蓉在小天的幫助下創立《家庭週刊》，後來分成《婦女週刊》和《兒童週刊》〔註 28〕。

五、關於芙蓉和菲女

　　在盛京時報社 38 年的發展中，有很多中國編輯供職，他們中絕大部分是男性，只有少數的女性編輯，芙蓉和菲女便是其中兩位。偽滿洲國建立後，《盛京時報》逐漸強大，版面不斷擴展，金小天等文藝副刊編輯在 1933 年初開始籌措在《盛京時報》上建立一個全新的副刊，以婦女和兒童內容為主，因而需要一個女性編輯主持，芙蓉就是在這樣的背景之下來到盛京時報社的。

　　然而，對於芙蓉的個人情況，國內外的研究幾乎沒有提及，本文作者在 1933 年到 1935 年《盛京時報》副刊《婦女週刊》的內容中搜尋到了編者芙蓉個人情況的蛛絲馬蹟，並在 1931 年 6 月滿洲報社出版的《東北人物志》中找到李芙蓉的名字，上寫「東豐縣女界，李芙蓉，年三十歲，東豐縣人，現任東豐縣第二校教員」〔註 29〕。（如圖 3-4）經過反覆考證，芙蓉即為李芙蓉。因而，關於芙蓉的個人簡歷，本文作者總結如下：

圖 3-4　《東北人物志》

〔註 28〕金小天關於《盛京時報》副刊擴版的內容，本文作者在《盛京時報》副刊格局形成的內容中有詳細論述。

〔註 29〕東北人物志，滿洲報社出版，民國二十年六月三十日發行，第 144 頁。

　　芙蓉，女，原名李芙蓉〔註 30〕，又名李秋榮，筆名芙蓉，遼寧東豐縣人，約在 1911 年前後出生，受過高等教育，早年去過北平（或上學或從事工作），後到大連從事工作；1931 年三十歲時擔任東豐縣第二校教員；1933 年加入盛京時報社，1933 年 3 月創辦《盛京時報》女性副刊《婦女週刊》，主持《婦女週刊》期間未成家，是奉天基督女青年會組織成員，住奉天女青年會公寓。

　　芙蓉開闢了《盛京時報》關於女性和兒童副刊，這兩份副刊成為偽滿時期持續時間最長的涉及到婦女兒童的副刊。芙蓉在 1933 年 3 月 8 日在《盛京時報》第五版創建副刊《家庭週刊》。《家庭週刊》的主要內容以婦女和兒童為主，每週出刊一次，整版，固定在每週三第五版出刊。《家庭週刊》的推出立刻受到讀者歡迎好評，以至於讀者來信過多，導致芙蓉不得不在《家庭週刊》發刊三期後，把《家庭週刊》分成《婦女週刊》和《兒童週刊》。《婦女週刊》固定在每週五第五版出刊，整版內容；《兒童週刊》固定在每週二第五版出刊，整版內容；《婦女週刊》和《兒童週刊》都由芙蓉主持編輯工作。直到 1935 年 11 月芙蓉離開盛京時報社，菲女接手《婦女週刊》和《兒童週刊》，芙蓉共計主編了《婦女週刊》和《兒童週刊》各 130 期內容。

　　芙蓉雖然在盛京時報社只擔當了兩年的編輯，但她主持的《婦女週刊》內容涉及廣泛，主要內容包括新聞採訪「家庭訪問記」、新女性職業、女性思想解放以及女性關於教育、情感、職業、家庭、育兒等各方面內容；另外，由於芙蓉是基督女青年會成員，《婦女週刊》上涉及慈善救濟等文章；除此之外，還包括日本女性作家的流行小說等內容。

　　芙蓉主持《婦女週刊》期間，所選文章的內容與對讀者的回信等，基本表達了她個人關於女性解放的思想。她的主要思想表現在幾個方面：女性應該接受教育；女性要在社會上謀求職業；女性戀愛和婚姻自由；女性要維護自身尊嚴，不做舊式家庭小妾等內容。相對來說，在當時報紙的女性副刊中，芙蓉所代表的《婦女週刊》的觀點是相當先進的。

　　芙蓉主持《婦女週刊》期間，其很多文章有固定的撰寫人，如當時文壇上

〔註 30〕筆者根據《盛京時報·婦女週刊》1934 年 3 月 9 日《理智勝不過情感》是芙蓉與其朋友來信得到信息，另外本文作者也比對了《盛京時報》1932 年到 1940 年每年全體社員的名字，1934 年和 1935 年有「李芙蓉」的名字，與副刊《婦女週刊》編輯芙蓉所在時間吻合。

比較活躍的文人人物笳嘯〔註31〕、曼秋〔註32〕、蘇菲〔註33〕等，其中笳嘯在芙蓉主持《婦女週刊》期間發表和翻譯的作品多達一百多篇，涉及小說、詩歌、評論、翻譯作品等不同體裁；還有一部分人是奉天女青年會的成員，如張美立（奉天基督女青年會幹事），張座銘，張維祺女士等，同是奉天女青年會成員，因而與主編芙蓉熟識，在觀點上與芙蓉謀求婦女獨立解放思想主張相一致。

芙蓉與 1935 年 11 月離開《盛京時報》，1935 年 11 月 8 日《婦女週刊》上，菲女寫了《敬告讀者》，開始主持《婦女週刊》和《兒童週刊》的編輯工作，直到 1942 年 7 月 2 日後《婦女週刊》、《兒童週刊》和《教育週刊》合併成《家庭與趣味》。

關於菲女的個人簡歷，譚娟《〈盛京時報・婦女週刊〉初探》〔註34〕中對菲女的介紹「菲女，女……年齡 57 歲，在日本留過學，受日本婦女影響較大。」〔註35〕經筆者查證，菲女的確年齡較大，菲女在文中常稱自己「老菲女」，早年確有在日本留學背景。〔註36〕

菲女主持的《婦女週刊》在內容上明顯受制於偽滿當時的新聞管控，往往思想內容僅限於「王道下的婦女責任」〔註37〕。與芙蓉主持的《婦女週刊》相比，其內容更偏重女性相夫教子、服飾、美容、養生、育兒等方面；由於菲女早年的留學經歷，因而她主持的《婦女週刊》對日本女性的介紹明顯增多，菲女也開闢了新的欄目如「女詩壇」、「讀者之聲」等。其撰稿人主要有木子、裏麗、凱娜、豈女等人。到偽滿後期，內容貧瘠，每期只有半版內容，和芙蓉主持前 130 期《婦女週刊》（每期都是對整版，無廣告），其內容和質量都有很大差別。

〔註31〕 笳嘯，又名徐笳嘯，男，遼寧本溪人，生卒不詳，偽滿文藝社團「飄零社」成員，1930 年到 1935 年先後在大連《泰東日報》和瀋陽《盛京時報》發表大量文學作品，以新詩、評論、小說為主。

〔註32〕 曼秋，原名黃曼秋，男，「飄零社」成員，偽滿時期在《盛京時報》和《新青年》等文藝期刊發表文學作品。筆者考察到曼秋曾任教於遼陽新城村公立國民學校（見 1939 年第一期《建國教育》）。

〔註33〕 蘇菲，生卒年不詳，1934 年在瀋陽主編大型婦女雜誌《淑女之友》。

〔註34〕 譚娟：《盛京時報・婦女週刊〉初探，中華女子學院山東分院學報，2009 年第 3 期，第 57 頁。

〔註35〕 譚娟：《盛京時報・婦女週刊〉初探，中華女子學院山東分院學報，2009 年第 3 期，第 57 頁。

〔註36〕 再告讀者，盛京時報・婦女週刊，1935 年 11 月 15 日，5 版。

〔註37〕 王道下的新婦女，盛京時報・婦女週刊，1936 年 12 月 11 日，5 版。

六、李雅森

提起李雅森這個名字，很多人並不瞭解，但說到李喬，在偽滿洲國文學歷史中，他是當時文學圈中的活躍人物之一。李雅森，原名李公越，又作李世林。筆名野鶴、李喬。1919 年生人，遼寧瀋陽人。1933 年左右任《正義時報》編輯〔註38〕，精通英語、日語。大約在 1937 年聘任到《盛京時報》，後任《盛京時報》編輯次長。

李雅森在偽滿前期（在 1933 年到 1936 年之間）用筆名野鶴在奉天《民報》、《民生晚報》、長春《大同報》等報紙副刊發表文藝作品。1938 年進入《盛京時報》，以筆名李喬發表小說《五個夜》、劇本《生命線》等文藝作品，主要作品大部分刊發在《盛京日報》及雜誌《文選》、《文最》、《新文化》、《新滿洲》、《滿洲文藝》等上面。

除了文藝作品，1941 年李雅森曾作為「滿洲新聞記者」參加東亞新聞記者大會，並撰寫了《粵南萬里行》一書〔註39〕，他的翻譯著作在偽滿時期也比較有影響力，1944 年李雅森翻譯出版德國自然科學家愛德華・阿納特博士著《滿蒙探秘四十年》，其圖文並茂，以作者手記的形式記錄了滿蒙滿蒙的風土人情、歷史遺跡、宗教迷信、野生動物和物產礦藏等內容。〔註40〕

七、于蓮客

偽滿時期《盛京時報》有很多才華橫溢的中國編輯，于蓮客應該是其中一位。但限於本文作者對其個人簡歷搜集內容的侷限，只能大致總結如下：

于蓮客，名於懷，自蓮客，遼寧人。生卒年不詳。筆名翠羽、蓮客。擅長文學、書法、繪畫。民國時期，曾與張學良秘書楊雲史等人交往甚密。精通戲劇，對京劇頗有研究。書法繪畫方面，擅長極工細的山水、花鳥畫〔註41〕。約在 1937 年聘任到《盛京時報》，成為報社編輯〔註42〕，1944 年《盛京時報》併入《康德新聞》，于蓮客繼續擔任編輯。

〔註38〕 本文作者在 1934 年 1 月號《民政部半月刊》中找到大同二年十二月十四日（1933 年 12 月 14 日）民政部部長臧式毅對李雅森的批示，上寫「《正義時報》編輯人李雅森」。

〔註39〕 李雅森著：粵南萬里行，奉天：東亞書店，1941 年 6 月出版。

〔註40〕 愛德華・阿納特博士著、李雅森譯：滿蒙探秘四十年，新京：近澤書局印行，康德十一年（1944）版。

〔註41〕 見談古著：國寶浩劫，武漢：崇文書局，2012 年版，第 186 頁內容。

〔註42〕 本文作者查證偽滿時期歷年新年《盛京時報》「社員賀表」總結得出。

八、王秋螢

王秋螢，1913 年 12 月 8 日生於遼寧撫順縣。筆名有蘇克、舒柯、邱螢、林緩、谷實、孫育、洪荒、阮英、牛何之、黃玄等。在建國之後改名王之平。年輕時曾與孟素、黃曼秋、陳因等人組織飄零社，在《撫順民報》「飄零」文藝欄發表文藝作品，「飄零社」成為上世紀 30 年代初東北四大文學社團之一。1934 年王秋螢在奉天《民生晚報》擔任編輯，1938 年到新京《大同報》擔任編輯，1939 年來到《盛京時報》繼續從事編輯工作。1939 年在奉天組成文選刊行會，同年 12 月創刊大型文藝雜誌《文選》，加入了偽滿時期「文叢派」與「藝文志」的文學論爭中，也為偽滿文學史增添了絢麗的色彩。

秋螢在 1940 年 12 月 17 日《盛京時報》創辦文學副刊《文學》，給《盛京時報》乃至整個文壇帶了更多樣的色彩。也使得《盛京時報》由原來以穆儒丐、金小天等編輯人「舊文藝」作品向「滿洲國」「新文藝作品」步入實質性的前進。為《盛京時報》的文藝副刊帶來了全新的活力。在他的帶動下，「滿洲國」年輕作家吳瑛、佟子松、李喬（李雅森）等年輕的作家作品出現在《盛京時報》上。

王秋螢的作品除刊載在報紙上外，他在 1940 年出版第一本短篇小說集《去故集》；1941 年出版第二本短篇小說集《小工車》。同年還出版反映東北青年愛國活動的長篇小說《河流的底層》。在此期同，他還搜集和整理東北地區文學史料，編選了《滿州新文學史料》（1945 年，長春開明圖書公司）。他的短篇小說《礦坑》，《新聞風景》，《血債》等，曾被詳成日文。抗日戰爭勝利後，任瀋陽中蘇友好協會文化部長兼《文化導報》主編。1948 年，經蕭軍介紹任《哈爾濱日報》編輯。第二年夏到鞍山教育局工作。曾編寫京劇劇本《鴉片戰爭》和《天國眷秋》（1951 年鞍山京劇團演出）﹝註43﹞。文革期間被劃入「右派」，之後平反。80 年代參加了《東北文學大系》的編輯工作。

﹝註43﹞作者參考北京語言學院《中國文學家辭典》編委會：中國文學家辭典現代第三分冊，四川人民出版社，1985 年 03 月第 1 版，第 15 頁。

第三章　偽滿時期《盛京時報》舉辦各項「事業」概述

第一節　關於《盛京時報》「舉辦事業」的概念

「事業」的概念，根據《現代漢語詞典》的解釋，是「人所從事的，具有一定目標、規模和系統而對社會發展有影響的經常性活動。〔註1〕」因而報社舉辦的「事業」，是由報社從事的、具有一定目標、規模和系統，對社會產生一定影響的經常性活動。

在從中國報刊史上，在清朝末年到民國時期，很多報社為了增加銷售額，吸引讀者，因而舉辦過各種各樣的活動，這些活動往往被稱為「主辦事業」。上海《申報》，北京《晨報》天津《益世報》等都曾主辦過各種文學、體育、戲劇等活動，豐富市民生活。在東北地區，報紙主辦各種「事業」，並不是《盛京時報》獨有，很多報紙都曾主辦過各種活動。大連《泰東日報》上世紀 20年代主辦過大連足球比賽等活動；新京《大同報》在 30 年代主辦的文學徵文活動等，但相對來說，所在奉天（瀋陽）的《盛京時報》在偽滿時期其主辦的活動具有規模相對較大、持續時間較長、對東北民眾影響較深等特徵，加之在偽滿時期，最為日偽機關的倚重的新聞媒介，《盛京時報》組織的活動承擔了殖民文化輸出的重要內容，因而對其研究意義重大。

〔註1〕中國社會科學院語言研究所詞典編輯室編：現代漢語詞典，商務印書館出版，1983 年版，第 1052 頁。

圖 4-1　《盛京時報》創刊 35 週年回顧

　　事實上，《盛京時報》在偽滿時期對所「主辦事業」非常重視。在 1941 年 10 月 17 日《盛京時報》對報紙創刊 35 週年回顧時（如圖 4-1）〔註 2〕，作為重要一項被單獨列出，「主辦事業及參加：本報主辦事項及參加者，年來實屬不少，茲略其小者而僅記其大者，康德三年十月十八日，本報三十週年紀念，設定科學文藝體育三項盛京賞，為每年固定行事，復於今年（康德八年）設語學賞表彰日滿語十傑。自康德二年起，本報每年發起京吉馬拉松競走，復於康德三年起每年秋季在奉天舉行足球大會以提倡體育。近年在國內舉行象棋大會以啟智及競爭，昨年為滿華聯歡計，邀請華北象棋名家來滿比賽，今年定十一月資送滿洲象棋名手赴華北比賽。」〔註 3〕此段文字記錄和描述了《盛京時報》在偽滿時期主辦的「事業」，其中 1936 年 10 月主辦「盛京賞」、1935 年開始的「京吉驛傳」馬拉松比賽、1936 年秋季開始「奉天足球大會」以及後來的「滿華象棋比賽」等是其中重要內容。

　　不僅如此，在 1941 年 1 月 1 日《盛京時報》在頭版顯著位置刊登「今年度本報新事業計劃」其中明確提出了「事業」一詞，此項「新事業計劃」即《盛京時報》主辦的各項活動事業：「本報自創刊以來，光陰荏苒，隨國事蒸騰，至今康德八年度，適逢三十五週年，為充實此深有意義之一年，乃樹立計劃，遂舉辦紀念事業，用（以）慶祝，此之外，本報往年亦由種種定期事業舉行，顧援舊例，與前者同時確定計劃，供謀增強其內容，茲將本年兩項

〔註 2〕圖 4-1 本文作者根據《盛京時報》1941 年 10 月 17 日頭版拍攝。
〔註 3〕本報之沿革，盛京時報，1941 年 10 月 17 日，2 版。

預定之事業列表於後〔註4〕。」其公告中不僅列出 1941 年這一年的主要「主辦事業」，一併在其後面列出了包括「盛京賞」、「京吉驛傳馬拉松大會」、「滿華象棋大賽」、「奉天足球大會」在內的歷年傳統「事業」。

本文作者依據《現代漢語詞典》中對「事業」的定義，以及盛京時報報社對其「主辦事業」的解釋，概括出《盛京時報》在偽滿時期「舉辦事業」的概念如下：

> 在偽滿時期（1931 年到 1944 年），《盛京時報》以報社的名義主辦的具有一定目標、規模和系統的，對偽滿時期東北社會產生和人民生活產生重要影響的活動，這些活動具有連續性。其中包括以《盛京時報》命名綜合性活動「盛京賞」、體育活動「京吉驛傳馬拉松大會」、「奉天足球大會」、「滿華象棋大賽」等內容，還包括文學、藝術、教育、慈善、旅遊以及節日紀念等各方面的內容。

第二節 《盛京時報》「舉辦事業」的傳統

《盛京時報》從創刊之後，就在尋找增加銷售量、提升報紙影響力的活動。因而在清末和民國時期報社就嘗試舉辦多種活動，即所謂舉辦各種「事業」。如嘗試舉辦報社創刊一千號紀念活動，開展「新年」徵文活動等。到偽滿時期，《盛京時報》舉辦各項「事業」已經初成規模。

但就《盛京時報》的舉辦「事業」傳統中，最值得參考的是「新年號徵文」活動。《盛京時報》的徵文活動，最早可以追溯到 1914 年，1914 年 11 月 29 日，《盛京時報》刊登一則「本報徵文廣告」，其主要內容就是根據報紙需求，徵集「論說」文和「遊戲文章」。到 1916 年年底，徵文的範圍擴大到加入小說體裁。到 1918 年 1 月 12 日，文學副刊《神皋雜俎》創刊，在內容上需要更多的文學作品，為盛京時報社「徵文」活動開展提供了更加廣闊的平臺。《神皋雜俎》創刊之後，穆儒丐等人的小說吸引了大量讀者，獲得好評，因而《盛京時報》的銷量大增。由於《神皋雜俎》獲得讀者好評，吸引了眾多文學青年和民眾的喜愛。因而到 20 世紀 20 年代初每年「新年號徵文」活動也得到了讀者熱烈的響應。

第一次「新年號徵文」活動徵集於 1921 年 12 月 3 日《盛京時報》上〔註5〕，

〔註4〕今年度本報新事業計劃，盛京時報，1941 年 1 月 1 日，頭版。
〔註5〕新年號徵文廣告，盛京時報，1921 年 12 月 3 日，四版。

在當時東北的報紙中，只有《盛京時報》首次開辦「新年徵文」活動，據說《盛京時報》當時參考了上海《小說月報》的做法。「新年號徵文」活動每年新年舉辦一次，到 1930 年結束，一共持續了 10 年時間。活動主要由《盛京時報》文藝副刊「神皋雜俎」的編輯們具體負責。其活動主要的步驟是《盛京時報》編輯們在每年年末籌劃「新年號徵文」活動的題目，在每年 11 月到 12 月間發布「本報新年號徵文題目」的廣告，標注「新年號徵文」的題目、每項徵文要求的字數、截止時間、獎金以及稿件郵寄等事項。一般來說，「新年號徵文」分為論說、小說、諧文、詩、新詩等幾個方面進行徵集；第二步，《盛京時報》根據讀者投稿，進行分類整理，評選出論說、小說、諧文、詩、新詩等各種體裁的一、二、三等獎作品及獲獎人，在每年的新年 1 月 1 號《盛京時報》的重要位置刊登「本報徵文當選披露」，公布獲獎題目、人員以及獎金數量；第三步是在新年《盛京時報》的不同版面，對不同體裁獲得一、二、三等獎的作品進行刊登發表，引起廣大讀者的興趣。

實際上《盛京時報》在 1921 年開始的「新年號徵文」活動，從形式到內容都是極具新意的。在形式上，「新年號徵文」的形式在當時東北報刊只有《盛京時報》採用，不僅迅速吸引讀者的注意力，而且豐富了每年報紙的「新年」版面，使報紙呈現活躍的文化氣息。另外從 1921 年開始「新年號徵文」其所命題目都非常新奇，如 1921 年「新年號徵文」中，以「對新文化運動之希望」為題，撰寫文章，在當時「舊體文學」依然占主流的時代，這樣的題目都比較新鮮；1922 年到 1930 年，其題目主要包含「雪」、「結婚」、「恐怖」、「和平之神」、「煩悶」、「光明」、「共產黨」「希望」、「科學家」、「微笑」與「奮鬥」等，命題範圍涉及政治、文化、哲學等各方面內容，為活躍當時東北的文學氛圍提供了條件。因而張文華在《「九‧一八」事變前後的奉天文藝》中描述《盛京時報》「新年號徵文」：「他們（當時的文學青年）唯一的樂趣是，一年一度的各個報紙舉辦的新年有獎徵文活動。他們從春、夏開始便期待各個報紙的徵文廣告。這樣的比賽不僅可以掙到錢，最主要的是非常有意思。〔註 6〕」

《盛京時報》「新年號徵文」持續了十年，這項活動的成功舉辦活躍了《盛京時報》的文藝內容，為「神皋雜俎」等文藝副刊的延續創造了良好條件；另外，「新年號徵文」活動是《盛京時報》從「舊文學」脫離出來，走向「新文學」轉折的重要標誌，在十年中「新年號徵文」所命題目如「新文化運動

〔註 6〕張文華：「九‧一八」事變前後的奉天文藝，東北現代文學史料（第 1 輯），遼寧社會科學院文學研究所出版，1980 年版，第 110 頁。

之希望」、「共產黨」、「奮鬥」「光明」「希望」等內容，幾乎都與「新文學」內容相關，另外，在體裁的撰寫上，鼓勵採用白話文寫作，設置新詩等全新的文學體裁發表文章，因而這種方式也培養一批東北文學藝術青年，如金小天、張露薇、趙鮮文、馬加、王蓮友等，他們後來為上世紀 20 年代中國東北文學發展做出了貢獻。「新年號徵文」對白話文在東北地區的推行起到了積極地作用。因而「新年號徵文」的延續，為偽滿時期《盛京時報》舉行的各項「事業」奠定了堅實的基礎。

第三節　偽滿時期《盛京時報》舉辦各項「事業」背景及意義

　　《盛京時報》從 1906 年 10 月創辦，到 1944 年 9 月合併成《康德新聞》，其發展的 38 年的歷程中，主要經歷了起步期（1906～1912）、發展期（1912～1931）、鼎盛期（1931～1941）、衰退期（1941～1944）四個時期，而在偽滿洲國時期，正是《盛京時報》由民國時期的發展期走向全面鼎盛和逐漸衰退的變化過程。而這一變化的過程在報紙的各個方面都能夠體現出來，比如言論、版面、發行量等，但還有一個重要的方面，就是《盛京時報》所舉辦的「事業」。《盛京時報》所主辦活動的數量、質量和在當時影響力能極大地反映其從發展期走向鼎盛期及衰退期的變化過程，因而對其研究意義重大。

　　在翻閱、整理偽滿時期《盛京時報》（1931～1944）的資料，我們發現，盛京時報社主辦各項「事業」不是一蹴而就的，它是經歷了報社版面擴張之後才不斷發展壯大的。

　　在本章第二部分，我們重點論述了《盛京時報》在民國發展期主辦「事業」的傳統，我們發現除了 1921 年到 1930 年「新年號徵文」的活動之外，《盛京時報》並沒有其他主辦的「活動」內容。

　　而在 1931 年九一八事變之後，《盛京時報》首先立足言論，主筆菊池貞二以「傲霜庵」為筆名，撰寫大量言論，影響輿論，進而引導受眾，使《盛京時報》在九一八事變後淪為日本侵略者殖民統治的工具。另一方面，《盛京時報》在九一八事變之後也開啟全面發展的道路，主要體現在報紙版面擴張上。《盛京時報》在 1912 年到 1930 年紙版面在 8 到 10 個版面，20 年代基本保持 10 個版面的日刊發行，而九一八事變後，在 1932 年 7 月擴張版面，達到日刊三大張 12 版，1934 年繼續擴版達到日刊三大張半 14 個版，到 1936 年

曾達到日刊 4 大張 16 個版，在當時偽滿四大中文報紙中，《大同報》、《泰東日報》、《大北新報》最鼎盛時期都不曾達到這一版面數量。

因而，我們認為《盛京時報》在 1931 年九一八事變到 1941 年太平洋戰爭爆發前是其發展的鼎盛時期，而這一鼎盛時期首先是以報紙版面擴展完成的。我們認為 1931 年到 1936 年是《盛京時報》報紙版面的擴展時期，因而也是《盛京時報》副刊格局形成時期。《盛京時報》在 1933 年 2 月增設副刊《另外一頁》；1933 年 3 月增設副刊《家庭週刊》，之後改成《婦女週刊》和《兒童週刊》，分別在週五和週二出刊；1934 年 4 月又設《教育週刊》，1935 年 2 月設《電影週刊》。加上《盛京時報》在各地增設的特刊，因而到 1936 年《盛京時報》日刊達到 16 版，《盛京時報》的副刊不僅內容涉及以「神皋雜俎」為代表的文藝副刊，還有以女性、兒童、哲學、藝術、教育、電影為主的專門性副刊，以及大連、新京、錦州、哈爾濱等支社發回的各地專刊，因而形成了《盛京時報》獨有的強大的副刊格局。本文作者總結如下表 4-2：

表 4-2　1931 年到 1936 年《盛京時報》副刊格局形成〔註 7〕

	副刊名稱	內容
週一		週一版面固定只出一大張，除「神皋雜俎」沒有其他副刊
週二	《兒童週刊》	以青少年文藝作品為主，涉及詩歌、散文、笑話、小說等
週三	《另外一頁》	最初集合文學、思想、教育和電影在一起的副刊，後主要集合中西哲學、藝術等著作發表
週四	《教育週刊》	以中西教育理念、教育家、教師及教育工作者思想交流的平臺，也是偽滿「王道教育」思想貫徹之地
週五	《婦女週刊》	女性思想、情感、婚姻、家庭、育兒的問題為主
週六	《另外一頁》	最初集合文學、思想、教育和電影在一起的副刊，後主要集合中西哲學、藝術等著作發表
週日	《瀋海餘沉》	內容涉及到西方電影歷史、現狀，電影常識、新片評析、影視明星介紹、電影歌曲、讀者信箱等，內容十分豐富
	各地特刊	內容
	《大連特刊》	《大連特刊》1933 年 7 月創刊，《新京特刊》1933 年 8 月創刊，《錦州特刊》1934 年 12 月創刊，《濱江特刊》1935 年 2 月創刊；所有各地特刊均每週出刊一次，但時間並不固定，內容主要以大連、新京、錦州、哈爾濱新聞為主
	《新京特刊》	
	《錦州特刊》	
	《濱江特刊》	

〔註 7〕本表作者根據 1931 到 1936 年《盛京時報》內容製作。

　　這種《盛京時報》獨有的副刊格局，其基本陣容一直延續到偽滿後期，在 1938 年因業務的需要，《盛京時報》變為晨晚刊，其副刊格局基本也參照 1936 年日刊 16 版時副刊格局。在 1941 年太平洋戰爭爆發後，由於紙張緊張，《盛京時報》不得不壓縮版面、縮小文字，但其副刊的基本格局都參照此格局，只是各刊內容逐漸貧瘠。

　　本文作者認為，《盛京時報》的副刊格局形成，為其報紙在偽滿時期成為日偽倚重的中文第一大報奠定了重要基礎，它是《盛京時報》從發展期走向鼎盛時期的重要標誌；副刊格局的形成也為其後《盛京時報》以報紙名義主辦各項「事業」奠定了內容基礎。

　　1936 年 9 月 28 日，「滿洲弘報協會」成立，《盛京時報》成為「弘報協會」最初加盟的報社之一，其中文第一大報的身份，也逐漸顯現。在其後的幾年《盛京時報》不斷兼併收購奉天及其他地方中文報紙，《盛京時報》逐漸意識到，副刊格局的形成在內容上保證了報紙大報地位，對其他中文報紙的兼併收購是報紙的規模上擴大，但就報紙的影響力上，除了提高言論的影響外，還需要其他內容提升其社會影響。

　　在這種背景之下，《盛京時報》開始以報紙的名義主辦各項「事業」。我們在搜集整理《盛京時報》關於主辦「事業」的資料時，發現偽滿時期《盛京時報》主辦的主要活動基本是從 1935 年到 1936 年開始的，在此之前並沒有主辦過任何活動。因而我們認為 1931 年九一八事變到 1941 年太平洋戰爭爆發，是《盛京時報》發展的鼎盛時期，在其發展的鼎盛時期，《盛京時報》先是在 1931 年到 1936 年進行版面擴充，使版面格局形成；而後在 1936 年左右，開始以主辦各項「事業」為推動，提高其中文大報的影響力。因而，是通過這兩個步驟達到其鼎盛時期的。

第四節　偽滿時期《盛京時報》所舉辦的各項「事業」

　　從 1931 年到 1936 年，《盛京時報》經過了版面的不斷擴張，副刊格局形成，1936 年加入「滿洲弘報協會」組織，成為當時中文報紙行業的行業龍頭，經過不斷地兼併收購，《盛京時報》意識到，要想提高其在「全滿洲國」的影響力，必須以報社的名義主辦各項「事業」，來全面擴大其影響。

　　因而在 1935 年到 1936 年開始，《盛京時報》開始著手主辦各項「事業」，其內容涉及到政治、文化、教育、體育、觀光旅行、慈善事業、軍事等各個

方面；其規模覆蓋整個偽滿洲國；就數量上而言，涉及到十幾個常規性的「事業」以及特殊年份的「特殊事業」；時間上幾乎橫跨整個偽滿時期，從 1935年左右一直持續到 1944 年《盛京時報》併入《康德新聞》，甚至到《康德新聞》之後也延續了《盛京時報》所主辦的「事業」。這種舉辦「事業」的方式和規模，在偽滿時期的中文報紙中，是沒有任何報紙能與之相較量的。

在數量上，本文作者進行過統計，以 1940 年為例，作者統計了盛京時報社在 1939 年 12 月到 1940 年 12 月間對所主辦的各項「事業」的文章，包括新聞報導、評論、副刊、記者手記、歷史文章等，作者發現在 1939 年 12 月到 1940 年 12 月間，《盛京時報》每天晨刊晚刊不少於一篇與其主辦的活動的報導，總計不少於 1320 篇文章或報導。能占總的報導或文章數目的十分之一。從中我們得以看出《盛京時報》對所主辦各項「事業」的重視。

《盛京時報》主辦的各項「事業」也取得了驚人的效果，這些主辦的活動，直接傳遞了日本統治者灌輸的殖民文化思想和意識形態，達到了在使日本統治者控制、奴化東北民眾思想的目的。《盛京時報》偽滿時期主辦的主要「事業」，本文作者就主要項目概括如下：

一、「盛京賞」《盛京時報》1936 年 10 月為慶祝報紙創刊 30 週年紀念設立，每年舉辦一屆，為表彰「滿洲國」在科學、文藝、體育、語言等方面的人才而設置的文化獎項，是偽滿時期最具代表性的文化獎項之一。它以《盛京時報》的報紙名稱命名，是當時唯一以報紙名稱命名的文化獎項。「盛京賞」活動共舉辦了 9 屆，直到 1944 年 9 月《盛京時報》被合併成《康德新聞》之後，在 1944 年 10 月依然舉辦了最後一屆（第九屆）「盛京賞」活動。在偽滿時期的文化獎項中，「盛京賞」舉辦的持續的時間最久，影響力頗大。值得注意的是，「盛京賞」活動除了「語學賞（日語）」之外，獲獎人員均屬「滿籍」即中國人，成為當時專門為「滿洲國」人設置的文化獎項之一。

二、「京吉驛傳馬拉松大會」，是一種在京吉國道上 120 公里長距離馬拉松比賽〔註 8〕。1935 年 5 月由《盛京時報》組織首次舉辦，以後歷屆在每年春季 5 月到 6 月間舉行。在偽滿的各項體育比賽中，它是一項民眾廣泛參與、非常有特色、具有有廣泛影響力的體育比賽。此項活動一直持續到 1943 年，共歷時 9 屆。

〔註 8〕京吉國道，偽滿時期由日偽政府組織，從新京（長春）到吉林市國道建設，1935年 5 月竣工，全長大約 120 公里，以土石路為主。

三、「全奉天足球大會」，由《盛京時報》與其他單位聯合主辦，1936 年
10 月第一次舉辦，最初主要是針對奉天市（瀋陽）初、高級中學組織的足球
比賽，而後幾屆增設了社會部，即成人比賽，由奉天市各單位組織參加比賽。
在偽滿洲國地方足球比賽中比較有影響力和廣泛參與的體育比賽。每年秋季
10 月份舉辦，一直持續到 1943 年，共舉辦 8 屆。

四、「歲末同情周間」活動，是偽滿時期「滿洲國」政府在年底舉辦的一
種遍及東北各地的慈善活動宣傳，主要的內容是在年底一周的時間，募集善
款，救濟貧民，對貧民發放糧食、衣物、棉被等物品。《盛京時報》主辦的「歲
末同情周間」活動主要是針對奉天本地的，但對「歲末同情周間」報導的內
容範圍則兼顧整個東北地區。《盛京時報》對「歲末同情周間」的報導 1935
年底開始，每年 12 月中旬或下旬舉辦一次，持續一周時間。一直到 1943 年
底，共計歷時 9 屆。

五、「滿洲優良兒童表彰會」活動，1940 年 7 月由《盛京時報》聯合哈爾
濱《大北新報》、新京《大同報》錦州《遼西晨報》主辦「滿洲優良兒童表彰
會」，在全滿 14 省及新京特別市、奉天市、哈爾濱選舉 42 名「優良兒童」，
成立「優良兒童使節團」，對日本進行訪問交流。後來在每年 7 月到 8 月間，
在「滿洲國」評選「滿洲優良兒童」若干名，赴日本進行學習交流。一直持
續到 1943 年，歷時四屆。

六、《盛京時報》主辦「滿洲國觀光」相關「事業」。「觀光」一詞出於日
語，意思是旅行的意思這裡的「觀光事業」主要指旅行觀光事業。《盛京時報》
主辦「滿洲國觀光」相關「事業」主要集中於 1938 年到 1943 年之間，其中
主要為三項活動。一是 1939 年 7 月 1 日開始的「懸賞募集觀光滿洲論文」活
動，從論文徵集、票選結果、論文連載發表，共計持續了半年時間；二是 1938
年到 1942 年間《盛京時報》派記者實地進行「觀光地踏查」的活動，記者因
而發回多篇記者手記，對「滿洲觀光事業」各地發展狀況描述及分析；三是
1941 年《盛京時報》主辦「滿洲國三十五景選取」活動，從 1941 年 4 月開始，
一直持續到 6 月，最終以讀者投票的形式評選「滿洲國三十五景」。

這些常規性的活動，並不能反映《盛京時報》在偽滿時期主辦各項「事
業」的全貌，為了更詳細和全面介紹其內容，本文作者查閱 1931 年到 1944
年《盛京時報》所有內容，統計如下表格 4-3，涉及到《盛京時報》主辦各項
「事業」的名稱、起止時間、主要內容及主協辦單位等內容：

表 4-3　偽滿時期《盛京時報》主辦各項「事業」內容〔註 9〕

名稱	起止時間	主要內容	主辦、協辦單位
1.「盛京賞」	1936 年～1943 年，每年 10 月份，歷時 8 年	1936 年開始在全滿評選出醫學、文藝、體育三方面各一名傑出人才，到 1940 年又增設滿語和日語語言方面 10 大傑出人才	最初主辦《盛京時報》評選委員會，後聯合滿洲醫學會、滿洲文藝家協會、大滿洲體育聯盟以及康德新聞社、滿洲日日新聞社、《大同報》社、《大北新報社》等幾家
2.「全奉天足球大會」	1936 年～1943 年，每年 10 月，持續 8 屆	1936 年是全奉天中等學校足球大會，1937 年 10 月開始變成全奉天足球大會	主辦《盛京時報》報社，奉天新聞社，後來聯合大滿洲帝國體育聯盟及奉天市公署
3.「全滿自行車選手大會」	1936 年開始，每年 10 月中旬，持續到 1943 年，歷時 8 屆	1936 年 30 週年特別策劃開始，每年 10 月 18 日左右，分別設置自行車表演賽和競技比賽項目，競技比賽分 1000 米、2000 米、5000 米、10000 米和 20000 米及團體項目	《盛京時報》主辦聯合奉天新聞等幾家媒體
4.「京吉驛傳馬拉松大會」	1935 年開始，基本上每年 5 月底或 6 月初到一直到 1943 年。每年一次，共 9 屆	從新京到吉林地區馬拉松比賽	主辦《盛京時報》、滿洲新聞社、大滿洲帝國體育聯盟（1940 年前大滿洲帝國陸上競技協會）協辦：新京特別公署、吉林省公署、吉林市公署
5.「奉天滿系市民滑冰會」	1939 年開始，每年 12 月中旬，一直到 1943 年，共持續 5 屆	分個人競技和團體競技，個人競技項目優勝者前三名，團體競技獎勵各單位團體	主辦：《盛京時報》，後援：體育聯盟奉天事務局
6.「象棋大會」	1936 年開始，最初是奉天一地後擴展到整個偽滿洲國，從 1941 年每年春季和秋季舉行，一直持續到 1944 年，歷時 9 屆	採用聯動式活動策劃，首先《盛京時報》聯合其他報社舉辦象棋大賽，在新京、奉天、哈爾濱、錦州、大連、天津、北京共計七處挑選優秀選手，進行評獎，然後選舉出的優秀選手再參加「滿華聯歡象棋大賽」。	主辦《盛京時報》聯合《大北新報》及其他報社

〔註 9〕本表作者根據《盛京時報》1931 到 1944 年歷年報紙內容製作。

7.「滿洲優良兒童表彰會」	1940 年 4 月 21 日開始，每年 4 月，一直持續到 1943 年，共 4 屆	在長春、瀋陽、哈爾濱設審查委員會，在全滿國民優級小學校二年級學生中共選出 42 名學生，成立滿洲兒童使節團，赴日本幾地進行參觀遊覽，交流學習，使節團遊歷日本歷時 15 天。	主辦：《盛京時報》、《大同報》、《遼西晨報》、《大北新報》聯合主辦協辦：民生部及中央審查委員會各司
8.「滿洲新人歌手大會」	1939 年開始，每年 12 月初舉行，一直延續到 1943 年，共 5 屆	海選 30 名男女新人歌手，最終優選出前 3 名獲得新人歌手獎。	主辦：《盛京時報》報社，協辦：奉天中央放映局、百代唱片公司
9. 關於「滿洲觀光事業」	時間大概從 1938 年開始，持續到 1942 年左右	分為「募集觀光滿洲論文」活動、記者「觀光地踏查」活動（記者走訪各地，發回相關遊記，感悟，對各地面貌、特徵、風土人情進行描述，以連載的形式刊登在報紙）及「滿洲三十五景選取」三項活動	主辦《盛京時報》報社協辦：滿洲觀光聯盟
10.「歲末同情周間」	從 1935 年開始，每年 12 月中下旬，地點在奉天市。每年一次，一直持續到 1943 年，共持續舉辦 9 次	同情周間市民在奉天市內各大醫院免費檢查牙齒、身體。由《盛京時報》發起奉天行政處組織的演員在天光電影院公署演出，所得全部收益捐獻慈善救濟會	主辦：《盛京時報》協辦：奉天市行政處，無線電日滿放送處，滿洲醫大病院，滿赤奉天病院，市內開業醫、齒科醫院
11. 軍事方面活動	1937 年後逐漸展開，到偽滿後期達到高潮，從 1940 年開始，每年 6 月、9 月、12 月都舉辦	其中有國兵法宣傳，募集招兵壯行兵哥，軍事方面演講大會	主辦：《盛京時報》聯合偽滿洲各國各部門（如現役軍人家屬見學活動，《盛京時報》主辦，聯闔第一軍營區司令部、奉天市公署、協和會奉天省本部）
12. 日本承認「滿洲國」紀念	1932 年 9 月 15 日開始，每年 9 月 15 日定為九一五紀念日，持續到 1943 年合併成《康德新聞》	1932 年 9 月 15 日是日本承認偽滿洲國紀念日，因而每年 9 月 15 日進行九一五紀念，持續的時間 1 周，新聞報導、評論、感想同時配合刊出，集中報導	

13.「建國紀念策劃」	1932年開始，到1943年結束，每年3月1日，共持續12屆	持續時間一周，集中報導的形式 2. 發表評論、感想	
14.《盛京時報》體育年鑒	1938年開始發行，每年一本，持續到1943年，共6年，每年7月發行	記錄一年偽滿洲國體育運動比賽情況，體育賽事比賽請款 各項比賽如野球、橄欖球、滑冰、拳鬥等比賽規則。	《盛京時報》聯合《大北新報》、《大同報》運動部聯合編製

　　綜上，本文作者採用表格的形式，概述了偽滿時期《盛京時報》所主辦的「常規性」「事業」，除了每年春季、夏季、秋季、冬季的固定「事業」之外，《盛京時報》在很多特別的年份，要舉辦「特殊事業」，其中一項是1936年盛京時報社為「慶祝創刊30週年紀念」舉辦的「事業」，除了設置「盛京賞」活動和「全滿自行車選手」大會，還進行了向市民贈送獎券、現場抽獎、懸賞徵文、向讀者贈送精美畫報的活動。另外一項是1941年《盛京時報》為慶祝「創刊35週年紀念」舉辦的「特別事業」，包括表彰「」日語、滿語十傑」、「統一促進運動」、「放送雄辯大會」、「滿洲歌唱大會」等項目，這幾項活動成為《盛京時報》「創刊35週年紀念」特別「事業」，累計活動持續了近半年時間。本書就偽滿時期《盛京時報》主辦的主要「事業」，其中涉及到文化、體育、教育、慈善、觀光旅行等各個方面進行詳細闡述。

第四章 「盛京賞」：勾勒殖民文化藍圖

　　近代以來，日本對中國東北地區的侵略始終沒有停止過。自 1894 年 10
月，日本從朝鮮侵入中國東北起，到 1945 年日本無條件投降，日本對中國東
北的野心日益迫切。1904 年 2 月 8 日，日本偷襲停泊在旅順港的俄國艦隊，
日俄戰爭爆發，日本以武力方式打敗沙俄，佔領朝鮮和中國遼東半島等地。
1905 年 9 月，日俄簽訂了《樸茨茅斯合約》，規定長春以南至旅順口的鐵路及
支線（南滿鐵路）劃為日本的勢力範圍，大連、旅順等地區淪陷成為日本的
勢力範圍。1906 年日本南滿株式會社成立，加緊對東北地區的殖民和控制。
1931 年 9 月 18 日，日本策劃了「九一八」事變。日本關公軍按照事先策劃，
炸毀中國東北瀋陽（奉天）地區柳條湖附近南滿鐵路，並嫁禍於中國軍隊，
日軍以此為藉口，對中國東北不宣而戰，向駐守在東北的張學良部隊發起進
攻。後日軍又以閃電速度進攻東北遼寧、吉林、黑龍江的廣大地區。當時中
國蔣介石採取不抵抗政策，至 1932 年 2 月，東三省全部淪陷，其後，日本在
中國東北建立「滿洲國」，扶植傀儡政權，對中國東北進行長達 14 年的殖民
統治。

　　縱觀近代以來，日本對中國東北的侵略，其主要可以分為三個時期，一
是軍事佔領遼南，以旅順、大連及南滿鐵道株式會社附屬地為據點，利用軍
事、政治、經濟、文化、外交等渠道，非法擴展「附屬地」，攫取築路、採礦
權等，將東北地區南部變成其日本勢力範圍；二是以軍事侵略為手段，在「滿
鐵」沿線向東北北部擴張，奪取對北滿的實際控制權；三是發動「九一八」
事變，以軍事佔領為主要手段，扶植傀儡政權「滿洲國」，完全將東北變成日
本的殖民地。

　　日本佔領中國東北後，對中國東北的控制，除了軍事佔領和資源掠奪之外，更希望對偽滿洲國進行文化統治，通過經濟、政治、法律、媒介等手段建立全新的文化秩序，符合日本的利益，以維護其殖民統治。日本侵略者這種在軍事征服、武裝佔領的基礎上，創製出一套符合日本殖民者利益的思想體系的文化形式被稱之為日本殖民文化形態。

　　然而，日本在偽滿洲國建立的全新的文化秩序，需要借助某種形式被呈現和表達出來，自 1936 年 10 月開始，《盛京時報》每年主辦一次「盛京賞」活動，從幾個方面詮釋了這種殖民文化形態的主要內容，本章內容作者試圖以「盛京賞」為視角進行研究，進而分析及闡釋日本扶持下的偽滿洲國殖民文化內涵。

第一節　「盛京賞」概況

　　「盛京賞」是偽滿時期由奉天（瀋陽）《盛京時報》報社設立，為表彰偽滿洲國在科學、文藝、體育、語言等方面的人才而設置的文化獎項，是偽滿時期最具代表性的文化獎項之一，也是當時唯一以報紙名稱命名的文化獎項。第一屆「盛京賞」設立於 1936 年 10 月（康德 3 年）18 日，為紀念《盛京時報》創刊 30 週年而設，以後歷屆，盛京時報社在每年 10 月 18 日前後公布當年的獲獎人才及進行頒獎儀式，一直持續到 1944 年，歷時 9 屆，在偽滿文化獎項中，持續時間最久。「盛京賞」分別設置科學、文藝、體育三大獎項，每年評選一位傑出人才，1941 年 10 月，為紀念《盛京時報》創刊 35 週年，增設語學獎，分別表彰在偽滿洲國精通日語和滿語（漢語）的人才共 10 名（滿語日語各 5 名），因而「盛京賞」擴大為表彰科學、文藝、體育、語學四方面的人才獎項。

　　關於「盛京賞」的獎項設置方面，1936 年 11 月 7 日《盛京時報》在頭版「盛京賞」獎賞要旨中作如下說明：

> 「1. 科學盛京賞，（副賞國幣三百圓）本賞對滿洲國國民有直接關係的疾病的醫學研究，或其業績或醫士分內之功勞，本報認為有表彰價值者，限於滿洲國人，授予此賞。右賞（科學盛京賞）委託滿洲醫科大學教授會代為推薦。（本賞暫定為醫學獎賞，將來改為其他科學獎賞）。

2. 文藝盛京賞，（副賞國幣二百圓）本賞對於滿洲國人在滿洲國內所發表之文藝作品本報認為有表彰之價值者，授予此賞。右賞（文藝盛京賞）由本報組織審查委員會審查之後決定之。本賞於已經發表作品中如無合格者，得由本報另行徵集。

3. 體育盛京賞，（副賞金牌一枚）本賞對於滿洲國內全般體育各項運動競技中樹立最高紀錄，本報認為有表彰之價值者，限於滿洲國人一人，授予此賞。右賞（體育盛京賞）委託大滿洲國體育聯盟代為推薦，由本社決定之。」〔註1〕

值得注意的是，「盛京賞」在科學、文藝及體育方面，每年各推舉一位傑出人才，其中科學賞專門頒給醫學方面成績卓著的人才，文藝賞是表彰文學方面的人才，體育賞是頒發給在體育競技中取得最高紀錄的人才。另外，「盛京賞」除滿語（漢語）語學賞外，所選人才皆為「滿洲國人」，因而「盛京賞」也是偽滿洲國當時表彰「滿系人才」而設的獎項。

「盛京賞」活動背後，不僅有盛京時報社鼎力支持，各大獎項候選人均有偽滿洲國各權威機構推薦，推薦人才代表國家意志，因而對其考察意義重大。科學賞人才由「滿洲醫科大學」教授會推薦；文藝賞人才最初幾屆由《盛京時報》審查委員會推薦，到1940年由「滿洲文話會」及《文選》刊行會」推薦，1941年「滿洲文藝家協會」組建後，文藝賞由「滿洲文藝家協會」推薦；體育賞由「滿洲帝國體育聯盟」推薦；1941年開始增設語學獎，設置滿語（漢語）人才5人，日語人才5人，由民生部語學檢定委員會並滿鐵語學檢定委員會推薦，最終由盛京時報社決定並頒發證書及獎金獎品。

第二節　「盛京賞」推出的社會背景及目的

1931年「九一八」事變，日本以武力搶佔中國東北，1932年3月，日本扶持傀儡政府溥儀上臺執政，統治偽滿洲國。偽滿洲國成立之後，日本加強了對中國東北的文化統治。日本的理念中，日本文化才是集中國、印度、西洋三種文化為一體，「集世界文化之大成」〔註2〕。「滿洲國」文化是落後的、愚昧的、是需要日本改造的。在日本帝國主義的殖民想像中，日本是優越的、

〔註1〕見「盛京賞要旨」，盛京時報，康德三年（1936）十一月七日，頭版。
〔註2〕嘉治隆一述：日本文化情形一瞥，東京：國際文化振興會，1939年，第2頁。

先進的，具有魅力的民族，而「滿洲國」是低等的、落後的，需要被改造的「國度」。

然而，日本對「滿洲國」的文化「改造」是有步驟和順序的。九一八事變後，為了避免引起中國東北民眾的民族意識和抵抗情緒，日本首先借助中國儒家傳統文化「仁、義、禮、義」等傳統思想，利用偽滿大臣鄭孝胥等人提出的用「王道思想」統治國家，鄭孝胥在起草「滿洲國」「執政宣言」中強調，「今立吾國，以道德仁愛為主，除去種族之見，國際之爭，王道樂土，當可見諸事實。」〔註3〕就是說希望在「滿洲國」建立道德、仁愛、民主的「國家」，實現所謂「王道樂土」。中國儒家思想「王道精神」強調博愛與和平，日本希望借「王道思想」沖淡東北民眾的民族意識和對日本敵意，假借「王道精神」統治「滿洲國」，用它實現日、滿、漢、蒙、朝五族協和共存的目的，以維護其殖民統治。

然而，中國的傳統思想「王道精神」，是無法真正滿族日本對中國東北的文化殖民。日本的殖民想像中，「滿洲」是需要像日本一樣，建立真正「先進」的文化，為「滿洲」國民所接受。1936年前後，日本見時機逐漸成熟，逐漸加強了對「滿洲國」的文化控制。1936年4月，偽滿洲國發布「滿洲國弘報協會組織章程」，同年9月，成立了「滿洲弘報協會」，下設「滿洲映畫協會」、「滿洲放送協會」、「滿洲觀光聯盟」、「滿洲報業協會」等，分別負責電影、廣播、旅遊、新聞各個部門的文化宣傳。偽滿洲國弘報機構的設置為日本在偽滿洲國建立殖民文化體系開闢了道路。

日本在偽滿洲國建立殖民文化體系，這種殖民文化體系在橫向上體現在一系列偽滿文化機構部門的設立，以適應日本殖民文化統治；在縱向上，國家的文化獎項和文化內涵也沿革日本的文化內容。而代表國家意志的文化獎項中，以「英雄」形式的評選和表彰，最能彰顯文化的意志，也最容易被民眾推崇和接受。因而1936年10月，作為偽滿洲國重要輿論工具《盛京時報》迎來報社發展30年紀念，決定設立「盛京賞」獎項，以科學、文藝、體育等的人才推舉的形式展現日本在偽滿洲國建立的「全新」文化秩序。由此，「盛京賞」活動推出，由《盛京時報》主辦，每年評選一次。

這種人才推舉的方式，實質上是以「英雄」或「模範」的形式在整個偽

〔註3〕《建國精神問答》，奉天中央書店，1938年4月版，第3頁。

滿洲國樹立「國家典範」，為民眾接受和推崇，用以彰顯國家文化的意志。而「英雄」或「模範」的文化推舉模式，比國家自上而下的新聞宣傳和文化傳播更易於被國民接受，文化意識形態層次更為深入。

　　縱觀 1936 年～1944 年為期 9 年《盛京時報》「盛京賞」活動，主辦者推出這項活動的目的，是利用此次活動，使偽滿洲國國人推崇和接受日本在偽滿洲國建立「全新」的文化秩序。這種目的在《盛京時報》主辦「盛京賞」的「活動要旨」中就有說明，「本報為促進邦家文化，寄予國民福祉起見，茲興辦創刊三十週年紀念事業，決定設置『盛京賞』…」〔註 4〕。這裡的「邦家文化」「邦」是指日本，「家」是指「滿洲國」，在「活動要旨」中特意提到「邦家文化」，彰顯日本和「滿洲國」密不可分，文化相互貫通，本身就帶有殖民文化的意味。

　　關於「盛京賞」活動詮釋的文化內涵，《盛京時報》曾用「自來文章華國，科學強邦，而躬踐力，貴在體格，民族相契，首重語言無間也……。」〔註 5〕意思是指文學、科學、體育、語言對國家文化的重要性，是國家文化的重要支柱。這種以科學（主要是醫學）、文藝、體育、語言為基礎的文化構建，沿襲了日本國家文化的基本內容，是日本在偽滿洲國建立一系列殖民文化「全新」秩序的重要環節。

　　因而，《盛京時報》在 1936 年～1944 年推出的「盛京賞」活動，實質是是日本殖民文化形態借助報紙媒介在偽滿洲國的具體呈現與表達，其目的是日偽通過對人才推舉的形式樹立「模範」效應，對民眾及社會施以強大的影響力，維護其文化統治。

第三節　「盛京賞」歷年獲獎情況及推薦單位

　　「盛京賞」自 1936 年開始到 1944 年結束，歷時 9 屆，直到 1944 年 9 月《盛京時報》與偽滿幾大報紙合併成《康德新聞》後，在當年 10 月依然舉辦了「盛京賞」活動，筆者查閱《盛京時報》，整理總結出 9 屆獲獎人及獲獎情況，如下表：

〔註 4〕「盛京賞」活動要旨《盛京時報》康德三年（1936）十一月七日，頭版。
〔註 5〕「盛京賞」今日舉行受賞式，盛京時報，康德十年（1943）十月十八日，頭版。

「盛京賞」歷年獲獎情況圖表〔註6〕

	科學賞	文藝賞	體育賞	語學賞
1936 年	閻德潤 哈爾濱醫學專門學校校長 主要研究方向：內分泌	陶明濬 吉林省高等師範學校教授 代表作：《別本紅樓夢》	于希渭 文科部學務司總務科屬官 業績：800 米競賽康德三年（1936 年）最高紀錄	
1937 年	劉曜曦 奉天是公署保健科長 醫學博士 研究方向：解剖學	黃式敘 西豐縣縣長 代表作：松客詩、東渡詩	體育賞這一年空缺	
1938 年	秦耀庭 奉天醫科專門學校教授醫學士 研究方向：生物學	穆六田（儒丐） 盛京時報社論說委員 代表作：福昭創業記	唐國仕 奉天市公署教育科體育股員 業績：第七屆（1938 年）滿洲國體育大會馬拉松最高紀錄	
1939 年	謝秋濤 奉天省公署衛生科長 研究方向：細菌傳染病	徐長吉（古丁） 國務院總務廳事務官 代表作：《奮飛》	郭義達 交通部大臣官房會計科科員 特長：足球，代表選手遠征日本及朝鮮	
1940 年	郭光武 哈爾濱醫大教授醫學博士 研究方向：汗腺及肝膽方向研究	梁夢庚（山丁） 滿洲映畫協會製作部計劃課 代表作：小說集《山風》	關成英（女） 遼陽市公署教育科 業績：滿系女子陸上競技選手（樹立）兩項記錄	

〔註6〕1936～1943 年歷屆「盛京賞」，作者根據 1936～1943 年《盛京時報》統計得出，1944 年 9 月《盛京時報》併入《康德新聞》，因此，1944 年的「盛京賞」是根據《康德新聞》（新京版）1944 年 10 月統計得出。

1941 年	王洛 民生部技佐 醫學博士 研究方向：對法醫學及血清學有特殊貢獻	趙孟原（小松） 滿洲雜誌社編輯局次長 代表作：長篇小說《北歸》	王永芳 豐田是志城銀行調志系 業績：全國百米與籃球代表選手	滿語： 井吉幸男　神是俊 高橋嘉太郎 田村清男　田村整一 日語： 王立純　于長連 劉濟綠　周潤身 許明寶
1942 年	石增榮 哈爾濱明明眼科醫院院長 醫學博士 研究方向：眼科	劉爵青（原名劉佩） 代表作：小說《歐陽家的人們》	甯謙和 新京鐵道工場勤務 特長：排球	滿語： 牛島敬吾　何金生 田中辰佐武郎　李柱雲　薩摩正義 日語： 路德明　吳家燦 蘇紹卿　王福寺 姜齊周
1943 年	賈連元 哈爾濱市立付家甸醫院院長 研究成果 十二指腸內細菌與膽汁分泌之關係	劉玉章 （疑遲） 滿洲雜誌社《麒麟》編輯長 代表作 短篇小說《花月集》、風雲集、同心結、天雲集	劉佐卿 吉林市公署 主要成績：康德 7 年京吉驛馬拉松大會吉林選手第一位，同年 7 月全國體育大會預選會 5000 米、10000 米第一位	滿語：（日系之部） 木村肇　鶴見唯一 近鈑貞一郎 大久保一郎 簗原美致毅 日語：（滿系之部） 徐慶德　李寶璽 白晶秋　關雁書 路早印
1944 年	項乃義 山東煙臺市市立醫院院長	王世浚（石軍） 大東亞文學賞獲獎者	趙學賢 全國體育大會、路上競技大會成績優異	北館文之助、海本相哲、金川敬、趙尚僕、王長興、佟志彬 （未分滿語日語）

一、「盛京賞」歷年獲獎情況總結

（一）職業及年齡：如上表，從 1936 年到 1944 年歷屆各獎項獲獎人職業幾乎全部都是公職人員（除語學賞兩名學生外，全部在偽滿洲國各單位任職）；年齡方面，科學獎獲獎者年齡偏大，在 40 到 60 歲之間，文藝、體育及

語學獎項獲獎者年齡偏小，以 20 到 30 歲居多。說明「盛京賞」推舉的人才不僅是《盛京時報》認可的，其背後代表的是偽滿洲國國家意志，年齡上「盛京賞」人才推舉，更傾向於年輕人，說明日偽重視在年輕人中樹立「模範」效應。

（二）順序及重要程度：科學賞、文藝賞、體育賞和語學賞的獎金及獎品可以看出其重要程度；科學占第一位，獎金 300 元最高，其次是文藝，獎金 200 元，再次是體育，獎勵金牌或銀盾一枚，最後是語學，獎勵圖書輔助金或其他獎勵。

（三）科學賞主要是表彰醫學領域的人才，歷屆共 9 位獲獎者全部出身西醫，在解剖學、生物學、人體各部位及流行病學西醫研究成績頗多，幾乎全部畢業於滿洲醫科大學（前身南滿醫學堂），（後有詳細論述）

（四）文藝賞在 1940 年（康德七年）前有《盛京時報》審查委員會審核，1940 年（康德七年）由「滿洲文話會」和《文選》刊行會推薦，1941 年（康德八年）後，由「滿洲文藝家協會」推薦（後有詳細論述）

（五）體育賞獲獎者都是在體育各個項目取得最高成績的人，值得注意的是 1940 年（康德七年）獲獎者是一名女性。

二、關於「盛京賞」人才推薦單位

「盛京賞」是偽滿時期對殖民文化的呈現和表達，其活動背後人才推薦單位是當時偽滿洲國在醫學、文藝及體育幾方面最權威的部門，因而代表國家的意志。在 9 屆「盛京賞」推舉人才中，科學賞的推薦單位始終是「滿洲醫科大學」；文藝賞經歷了由《盛京時報》審查委員會、「滿洲文話會」和《文選》刊行會」到「滿洲文藝家協會」推薦的不斷變更過程；體育賞推薦單位是「滿洲帝國體育聯盟」；語學賞由民生部語學檢定委員會及滿鐵語學鑒定委員會推薦〔註 7〕。關於推薦單位，筆者查閱相關資料總結如下：

（一）「滿州醫科大學」

「盛京賞」科學賞獲獎人除一人（謝秋濤）外，其他 8 人全部出身「滿洲醫科大學」（前身「南滿醫學堂」），足見「滿洲醫科大學」在偽滿洲國西醫

〔註 7〕民生部語學檢定委員會及滿鐵語學檢定委員會，筆者沒有查到相關信息，在推薦單位中不做單獨論述。

方面的權威性。「滿洲醫科大學」前身是「南滿醫學堂」，由「滿鐵」在 1911 年創建於奉天（瀋陽），是東北最早的高等醫學校。「南滿醫學堂」招生對象為初中畢業生，醫學科學制 4 年，藥學科學制 3 年，研究科學制 1 年，預科學制 2 年。第一屆招收 28 名學生，其中日籍學生 20 名，中國籍學生 8 名。〔註 8〕1922 年 3 月，「南滿醫學堂」升格為大學，改名「滿洲醫科大學」。學校開設衛生學、微生物學、病理學及營養學等學科，1926 年開始增設 4 年制醫學部。1937 年，日本撤銷「治外法權」，滿鐵附屬地歸屬偽滿洲國，但「滿洲醫科大學」仍屬滿鐵管理。《南滿鐵道株式會社十年史》曾描述「滿洲醫科大學」建立的目的在於「在『南滿』普及醫道是滿鐵的文明使命，也是安撫中國人的要訣，所以應盡早成立醫學校。」〔註 9〕顯然，在東北創立「滿洲醫科大學」等西醫學校，是日本安撫東北人民，施行殖民文化重要策略。

（二）「滿州文話會」、「《文選》刊行會」及「滿州文藝家協會」

「盛京賞」文藝賞的人才推薦單位經歷幾次變更，顯現偽滿時期文學團體的發展變化的過程。1936 年到 1939 年，4 屆文藝賞都是由《盛京時報》審查委員會推舉；到 1940 年「盛京賞」文學賞的評選時，推薦單位出現了兩個，一是「滿洲文話會」，推薦了小松的《鐵檻》，另外一個推薦單位是「《文選》刊行會」，推薦了山丁的《山風》，最後由《盛京時報》審查委員會決定文藝賞頒發給山丁。而後第二年，小松憑藉《北歸》獲得 1941 年「盛京賞」文藝賞。

其實，偽滿的文學團體在偽滿中期之後（1937 年後）才逐漸活躍起來，「滿洲文話會」是一個以文藝為中心，在電影、戲劇、美術、音樂等多領域的活動組織，1937 年 6 月設立於大連，最初「滿洲文話會」是由詩歌雜誌《亞》、《鵲》與文藝期刊《作文》等一些文學愛好者及「滿洲筆會」〔註 10〕的部分成員組成，都是「日系」的文學愛好者，到 1939 年 8 月，「滿洲文話會」由大連遷到新京（長春），影響力擴大，其會員也增加到 350 人左右，以後幾年逐漸吸收了古丁、小松、外文、爵青、疑遲等年輕的「滿系」作家。

〔註 8〕 王玉芹：「滿洲醫科大學」在中國東北侵略罪行研究，日本問題研究，2014.3，第 27 頁。

〔註 9〕 引自南滿鐵道株式會社十年史：南滿鐵道株式會社，1919 年，第 886 頁，藏於吉林省社科院滿鐵資料館。

〔註10〕 「滿洲筆會」1934 年在大連創立，主要是詩歌雜誌《亞》、《鵲》，文藝期刊《作文》等一些成員，都是「日系」的文學愛好者。

奉天「《文選》刊行會」是由陳因、王秋螢在 1939 年秋發起文學組織，1939 年 12 月，文學雜誌《文選》創刊，由王秋螢負責編輯，佟子松負責發行，瀋陽文潮書局刊行。《文選》雜誌吸引了當時很多年輕的「滿系」作家，如山丁、爵青、小松、古丁等，他們作品也陸續在《文選》上發表。1941 年 3 月偽滿洲國出臺《藝文指導要綱》，加強對偽滿洲文學藝術方面的統治，為了徹底貫徹《藝文指導要綱》，偽滿洲國在 1941 年 7 月成立「滿洲文藝家協會」，其宗旨是「創造以建國精神為基調的作品，使我國文藝興旺發達，達到使國民精神昂揚向上的目的」。[註 11]「滿洲文藝家」協會具有權威影響力，是國家意志的體現，因而，1941 年後「盛京賞」文學獲獎者變更為由「滿洲文藝家協會」推薦。

「盛京賞」文藝賞推薦單位的變更，反映了偽滿洲國文藝團體不斷發展變化的過程。

（三）「滿洲帝國體育聯盟」

「盛京賞」體育賞的獲獎人才由「滿洲帝國體育聯盟」負責推薦。偽滿洲國對體育方面的組織建立較早，早在偽滿洲國成立之初，就成立了「大滿洲國體育協會」，1934 年 7 月，又將「大滿洲國體育協會」改成「滿洲帝國體育聯盟」[註 12]。「滿洲帝國體育聯盟」在組織機構上設有中央事務局，下轄陸上競技（田徑）、水上競技、籃球、棒球、排球、橄欖球網球、軟式網球、乒乓球、體操、自行車、馬術、滑雪、游泳等 14 個單項運動協會或團體，各協會或團體分掌其各自的競技事項。「滿洲帝國體育聯盟」的工作一方面組織偽滿洲國內各項體育比賽，如「建國紀念運動大會」以及各種單項競技比賽等；另一方面組織開展大眾體育活動，如滿洲國「建國體操」[註 13] 等一系列民眾參與的體育活動。「滿洲帝國體育聯盟」成立的目的是「統治全滿體育運動團體」，以「加強民族協和」。[註 14] 因而，「滿洲帝國體育聯盟」最終是為偽滿殖民文化統治服務的。

〔註 11〕滿洲文化協會：滿洲年鑒，長春滿洲日日新聞社，1941 年，第 361 頁。
〔註 12〕我國體協改組案，盛京時報，康德元年（1934 年）七月十五日，2 版。
〔註 13〕1935 年，滿洲鐵路局、關東軍和日本體育協會等共同組建了「建國體操創案委員會」。在該委員會的主持下，日偽政府仿照日本的徒手體操創編了「建國體操」，在偽滿洲國統一推行。
〔註 14〕王妍：偽滿體育研究，蘇州大學 2007 屆碩士論文，第 20 頁。

第四節　殖民文化形態的呈現與表述

日本佔領中國東北之後，需要在文化上得到佔有權，以維護其殖民統治。日本扶持下的偽滿洲國要建立新的文化秩序，必須將原有的文化資源進行整合、分析，選擇，使之成為為日本殖民統治服務的文化內容，而這一過程就是偽滿殖民文化形成的過程。

「盛京賞」為代表的文化獎項的設置、人才評選的結果，從某方面透露了日本推行帝國主義文化的總體策略，呈現出偽滿洲國殖民文化形態的主要特徵。

一、獎項設置：全盤複製日本「朝日文化賞」

《盛京時報》「盛京賞」獎項在偽滿洲國內影響較大，它是偽滿洲國內唯一以報紙的名稱命名的文化獎項，從 1931 年到 1945 年偽滿時期偽滿洲國統治中，「盛京賞」是偽滿洲國四大文化獎項之一（四大文化獎項還包括民生部大臣賞，王氏文化賞和滿洲文話會賞）〔註 15〕，是偽滿洲國四大文化獎項中歷時時間最長的文化獎。

然而，如果我們翻看日本近代文化史，這種以報紙名稱命名的文化獎項，並不是偽滿洲國《盛京時報》首創，作為日本文化的繼承和沿襲，《盛京時報》「盛京賞」這種以權威報紙主辦的文化獎項的方式，完全複製了當時日本國內文化獎項設置的內容與形式。

日本自近代以來，伴隨經濟發展及自身國力的不斷增強，對本國的教育及文化建設十分重視。在文化建設上，除了利用大眾傳媒進行的知識普及和宣傳外，還在全國設置多項具有影響力的文化獎項。到 19 世紀 20 到 30 年代，在日本本土逐步開掘出非常有影響力的文化獎項，其中包括 1929 年朝日新聞「朝日文化賞」、1935 年設立的日本芥川獎和直木獎以及 1937 年設立的日本文化勳章。「朝日文化賞」是日本最大新聞社之一的朝日新聞社與公益新聞法人朝日文化財團設置的文化獎項。最初設立於 1929 年（昭和 4 年），是為了紀念《朝日新聞》創刊 50 週年，為表彰日本人文自然科學所設的文化獎項。「朝日文化賞」分別設置「社會福祉賞」、「文化賞」、和「體育賞」三項文化

〔註15〕偽滿文化四大獎項是指民生部大臣賞、王氏文化賞、盛京時報「盛京賞」及滿洲文話會賞，見《滿洲國現勢》（日文）8（1942 年），廣西師範大學出版社，第 87 頁。

獎項，分別獎勵在日本社會在自然科學方面、文藝方面、體育方面的優秀人才，「朝日文化賞」每年舉辦一次，隨此獎項社會聲譽的增強，在 1975 年改名「朝日賞」，獎項設置逐漸增多，後又設置了廣告獎等各項獎項。

日本除《朝日新聞》報社設置的「朝日文化賞」外，1935 年日本《文藝春秋》社為紀念已故作家芥川龍之介（1872～1927），創辦日本芥川獎，主要獎勵日本文學優秀作品，後成為日本主要的文學獎項之一。芥川獎每年評獎兩次，一次在 1 月，一次在 7 月，每半年評委會在報紙、雜誌上發表的無名作家和新人作家中評選出優秀作品，發表在《文藝春秋》中，另頒發獎金和獎章，以此鼓勵日本新人作家。除芥川獎之外，日本在 1935 年還設置了直木獎。為紀念日本著名小說家直木三十五（1891～1934），在 1935 年由日本文藝春秋出版公司創始人菊池寬設立日本直木獎，以獎勵日本出版的優秀文藝作品。直木獎每年評選、發獎兩次，一次在 2 月，一次在 8 月，獎金在 30 萬日元，獎品包括刻字紀念手錶等；日本還在 1937 年還設置了日本文化勳章，以此授予在學術、文藝、繪畫、雕刻、建築、音樂等方面對日本文化發展做出了卓越貢獻的個人，文化勳章作為日本文化屆最具影響力的獎項，一直延續下來。

綜上，19 世紀 20 到 30 年代開始，日本通過報社、出版社及雜誌社名義開設的「朝日文化賞」、芥川獎、直木獎及日本文化勳章等代表性文化獎項，是日本在本國構建文化內容具體體現，這種文化構建的內容涉及到科學、文學、體育、音樂、繪畫、建築、雕刻等文化層次的各個方面。伴隨日本在上世紀二三十年代對東亞的侵略，這種殖民文化的形式很快被移植到殖民地，殖民地本身的文化內容逐漸受到日本文化影響而發展。偽滿時期《盛京時報》以報紙的名義舉辦的「盛京賞」就是偽滿洲國全盤複製日本文化獎項的具體體現。

針對《盛京時報》舉辦的「盛京賞」與日本《朝日新聞》「朝日文化賞」，我們做出如下進行比較：

「朝日文化賞」與「盛京賞」都是以報紙名稱命名文化獎項，同樣「盛京賞」名稱「賞」字直接出自於日語，「賞」在漢語中是「獎」的意思，「盛京賞」沒有用漢語的慣用法稱「盛京獎」，而是直接日語化成「盛京賞」，足見其文化殖民的程度，（把日語直接應用於漢語中，這樣的用法經常在偽滿時期文學翻譯）。（一）「朝日文化賞」是由日本國內最有影響力之一的朝日新聞

社主辦，「盛京賞」是由日偽政府影響最大的興論宣傳工具盛京時報社主辦；（二）「朝日文化賞」1929 年設立，最初是為紀念朝日新聞社創刊 50 週年，「盛京賞」於 1936 年設立，為紀念盛京時報社創刊 30 週年；（三）「朝日文化賞」分別設「社會福祉賞」、「文化賞」及「體育賞」，「盛京賞」最初設立科學、文藝、體育三項獎項，獎項設置基本複製「朝日文化賞」。「朝日文化賞」中「社會福祉賞」最初也是表彰自然科學中有傑出貢獻的人才，「盛京賞」中科學獎項的設置與其十分接近，只是更明確到醫學領域。

由以上比較，日本在偽滿洲國所謂「人才推舉」的文化獎項的設置基本全盤複製日本本國的「朝日文化賞」，因而，「盛京賞」在偽滿洲國推行，是日本殖民主義者在中國東北推行的文化殖民策略的集中體現，也是日本對中國東北文化侵略的重要證據。日本帝國主義者妄圖通過文化複製的手段全盤掌控偽滿洲國，達到其構建殖民文化藍圖，征服偽滿洲國國人的目的。

二、醫學：極具殖民性「西醫文化」

「盛京賞」科學賞 9 位獲獎人，全部出身西醫，這種現象並不是偶然的，而是殖民文化形態的呈現與表述。一方面，「盛京賞」科學賞的設置的確促進了偽滿洲國在生物學、解剖學、流行疾病學等醫學研究的發展。當時東北地區流行性疾病（霍亂、鼠疫等）主要依靠西醫進行防治，很多國民常見病如沙眼、結膜炎等也通過西醫的方法才能很快治癒。因而「西醫文化」的確對偽滿洲國疾病治療起到推動作用。在科學賞歷年獲獎者中，有幾位是專門針對偽滿洲國流行病及常見國民病的研究，如 1939 年獲獎者謝秋濤主要研究細菌傳染病學，1942 年獲獎者石增榮主要貢獻是對偽滿國人普遍存在的結膜炎的預防及治療，1943 年獲獎者賈連元是對東北地方病（虎烈拉）作專門性研究。而另一方面，以「盛京賞」科學賞為代表的「西醫文化」盛行是日本推行殖民文化的重要策略。偽滿洲國成立後，日本要展現在其佔領和扶植的東北的全新面貌，展現文化形態上的「新秩序」，反映新的變化。這種變化在中醫中不能被很好的體現出來，因為中醫是中國幾千年文化傳承的結果，不是日本佔領東北後發生變化的，而西醫卻是通過日本這種「現代化」的國家引進而來的，「西醫文化」能體現被日本「現代文明」改造的後全新面貌。因而代表殖民意志的「盛京賞」科學獲獎者全部來自西醫，說明「西醫文化」符合日本殖民文化統治的內容。

這種「西醫文化」是帶有強烈殖民性質的，「盛京賞」科學獎 9 位獲獎人除一人（謝秋濤）外全部來自「滿洲醫科大學」，「滿洲醫科大學」是日本侵略者在東北推行「西醫文化」安撫民眾的重要工具，正如滿鐵首任總裁後藤新平所講，「殖民地醫療衛生事業不僅成為殖民者改良風土的工具，也是摧折被殖民者傳統與自信心的重要手段」。〔註16〕

「滿洲醫科大學」對生物學、解剖學研究最為出名，但這種研究是建立赤裸裸的殖民化內容基礎上的。一方面，「滿洲醫科大學」收集人體標本令人髮指。「滿洲醫科大學」通過活體解剖、赴刑場屍體解剖、去墓地收集人體標本、接受監獄死屍等進行人體標本採集，並把這些人體標本運往日本，進行解剖學研究。〔註17〕另外，「滿洲醫科大學」為 731 細菌部隊提供人員支持。據《政府公報》和《醫學雜誌》記載，731 部隊本部較有名望的專家、學者，有相當多的人都畢業於「滿洲醫科大學」。如從事腸道傳染病研究的倉內嘉久雄，畢業於偽滿洲醫科大學，1937 年就職大連衛生研究所；731 部隊著名專家中黑秀外之也是偽滿洲醫科大學畢業的。〔註18〕731 部隊第二代部隊長北野政次、731 部隊支隊——大連衛生研究所所長安東洪次等曾先後擔任過「滿洲醫科大學」教授。

因此，「盛京賞」科學賞人才推舉背後展現的是強大的日本殖民侵略意圖，是日本在偽滿洲國建立殖民文化新秩序的體現。

三、文藝：新文學取代傳統文學成為文學主流

「盛京賞」獎項設置文藝獎項佔據第二的位置，僅次於科學獎項，足以證明文藝發展在殖民文化統治的重要程度。仔細觀察「盛京賞」文藝賞歷屆獲獎人及作品，筆者發現，殖民文化語境下的偽滿文學，是新文學逐步取代傳統文學成為文學主流的過程。這種過程，在偽滿當時的文學環境中，不僅是文學自身發展變化的結果，也符合日本殖民意識形態的偽滿洲國文化發展的總體要求。這種過程在「盛京賞」文藝賞中被清晰地呈現出來。

〔註16〕後藤民政長官演說筆記，臺灣總督府醫學校一覽，臺北：臺灣總督府醫學校，1900 年，第 4 頁。

〔註17〕王玉芹：「滿洲醫科大學」在中國東北侵略罪行研究，日本問題研究，2014.3，第 27 頁。

〔註18〕佟振宇：日本侵華與細菌戰罪行錄，哈爾濱：哈爾濱出版社，1998 年，第 121 頁。

　　康德三年到康德六年（1936～1938），獲得「盛京賞」文藝賞的分別是陶明濬、黃式敘和穆六田（儒丏）三位。這三位獲獎者，從年齡還是文學資歷，都帶有舊式文人的特徵，他們的代表作品也侷限於傳統文學的範疇。

　　康德三年（1936）獲獎者陶明濬，字犀然，獲得「盛京賞」文學賞時 43 歲，「奉天省瀋陽人，北京大學文科學士，……。氏才氣卓越，不羈小節，對於家庭瑣事，不甚關心，對經史子集之考據訓詁，古今文藝之派別源流，探討論述，頗多獨到（見解）…」〔註 19〕主要著作《四書句解》、《四書教法》、《孝經句解》、《書經句解》、《易經句解》《禮記句解》、《左傳句解》等，其代表作《別本紅樓夢》歸屬傳統文學；康德四年（1937）獲獎者黃式敘，字黎雍，籍貫瀋陽，獲獎時 41 歲，擅長舊體詩，奉天國立瀋陽高等師範國文科畢業，曾任奉天省第一師範教員，大同元年（1932）任奉天省公署秘書，康德元年（1933）升奉天省公署理事官，康德二年（1934）調任西豐縣縣長〔註 20〕。其代表作《松客詩》及《東渡詩》是舊體詩，均屬於傳統文學範疇；康德五年（1938）獲獎者穆六田，筆名儒丏，獲「盛京賞」文藝賞時 55 歲，北京人，滿族正藍旗，光緒三十一年，被送日本留學，宣統三年畢業於日本早稻田大學專門政治經濟科，1917 年進入《盛京時報》，一直主持副刊《神皋雜俎》欄目，他此前創作小說《香粉夜叉》、《梅蘭芳》、《徐生自傳》、《北京》等。

　　儒丏獲獎小說《福昭創業記》極具爭議性，這部小說是描寫清太祖努爾哈赤及太宗皇太極開闢祖制、創立清朝的歷史故事，但 1939 年小說發表之初，很多學者評論稱：「書中記錄的正是滿清首創自古未有的軍政制度，並且和現在非常時期的總動員命令，似有暗合之處。」〔註 21〕

　　以上三位獲獎者從年齡、教育背景、文學代表作上並不能完全展現日本統治下的偽滿洲國在文學上的新變化、新內容。

　　伴隨日本殖民者的入侵，原有的文學現實被殖民文化統治所取代，在日本殖民意識形態中，「滿洲」文學應該是去「中國化」的，是和舊式的傳統文

〔註 19〕提倡領導文藝厥功永不滅，盛京時報，康德三年十二月十六日（1936 年），4 版。

〔註 20〕教化留庠序，詩名重意林，盛京時報，康德四年十一月十九日（1937 年），3 版。

〔註 21〕轉引自蔣蕾：精神抵抗：東北淪陷區報紙文學副刊的政治身份與文化身份——以《大同報》為樣本的歷史考察，吉林人民出版社，2014 年版，第 322 頁，三澤：福昭創業記觀後贅言，大同報，1939 年 12 月 14 日、16 日 6 版《文藝》副刊。

學分手，需要建立全新的秩序，反映」全新」的文學面貌。「滿洲」的文藝作家的代表需要更年輕的，有創新的，需要被改造的，「滿洲」的文藝作品要展現其「欣欣向榮」、「蓬勃向上」的內容。顯然，代表傳統文化的《別本紅樓夢》、《松客詩》和《福昭創業記》不能承擔這樣的任務；陶明濬、黃式敘及穆六田（儒丐）也不符合殖民文化形態下「滿洲」文藝家的形象。

於是，年輕一代的「滿洲」作家開始登上歷史舞臺，從康德六年（1939）年開始，一大批年輕作家如古丁、山丁、小松、爵青、疑遲等相繼成為「盛京賞」文藝賞獲獎者。古丁憑藉《奮飛》獲獎時 31 歲，山丁以《山風》獲獎時 27 歲，小松以《北歸》獲獎時 28 歲，爵青《歐陽家的人們》獲獎時僅 26 歲。

古丁曾在《明明》中猛烈批評陶明濬的《別本紅樓夢》，認為這部作品是「通俗文學的另一歪扭的姿態」，削減了原作的藝術效果；是抄襲的「勞作」，「笨拙的改竄，劣惡的敷衍，取巧的翻譯。」〔註 22〕同時批判「盛京賞」文藝賞的評審機關「文藝賞的設置，倘若是想要推動文學的前進，則我們絕對地支持。倘若是單單地想叫文學退嬰，則我們實不敢猜想設置者的本心。固然，我們需要有這樣熱心於指導獎勵文學的文化機關。可是，第一次的文藝賞，卻確令人失望，令人覺得滿洲除掉『翻版』便沒有文學。」〔註 23〕

年輕一代的「滿系」文藝作家開始脫離傳統文學帶來的束縛，在殖民語境下創作出更多新文學的作品。新文學的特徵〔註 24〕，是文學作品語言上使用白話文，顯現理性精神、追求個性化、創作手法具有多樣性等。顯然古丁、山丁、小松、爵青、疑遲等年青一代「滿系」作家的文學作品具備這樣的特徵。

當然，這些年輕一代「滿系」作家多受到日本殖民文化教育的影響，因而他們文學作品是在殖民文學的語境中創作出來的。古丁本人早年在滿鐵體系下的長春公學堂、瀋陽南滿中學堂接受教育，因而日文流利，翻譯過多部日文作品，《盛京時報》評價他「長於新文學，摩擬魯迅一派作風，尤善翻譯日本文藝作品，兼能作日文雜稿，以往在『明明』雜誌中發表甚多，城島文庫之中『奮飛』尤為其傑作……。」〔註 25〕古丁與日本文學團體聯繫密切，

〔註 22〕 古丁：評陶明濬教授著紅樓夢別本，明明，1937 年，第 1 期，第 26 頁。
〔註 23〕 古丁：評陶明濬教授著紅樓夢別本，明明，1937 年，第 1 期 26、27 頁。
〔註 24〕 筆者主要參考錢理群、溫儒敏、吳福輝：中國現代文學三十年，北京大學出版社，1998 年，第 19 頁。
〔註 25〕 「盛京賞」受賞者介紹之二，盛京時報，康德六年十一月一日（1939 年），2 版。

曾赴日參加「日本紀元兩千六百年」紀念活動，以及「東京操觚者大會」（日語操觚者是指從事文字工作的人）。古丁、小松、爵青、疑遲先後加入了在「日系」文學團體「滿洲文話會」，與日本文學作家聯繫緊密。

與古丁不同，山丁認為「滿洲」文壇需要是真實，這種真實是通過「鄉土文藝」體現出來的，他的《山風》就體現了「鄉土文藝」的主要特徵。古丁則認為文學不應侷限在「鄉土文藝」的範圍內，「沒有方向的方向」才是振興文壇的良策。

這樣的爭議，在偽滿的文學環境中不僅沒有被壓制，反而在「盛京賞」中表現出來，1939 年古丁獲獎，第二年，山丁憑藉《山風》獲獎，這種爭議，恰好能顯現日本殖民文化下偽滿洲國文藝方面的「新變化」，恰恰是殖民者打造的「滿洲」文藝的「繁榮」，在日本帝國主義的殖民想像中，「滿洲」需要這樣的文藝「繁榮」，日本也需要看到「滿洲」文藝的「欣欣向榮」。

因而，「盛京賞」文藝賞反映的是偽滿洲國傳統文學走向衰退，新文學逐漸佔據文學主流的發展過程，這種過程不僅是文學發展自身變化的結果，也是日本在東北建立殖民文化形態的整體策略的集中體現。

四、體育：一種對戰爭的隱喻

「盛京賞」設置體育獎項，表彰體育競技方面的人才，說明偽滿洲國對體育競技的重視。「盛京賞」體育賞人才都是在各個項目比賽中取得最好成績的人。其實翻看世界歷史，體育與戰爭有著密切的聯繫。二戰期間，德國和日本都大力發展體育，不僅鼓勵全民體育訓練，更重要的是把體育作為一種政治隱喻，進而對國民進行精神控制。1936 年 8 月德國柏林召開奧林匹克運動會，德國總統希特勒非常重視，派德國知名女導演里芬斯塔爾把運動會拍攝成一部紀錄片《奧林匹亞》，這個紀錄片不僅記錄了柏林運動會上體育比賽內容，而且「將體育處理成一種儀式化的、英雄的、超人的偉業」〔註 26〕，在里芬斯塔爾眼中，體育競技被喻為「一場戰鬥」。很多學者認為，她把奧運會轉化成法西斯儀式，旁白中不斷出現「戰鬥」「勝利」的字眼，透露了創作者的法西斯信念〔註 27〕。

日本崇尚競技體育，重視體育教育，把體育與軍事訓練聯繫在一起。早

〔註 26〕周文主編：世界紀錄片精品解讀，北京：中國廣播電視出版社，2010 年，第 50 頁。

〔註 27〕轉引自毛尖：非常美，非常罪，廣西師範大學出版社，2010 年，第 3 頁。

在 1919 年，日本政府制定《學校體操教學綱要》，明確規定「學校應擔負起對學生進行富強主義和培訓強兵的這一基礎教育的義務」〔註28〕1925 年日本又發布現役軍官指導學校教練的配屬令，讓軍人進入學校指導軍事訓練，施行軍國主義教育。〔註29〕1931 年「九‧一八」事變後，日本政府將劍道、柔道等作為中學的必修課，以培養學生的武士道精神。伴隨日本在亞洲侵略戰爭不斷擴大，日本學校體操課的內容逐漸變成軍事和戰爭，1941 年日本政府頒布「國民學校令」，將「體操科」改成「體煉科」，目的在於加強兵力培養。

體育作為一種對戰爭的隱喻，往往是「征服」、「戰勝」的象徵，體育競技不僅能展現一個國家國民身體的強大，而且能凝聚強大的精神力量。作為殖民文化的重要組成部分，體育自然被日本移植到偽滿洲國內。

受日本殖民文化的影響，偽滿政府重視體育。早在 1932 年 8 月，偽滿政府成立不久，「文教部」就公布《體育振興方策決定書》，〔註30〕明確要求學校組建體育會，組織學生進行體育競技比賽，舉辦體育衛生講習會等。1935年偽滿政府仿照日本廣播體操創編了「建國體操」，要求國民在「建國紀念日」（三月一日）、「訪日宣詔紀念日」（五月二日）、「滿洲事變日」（九月十八日）統一施行。廣播體操具有強烈的儀式感，意在通過全民廣播體操灌輸「民族協和精神」「勤勞奉仕」的思想，利用體育控制國民精神思想。

偽滿洲國重視體育競技，從 1932 年開始，每年舉辦「建國紀念運動大會」，一直持續到 1943 年結束。同時舉辦各種單項體育比賽，「盛京賞」體育賞獲獎人是在各個項目中成績最優秀者。偽滿政府還組織各地體育比賽，如京吉驛傳馬拉松大賽，從新京到吉林總長度 120 公里競技比賽，動員偽滿洲國各單位代表參加比賽。不僅如此，偽滿洲國還利用媒體，對體育競技進行廣泛宣傳。以《盛京時報》為例，除了設置「盛京賞」體育賞表彰體育人才外，還設置體育專版，報導偽滿洲國各項體育比賽，從 1936 年起在每年春季和秋季籌辦滿洲象棋大賽，組織奉天足球大會等體育比賽；編輯《體育年鑒》等。

這種以體育作為一種對戰爭的隱喻的方式，是偽滿殖民文化形態的體現與表述。

〔註28〕李力研：日本體育就是日本體育——對日本體育現象的一點看法，體育文化導刊，2003.10，第 22 頁。

〔註29〕肖煥禹：近代中日兩國學校體育的回顧與反思，上海體育學院學報，1999 年 2 期，第 75 頁。

〔註30〕何啟君：中國近代體育史，北京體育學院出版社，1989 版，第 346～347 頁。

五、語學：「日滿一德一心」的殖民文化呈現

「盛京賞」語學賞於 1941 年 10 月設定，每年由民生部語學檢定委員會並滿鐵語學檢定委員會推薦，滿語 5 人，日語 5 人。其主要目的就是維護「日滿一德一心」「民族協和」等殖民文化策略。值得注意的是，語學獎項的設置，是滿語人才（日本人）在前，日語人才（「滿洲國人」）在後的順序形成的，所謂「民族協和」的內容，也是以日本大和民族為首，其他民族向日本民族學習的順序。因而，日本霸權主義殖民文化形態昭然若揭。

語學賞的設置主要是提倡國民學習日語，偽滿洲國成立以後，日本在東北地區大力推行日語，1937 年 3 月，偽滿文教部發布《關於在學校教育上徹底普及日本語之件》，在偽滿洲國中小學普及日語，隨後，又要求小學一年級就開設日語。〔註31〕因而，「盛京賞」語學賞的設置實質上是日本在偽滿洲國推行「日滿一德一心」殖民文化策略的表現。

日本在偽滿洲國建立的文化秩序，並不是文化傳統在整合了現代文化價值後所出現的超越傳統的高級形態的文化回歸，而是根據日本殖民者佔領的淪陷區社會的實際，進行的文化「改造」，因而具有殖民文化形態的屬性與特徵。以「盛京賞」為代表的文化人才的推舉，是日本扶持下偽滿殖民文化形態的呈現和表述，它以科學、文藝、體育、語言的形式展現了日本對中國東北地區實行的總體文化策略，是我們考察整個偽滿洲國殖民文化特徵的重要內容。

小結

我們認為，《盛京時報》在 1936 年 10 月到 1944 年 10 月間，每年主辦一次「盛京賞」活動，是日本偽滿洲國試圖建立日本殖民文化內容的具體表現。是日本在東亞文化殖民藍圖的重要組成部分。

日本在 19 世紀 20～30 年代對東亞地區的侵略，在通過武力佔領之後，更希望通過文化殖民的手段，最終征服被殖民地區。正是如此，日本需要建立強大而系統的文化殖民體系，因而，日本文化殖民藍圖的構建是龐大而複雜的，殖民文化的構建的分為縱橫式的結構，在橫向上文化的表面層次，日

〔註31〕張羽：日本在臺灣和東北淪陷區殖民文化政策的比較研究，紀念抗日戰爭勝利 60 週年暨臺灣建省 120 週年學術研討會，2005 年，第 525 頁。

本殖民文化內容以文學、藝術、音樂、建築、雕刻、體育、教育、圖書出版、新聞宣傳等方面滲透到偽滿洲國文化的各個方面；在縱向層次方面，殖民文化的內容通過「人才推舉」的方式，以「英雄」或者「模範」的形式被大眾所接受，這種「英雄」、「模範」的效應，使殖民文化由文化的表象層次深入到意識形態的深入層面，它更能被大眾接受和推崇。偽滿洲國在 1936 年 10 月到 1944 年 10 月間，以《盛京時報》名義每年主辦一次「盛京賞」活動，是日本妄圖在中國東北構建日本殖民文化藍圖的具體體現，這種殖民文化內容已經由文化的表面層次向文化意識形態的深入層次縱深延展開來。「盛京賞」中以「科學賞」、「文藝賞」、「體育賞」、「語學賞」為代表的內容彰顯了日本殖民文化藍圖的橫向內容；以「人才推舉」形式在偽滿洲國中樹立文化「英雄」或「模範」，成為日本殖民文化藍圖的縱向發展內容。

第五章 「優良兒童表彰會」活動：
「英雄」與「儀式」

　　1940 年 7 月到 8 月，《盛京時報》聯合新京《大同報》、哈爾濱《大北新報》、錦州《遼西晨報》，並通過「滿洲國」民生部支持，舉辦「滿洲優良兒童表彰會」活動。在全滿 14 省及新京特別市、奉天市、哈爾濱選舉 42 名「優良兒童」，對「優良兒童」進行表彰，對「全滿」前三名「優良兒童」授予「民生部大臣賞」；由所選的「優良兒童」成立「優良兒童使節團」，對日本進行訪問交流。這項活動最初是為紀念「日本紀元 2600 年」而設，後來每年 7 月到 8 月，延續每年在「滿洲國」國內評選優良兒童若干名，赴日本進行學習交流。一直持續到 1943 年，持續 4 年時間。

　　有意思的是，「滿洲優良兒童表彰會」是「滿洲國」唯一以報紙的名義策劃的關於表彰「滿洲國兒童」的活動。表面上，「優良兒童表彰會」是為慶祝 1940 年「日本紀元 2600 年紀念」由《盛京時報》發起的活動；實際上，它是 1940 年以來日本對東亞執行以「大東亞共榮圈」為構想的殖民文化策略中殖民教育部分的重要表現形式。它標誌著日本對「滿洲國」的殖民教育內容進入更深層次的內容。

第一節　「日本紀元 2600 年」與「滿洲優良兒童表彰會」

　　從世界歷史上看，1939 年底到 1940 年春，歐洲戰場戰事正酣，德國以閃電戰的速度迅速攻佔了捷克、波蘭、芬蘭、丹麥、挪威、荷蘭、比利時、盧

森堡和法國北部。德國在歐洲挑起的戰事，一方面使歐美列強暫時無暇顧及日本及太平洋戰場，給日本在亞洲戰場擴張的機會；另外一方面，德國閃電戰的勝利激發了日本征服整個東南亞的野心和陰謀，從而在 1940 年 7 月通過制定《國策基本要綱》，提出在太平洋地區「大東亞共榮圈」的構想。而「大東亞共榮圈」的設想，需要「以日『滿』支為一環，確立大東亞共榮圈」，「以日『滿』支為骨幹，包括委任統治原德國諸島，法屬印度支那及附屬諸島、泰國、英屬馬來、英屬婆羅洲、荷屬東印度、緬甸、澳大利亞、新西蘭、印度」以即把澳大利亞、印度、新西蘭作為第二步目標。〔註 1〕

「大東亞共榮圈」的核心，是以日本本國、「滿洲國」以及中國為主要經濟共同體，以東南亞作為資源供給地。這種「共存共榮」的關係，早在 1938 年 11 月近衛文麿發表《第二次近衛聲明》就號召建立「大東亞新秩序」，即以日本、「滿洲國」和中國相互提攜，建立政治、經濟、文化等方面相互連環的關係。

日本建立的「大東亞共榮圈」的目的，不僅是以武力爭奪中國東北、華北、臺灣以及東南亞各國，無限掠奪其土地、礦產等資源，更重要的是，日本希望通過無孔不入的殖民文化手段，在這些地方灌輸以日本傳統文化、宗教信仰、教育方式、民族傳承為核心價值觀念的殖民意識形態，這樣才能永久佔領這些地方。從而達到所謂控制「整個亞太」的目的。這或許是日本提出的「大東亞共榮圈」的真正用意。

在日本的政治意識裏，日本和「滿洲國」的關係要比「大東亞共榮圈」中日本與其他國家的關係更為緊密，這種關係的體現需要用國家的文化和信仰被詮釋和表現出來。「滿洲國」作為日本最親密的「親邦」，在日本侵略者的政治想像中，日本本土的文化和信仰需要在「滿洲國」得到吸收和傳承，這樣才能體現「共存共榮」，才能體現日本殖民體系下，日本本土和「滿洲國」親密無間。

1940 年正值「日本紀元 2600 年」，「日本紀元 2600 年」即日本從第一代天皇公元前 660 年採用天皇紀元方式開始到公元 1940 年經歷了 2600 年，因而紀念日本紀元 2600 年的性質基本是紀念日本祖宗制度經歷 2600 年發展。日本政府憑藉此次契機，在日本本土、「滿洲國」、偽南京國民政府、以及臺灣、東南亞廣大地區大肆舉辦各種慶祝「日本皇道紀元 2600 年紀念大典」並

〔註 1〕外務省編：關於加強日德意軸心的文件，日本外交年表並主要文書（下卷），第 450 頁。

在各地舉辦活動。日本在當時是希望借助「日本紀元 2600 年紀念」為契機，對外輸出所謂殖民意識形態，從而征服整個東亞。以日本東京為例，1940 年在東京召開東亞操觚者大會（新聞記者、編輯）、東亞青年大會、東亞教育者懇談會和東亞建設大會四項會議活動，參會者不僅有來自「滿洲國」、偽南京國民政府，還有來自南洋、東南亞各國及香港等地人。

在「滿洲國」國內，軍政所有部門配合日本紀元節，在各地舉行各種慶祝儀式。並成立慶祝委員會，在 1939 年 12 月中旬就逐步發布關於 1940 年「日本紀元 2600 年」各種活動計劃，內容涉及政治、經濟、文化事業以及慶祝儀式、宗教文化等各方面。本文作者查閱當時「滿洲國」中文大報《大同報》、《盛京時報》、《泰東日報》，它們對「日本紀元 2600 年紀念」活動均作了大量報導。

從《盛京時報》對「日本紀元 2600 年」相關報導看，我們發現「滿洲國」對日本紀元 2600 年紀念活動是相當有計劃、嚴密有序的，從 1939 年 12 月各部門開始規劃，到 1940 年 11 月 13 日日本紀元 2600 年紀念式典結束，《盛京時報》對「日本紀元 2600 年」活動整整做個 11 個月相關的報導。活動的內容涉及到如下方面如下表 6-1：

表 6-1　「滿洲國」「日本紀元 2600 年」慶祝活動〔註 2〕

1	圖書出版	出版《由大陸觀察日本之文化史》（大森志郎）為代表的一系列叢書
2	文學	1940 年 2 月參加日本東京召開的「東亞操觚者大會」
3	體育	參加東亞競技大會（東京）、舉辦國民運動大會、興亞運動會
4	教育	赴日本參加教育者懇談會、「滿洲國優良兒童表彰會」派遣訪學團
5	文化展覽會	參加日本「飛鳥—奈良」文化展覽會
6	電影製作	製作「日本紀元 2600 年」紀錄片等
7	開拓關係	「滿洲開拓團」、建造農民雕像、各地植樹
8	武道精神	在新京建造神武殿
9	慶祝儀式	2 月 11 日慶祝紀元節、11 月 11 日進行慶祝式典
10	宗教信仰	6 月到 7 月，「滿洲國」皇帝溥儀訪日，拜祭日本神靈

〔註 2〕本文作者根據 1940 年 2 月 11 日《盛京時報》頭版「紀元兩千六百年我國之慶祝行事」報導總結。

上表 6-1 是我們根據 1940 年 11 日《盛京時報》「紀元兩千六百年我國之慶祝行事」的報導總結，「滿洲國」對「日本紀元 2600 年」設置了關於圖書出版、文化、教育、體育、文化展覽會、開拓關係、武道精神、電影製作、慶祝儀式、宗教信仰等全方位的相關活動。

就數量而言，本文作者統計了 1939 年 12 月到 1940 年 11 月《盛京時報》的所有內容，包括新聞報導、評論、副刊、記者手記、歷史文章等，我們採用統計學的方法，發現 1939 年 12 月到 1940 年 11 月《盛京時報》晨刊和晚刊每日各不低於一篇新聞報導，一篇記者手記或日本 2600 年歷史文章連載，總計不低於 11 個月 330 天 1320 篇文章或報導。也就是說，《盛京時報》在幾乎一年時間裏運用各種手段進行了不低於 1320 篇報導或文章大肆宣傳「日本紀元 2600 年紀念」。

然而，「滿洲優良兒童表彰會」及其「優良兒童使節團」是「滿洲國」作為「日本紀元 2600 年」相關活動報導的一項，具體的說，它是關於日本殖民教育方面的相關活動。《盛京時報》對「滿洲優良兒童表彰會」報導從 1940 年 4 月開始到 1940 年 8 與 28 日結束，其中包括新聞報導不低於 35 篇，新聞評論 2 篇、記者隨使節團訪問手記 34 篇，圖片 32 幅。「滿洲優良兒童表彰會」及訪學團的報導內容雖然只占整個「日本紀元 2600 年」紀念相關活動報導的 5%，但是它卻是日本對「滿洲國」殖民教育進入更深層次的具體體現。因而，在 1940 年《盛京時報》完成了第一屆「滿洲優良兒童表彰會」之後，在其後的兩年，每年 7 月繼續在「全滿」選拔「優良兒童」，進行表彰，派「優良兒童使節團」赴日本交流學習。直到 1944 年，《盛京時報》因經費不足，「滿洲優良兒童表彰會」取消。

在整理這些報導時候，本文作者發現兩個值得注意的問題：

一、「日本紀元 2600 年」紀念活動，是一系列嚴密、謹慎、有秩序的活動，這些活動背後的策劃者是日本殖民統治核心機構，它的主要目的是借助「日本紀元 2600 年」紀念，對外輸出殖民文化內容，向「滿洲國民」灌輸殖民統治的意識形態。這種殖民文化意識形態的建構是有順序有層次的。

文化的概念，按照英國人類文化學家愛德華博內特泰勒的定義：「文化，或文明，就其廣泛的民族學意義上來說，是包括全部的知識、信仰、藝術、道德、法律、風俗以及作為社會成員的人所掌握和接受的任何才能和習慣的複合體。」〔註3〕而社會文化建構分為三個層次，最外圍的層次，是物質文明

〔註3〕泰勒：原始文化，上海文藝出版社，1992 年版，第 1 頁。

的層面，包括科學、技術、知識、財產、語言等社會構建的基本內容，還包括人的感知、經驗，是一切與人相關的事物及形態；中間的層面，是文化的行為和制度；最核心的層面是以儀式、宗教信仰為核心的人的價值觀念。〔註4〕

　　從 1940 年《盛京時報》對「日本紀元 2600 年」報導上看，日本殖民文化構建顯然是一個持續、漸進、有層次的，它已經突破殖民文化構建的外圍層面，如文學、藝術、體育、教育、圖書出版、電影、文化博覽會等方面的文化滲透，進入到了更深層次的發展，比如利用儀式、慶典、宗教信仰讓「滿洲國人」改變內心的價值觀念。

　　從這個意義上說，日本對「滿洲國」殖民文化意識形態灌輸是經過嚴密思考和規劃的。它不僅限於文化構建的初始層次，如圖書出版、電影、文學、體育、教育等方面，而且已經涉及到更深入的層面，比如各種儀式慶典、宗教信仰等方面。

　　二、「滿洲優良兒童表彰會」體現了《盛京時報》社會角色的轉變。「滿洲優良兒童表彰會」是 1940 年「日本紀元 2600 年」紀念活動中的一項，但值得注意的是，它是以《盛京時報》為主要策劃機構的慶祝活動。如上表 6-1，我們看到，「滿洲國」紀念「日本紀元 2600 年」的慶祝活動，基本都是由「滿洲國」軍政部門聯合政府組織的，但「滿洲優良兒童表彰會」及其訪學團完全是由《盛京時報》主導策劃的。本文作者在查閱資料過程中，發現 1940 年初，《盛京時報》在規劃其新的一年「舉辦事業」時，就提到「滿洲優良兒童表彰會」的內容，1940 年春，《盛京時報》聯合新京《大同報》、哈爾濱《大北新報》和錦州《遼西晨報》在「全滿洲國」海選「優良兒童」。實際上，哈爾濱《大北新報》偽滿建國之前就隸屬於《盛京時報》，新京的《大同報》1936 年之後主要編輯記者也由《盛京時報》接手，而錦州《遼西晨報》在 1938 年由《盛京時報》設立，也隸屬於《盛京時報》旗下，這三份報紙基本歸屬於《盛京時報》，因此，我們可以說 1940 年 6 月開始的「滿洲優良兒童表彰會」選拔是由《盛京時報》主導策劃的，並受到日本政府和「滿洲國」民生部大力支持。

　　我們認為此時《盛京時報》的社會角色發生了變化。報紙作為大眾傳播媒介，其主要的社會功能是創造輿論環境，協調社會輿論溫度。《盛京時報》作為「滿洲國」中文大報，主要承擔的責任是進行新聞宣傳，為日本侵略者製造輿論氛圍，鼓吹日本殖民文化內容，影響民眾。以 1940 年為例，日本以

〔註4〕本文作者參考林堅：文化學引論，中國文史出版社，2014 年版，第 121 頁。

「紀元 2600 年」紀念為契機，向東亞廣大地區輸出殖民文化內容，《盛京時報》承擔了對外宣傳、輿論導向的媒介職責；但我們發現，在報導各種慶祝活動的同時，「滿洲優良兒童表彰會」是《盛京時報》主導策劃的，它已然越過充當日本殖民文化構建的重要喉舌和輿論平臺，轉而成為了日本殖民文化的直接建構者和引導者。也就是說，《盛京時報》的社會角色從日本侵略者殖民文化的傳遞者變成了文化的建構者和引導者。

關於這方面內容，我們可以在「滿洲優良兒童選拔」審查委員會名單中得以印證。1940 年 5 月 19 日《盛京時報》發表「表彰優良兒童，奉省設審委會，選定職員進行權衡」的報導，以奉天市為報導對象，詳細列出奉天市「優良兒童選拔」審查委員會成員，作者整理如下表 6-2：

表 6-2 奉天市「優良兒童選拔」審查委員會成員〔註 5〕

序號	職務	姓名
1	顧問	省長金榮桂
2	顧問	次長松田令輔
3	會長	民生廳長馬冠標
4	審查員	庶務科長皆富之亟
5	審查員	高等教育科長阪野龜一
6	審查員	國民教育科長張文明
7	審查員	保健科長謝秋濤
8	審查員	社會科長鄭孝達
9	審查員	盛京時報主幹東光明
10	視學官	土方省三
12	幹事	技佐山田弘
13	幹事	技正大人永次郎
14	幹事	體育股長新穀彌平
15	幹事	國民教導股長汪國芹
16	幹事	盛京時報賈榮山

從審查委員會名單中，比較清晰地看到奉天省選拔「優良兒童」是以奉天市省長為代表，集合政府各部門職員，還有盛京時報社的成員。其中《盛

〔註 5〕本表作者根據「表彰優良兒童，奉省設審委會，選定職員進行權衡」，盛京時報，1940 年 5 月 19 日，2 版製作。

京時報》的主幹東光明和記者賈榮山都在此列。不僅如此,地方「優良兒童」選拔之後,再由「滿洲國」中央委員會審查,中央委員會審查成員,其會長由《盛京時報》的社長染谷保藏擔任〔註6〕。其成員分成兩部分,一部分是民生部各個部門科長,一部分是各報紙的主編,其中《盛京時報》的編輯佔了很大一部分。這些內容充分說明「滿洲優良兒童表彰會」活動,《盛京時報》的角色已經從活動的舉辦方,轉變成為活動規則的制定者,選拔「人才」的評審者,因而《盛京時報》的社會角色發生了巨大變化。

第二節 對「滿洲優良兒童表彰會」活動的策劃和報導

1940年6月到8月「滿洲優良兒童表彰會」活動是由《盛京時報》主要策劃的。以後三年,每年7月到8月之間,都由《盛京時報》主辦舉行此項活動,一直持續到1944年。1940年「滿洲優良兒童表彰會」《盛京時報》從1月開始到8月底結束,對「表彰會」各個部分都進行了精心策劃、詳細地報導。

一、《盛京時報》關於此次活動的策劃

圖6-3 「滿洲國優良兒童表彰會」

〔註6〕滿洲優良兒童表彰會,盛京時報,1940年4月21日,頭版。

　　首先，是在 1940 年年初 1 月 1 號《盛京時報》「年度舉辦事業計劃」中明確提出「滿洲有兒童表彰會」一項，說明對這項活動的重視。1940 年 4 月《盛京時報》陸續發表對「滿洲優良兒童表彰會」動員內容進行報導，其中分別報導民生部大臣孫氏、新京市市長於靜遠、奉天市市長鄭禹、奉天省省長金桂榮及民生部各司司長的講話和動員，4 月開始在「滿洲國」各學校開展選拔「優良兒童表彰」的活動。

　　接著，1940 年 4 月 21 日《盛京時報》在頭版大篇幅位置推出「滿洲優良兒童表彰會」活動，公布活動評選範圍、標準、獎勵辦法及後續組成「兒童使節團」出訪日本事宜。（如圖 6-3）其活動主要分為四個部分即：「優良兒童選拔」、「優良兒童表彰」、「兒童使節團壯行會」、「兒童使節團赴日本交流」四個部分。

　　同年 5 月到 6 月開始報導選拔「優良兒童」在各地的情況，公布其參與評審的委員名單。7 月到 8 月《盛京時報》採用大量密集型報導。根據本文作者的統計，1940 年 7 月到 8 月，共進行報導 30 篇左右，記者隨使節團出訪手記 34 篇，圖片將近 30 幅。幾乎每日都有關於「滿洲優良兒童表彰會」及「使節團出訪」的內容。

（一）關於「優良兒童選拔」的目的

　　《盛京時報》在 1940 年 4 月 21 日頭版刊出大幅通告在全「滿洲國」評選「優良兒童」就明確指出：「逢茲友邦日本紀元二千六百年之佳辰，為祝福宏遠無窮之實業，並促進日滿一德一心，緊密提攜，進東亞建設之大業，對於第二代國民之全國兒童，為謀其智、德、體三育。養成剛健強壯之逸才，以資負起未來之巨任，爰計設『滿洲優良兒童表彰會』……」從這段文字可以看出「滿洲優良兒童表彰會」是為了促進所謂「日滿一德一心」，推廣日本大東亞殖民文化建設，「滿洲國」其培養的所謂「第二代人才」，也是按照日本殖民建設的標準而設計的，其殖民侵略的野心昭然若揭。

（二）評選方式及內容

　　「滿洲優良兒童表彰會」在全「滿洲國」十四個省及特別市各個中小學校開展，由各個省、特別市、各個旗、部審查委員會對所在地區學生進行審查，每個省、特別市優選出男女優良兒童各 2 名，再由中央審查委員會對其進行審查，在全國範圍內優選出 42 名「優良兒童」。就獎項方面，「優良兒童表彰會」對前三名男女「優良兒童」，授予民生部大臣賞，更對「滿洲國」第一位優良兒童出身學校贈送表彰匾額。此外，集合「滿洲國」各省、新京特

別市、奉天市、哈爾濱市優良兒童男女各兩名，共計 42 名兒童作為慶祝日本紀元兩千六百年「滿洲國」兒童使節團訪問日本，以表彰入選榮譽。

關於審查的標準，《盛京時報》也公布了詳細的說明。對男女「優良兒童」評選標準包括兩方面，一方面是學業成績，其中包括國民道德、滿語、日語、蒙古語、算數、實物、圖畫、體育、音樂、操行等；另一方面是主要是健康調查，包括身體各項指標、800 米、跳遠、拋擲籃球、身長體重等內容。

（三）關於「兒童使節團」陣容及出訪行程

1940 年 7 月 1 日「滿洲兒童表彰會」之後，是「兒童使節團」出訪日本，在日本進行為期 24 天的訪學和交流。此次「兒童使節團」陣容強大，除了在「全滿」14 個省和特別市選拔出來的 42 名「優良兒童」，還在「全滿」各個國民優等學校選出教師若干名，民生部派各司職員若干名，另外，在《盛京時報》、《大同報》、《大北新報》組成記者隨行。本文作者在《盛京時報》整理出，隨「兒童使節團」隨行人員陣容如下表 6-4：

表 6-4　1940 年「滿洲國優良兒童使節團」隨行人員名單〔註 7〕

	職務	單位	姓名	備註
1	團長	大北新報社長	山本久治	
2	顧問	民政部	佐伯仁三郎	
3	顧問	民生部	金榮珍	
4	顧問	滿洲醫科大學（醫師）	郭文高	
5	總務	盛京時報社事業部	長伊藤洵治	
6	總務	大同報事業部長	西村二三彥	
7	總務	盛京時報社	牛島猛	
8	男子隊長	新京國民優級學校長	志田正一	
9	女子隊長	吉林省磐石公立國民優級學校長	濱田寶	
10	男子一班長	錦州黑山負虎山國民優級學校長	李賀山	
11	男子二班長	安東省安東市寶山國民優級學校長	祝寶俊	
12	女子一班長	奉天省民生廳國民教育科	張桂秋	
13	女子二班長	哈爾濱公立公園國民優級學校	劉淑美	
14	報導班成員	盛京時報記者	王懷偉	
15	報導班成員	大同報記者	唐則堯	
16	報導班成員	大北新報	王貫忱	

〔註 7〕本表作者根據「使節團役員」，盛京時報，1940 年 7 月 1 日，3 版內容製作

我們從這份名單中能看「兒童使節團」隨行人員最終確定 16 人，其中在「滿洲國」國民建設優級學校選出教師 5 名。民生部及各部門人員 4 人，其他是各報社人員。值得注意的是「兒童使節團」團長由大北新報社社長親自擔任，盛京時報社作為主要策劃單位，有 3 名報社社員人員跟隨出訪日本。

此次「兒童使節團」出訪日本行程共計 24 天，1940 年 7 月 1 日自新京出發，途經奉天、大連，乘船經海路，抵達日本神戶、再到大阪、京都、奈良、名古屋、東京、上野、日光、新瀉等地進行訪學和交流。7 月 24 日由新瀉返回「滿洲國」新京，結束整個行程。「兒童使節團」主要在日本大阪、名古屋、東京和新瀉四地參加當地學校舉辦的「日滿兒童交換會」活動。「兒童交換會」主要內容除了舉辦歡迎儀式外，主要是「滿洲國」學生向日本學生交流學習經驗、學習日本教育理念等。另外「兒童使節團」訪學的重要內容，是參觀和祭拜日本主要神靈。因而他們分別在 7 月 8 日到奈良後轉赴西大寺，參拜橿原神宮；7 月 9 日赴畝傍御陵、參拜伊勢神宮；7 月 12 日抵達東京，後參拜明治神宮、靖國神社。這些地方是日本主要祖宗神靈祭拜地。顯然，「滿洲兒童訪學團」到日本進行交流和學習帶有著明顯的殖民化內涵。

（四）關於主辦費用及其贊助

1940 年「滿洲優良兒童表彰會」活動由《盛京時報》策劃，聯合《大北新報》、《大同報》、《遼西晨報》並協同「滿洲國」民生部組織「優良兒童選拔」的具體內容。在「優良兒童」評選之後，又組織「兒童使節團」出訪日本，規模龐大。期間，《盛京時報》策劃此次活動，取得了「滿洲國」若素本鋪營養與育兒協會的贊助，此次評選及「使節團」出訪日本的費用達到了上萬元。其後三年，《盛京時報》依然得到若素的贊助，每年的費用和 1940 年大體相當。到 1943 年後，由於經費不足，訪日「使節團」人數減半。到 1944 年因為經費嚴重不足，「優良兒童表彰會」活動取消。

二、《盛京時報》關於此次活動的報導

1940 年《盛京時報》對「滿洲優良兒童表彰會」及「使節團」進行了有計劃、精心的報導。具體表現在：

（一）採用多種手段，密集報導、規模宏大

1940 年 6 月到 8 月《盛京時報》對「滿洲優良兒童表彰會」的報導是集

通告、新聞報導、新聞評論、記者隨行手記、圖片新聞等多種方式。根據作者的統計，在 7 月到 8 月之間，報導不少於 30 篇，記者手記達到 34 篇，另外特別為「滿洲優良兒童」寫 2 篇新聞評論，報導的規模比較宏大。在時效性上，《盛京時報》記者王懷偉在隨同「兒童訪學團」出訪日本期間，每日在日本訪問的不同地點向奉天及時發回記者手記，連續 34 天時間。

通過對「滿洲優良兒童表彰會」報導的整理，我們發現《盛京時報》善於利用圖片製造新聞。先是在 4 月 21 日頭版上推出「滿洲優良兒童表彰會」的通告，進而對全國 14 省和三個市區進行海選優良兒童；對「滿洲優良兒童選拔」的報導，《盛京時報》在 6 月 14 日當天，以整版形式推出「全滿優良兒童選定男女計 16 名」的報導，把 16 名男女「優良兒童」照片及各項成績在報紙上公布，造成一種轟動的效應；另外，《盛京時報》分別在 7 月 2 日推出「全國優良兒童表彰式、壯行會寫真特輯」、7 月 13 日推出「訪日學童使節團大阪京都交換寫真特輯」兩個特輯的圖片新聞，以整版、大篇幅形式圖片的形式描述「滿洲優良兒童表彰會」及「兒童使節團」出訪日本場面描述得淋漓盡致。為日本對「滿洲國」的文化侵略鼓譟聲勢。

（二）善於利用新聞事件，製造輿論熱點

《盛京時報》在進行「優良兒童表彰會」報導時，充分利用當時的社會時機，抓住新聞事件，製造輿論熱點。1940 年日本紀念「紀元 2600 年」，《盛京時報》從 1939 年底開始報導，到 1940 年 7 月幾乎進行了 9 個月對相關活動、儀式慶典的報導，到了 7 月達到了此項活動報導的高峰。此時正值「日本紀元 2600 年」「滿洲國」皇帝溥儀出訪日本，《盛京時報》一方面大肆報導「滿洲國」皇帝出訪日本受到各地的熱情接待，一方面又報導轟動全滿各小學、中學「滿洲優良兒童表彰會」海選的內容。根據本文作者的統計，《盛京時報》在 6 月到 7 月對溥儀出訪日本的報導達到了 161 篇，記者隨訪手記 40餘篇；對「優良兒童表彰會」及「兒童訪學團」報導達到了 30 篇以上，記者手記 34 篇，因而，幾乎在 1940 年 7 月整個一個月《盛京時報》的報導內容幾乎都是皇帝出訪日本和「兒童訪學團」訪問日本的消息。《盛京時報》試圖借助這兩個新聞事件，營造一種為紀念「日本紀元 2600 年」「滿洲國」國人歡天喜地恭送皇帝出訪，恭送「優良兒童使節團訪日」的熱烈局面，打造出「日滿一心一德」「關係親密」的繁榮假象。

第三節 「英雄」：殖民文化下培養出來的「優良兒童」

從文化的角度思考，任何國家在任何時代，其文化構建的內容中，「英雄」必不可少。英雄和文化密不可分，文化是英雄的系統，英雄是文化的組成部分。「英雄是一個被一批人所接受之價值系統的必然伴隨物」〔註8〕。而「英雄」的概念，不同的領域對其有不同的解釋。在符號學中，「英雄」則被認為是一個故事的敘事元素，一種其意義有待解釋的符號。從媒介生態學角度來說，美國學者蘭斯‧斯特拉特認為：「英雄可以被看作是可寫可讀的一種文本，可發送可接收的一種信息，可建構可紀念的文化形式，即英雄是人類傳播的一種產物。〔註9〕」因而，這種可建構可紀念的文化形式，在任何時代任何國家的文化建構中，發揮著強大的意識形態指引作用。

一、「英雄」在社會文化發展中的意義

英雄被認為是一個國家或社會的傑出人物，他（他們）對人類文化有著特定的貢獻，他能促成某一段歷史事件，或體現某種文化或精神，或提出新的思想體系，從而對一個社會，一個民族，在特定歷史時期歷史發展與文化整合起到了決定性的影響。

無論是古希臘荷馬史詩裏塑造的英雄伊利亞特和奧德修，還是現代歷史中拿破崙、柏拉圖、蒙田、莎士比亞、歌德等不同領域的英雄人物，甚至是中國古代四大名著《三國演義》《水滸傳》《西遊記》《紅樓夢》中描述的英雄人物，幾乎所有的英雄身上都被賦予了時代的精神和文化內涵。

當問題發生時，我們往往尋找英雄來指引道路。人們對英雄的崇拜是面對高尚德行、健康心態和超凡的力量產生的、發自內心的認同、欽佩和崇敬。因而英雄的行動、信仰、德行能引導一個社會民眾的思想品格、道德情操、宗教信仰。19 世紀美國哲學家愛默生說「相信偉人是天經地義的事。如果我們孩提時的朋友竟然成了英雄，他們的景況儼然像個帝王，那也不會使我們感到驚奇。一切神話都是以半神半人開始，事件高尚而富有詩意；也就是說，他們的天才是至高無上的。〔註10〕」他還說，「追求偉人是青年的夢想，是成

〔註8〕 Potok C. Heroes for an Ordinary World: InGreat Ideas Today〔M〕. Chicago: Encyclopedia Britannica, 1973: 71.

〔註9〕 （美）蘭斯‧斯特拉特著，胡菊蘭譯：英雄與／作為傳播，上海大學學報，2016.6，第 119 頁。

〔註10〕 （美）R‧W‧愛默生：代表人物，生活‧讀書‧新知三聯書店，1998 年版，第 1 頁。

年人最嚴肅的事業。」

因此，一個社會或一個時代英雄的塑造至關重要，大多數人通常追隨這個人或那個人的思想，仰賴於自己周圍世界中最為偉大的身影。往往那些「噪音最深沉、外表最強壯、最權威、最成功的人，常常佔有我們一時的忠誠，被我們奉為理想的楷模。〔註11〕」一個時代英雄意義遠比書本教育、國家文化宣傳來的更直接，也更容易被民眾接受。因為人們在跟隨英雄的腳步中，不知不覺地被英雄帶動下樹立了與英雄一樣的文化意識、精神世界甚至是宗教信仰。

當然，這種「英雄崇拜」往往被政治利用。我們回顧歷史，二戰時期，德國為了維護其法西斯集權統治，國家有意識地構建所謂「英雄形象」，利用民眾的「英雄崇拜」達到其政治目的，正是德國民眾對希特勒的盲目崇拜，造成日耳曼民族對猶太民族的瘋狂殘害，德國民眾甚至喊出「要大炮不要黃油」的口號，造成德國最終挑起第二次世界大戰。或者，從這個角度理解，在特定的時期，一個國家往往利用英雄塑造達到其政治的、經濟、文化的以及其他方面的目的。

二、日本殖民文化塑造出來的「英雄」或「模範」

偽滿洲國通過「滿洲國優良兒童表彰會」樹立起來「優良兒童」是一種特定文化下塑造的「英雄」或是「模範」。一方面這些通過評選出來的「優良兒童」，是殖民意識形態下的「傑出人物」，他們通過「滿洲兒童使節團」等任務肩負了特殊時代下的文化重任。但這種特殊歷史時期的構建的「兒童英雄」或「模範」，具有幾方面的特徵：

（一）偽滿洲國「滿洲優良兒童表彰會」建立起來的「兒童英雄」或「模範」，是按照日本殖民價值的需要建立起來的。「優良兒童表彰會」的評選方式、入選的資格、選拔的標準是完全按照日本侵略者的殖民意識形態建立起來的「英雄」標準。我們以1940年「滿洲優良兒童表彰會」為例，在全「滿洲國」內評選「優良兒童」，除了國民道德、算數、滿語、實務、操行、席次等常規項目外，特別強調了日語和蒙古語以及體育〔註12〕。偽滿洲國希望通過「優良兒童」選拔顯示出其塑造出來的「兒童英雄」能「滿語」、「日語」、

〔註11〕美國人類學家貝克爾關於英雄的論述，本文作者轉引自武斌著：話說英雄，萬卷出版公司，2006年版，第4頁。

〔註12〕見滿洲優良兒童表彰會，盛京時報，康德七年四月二十一日（1940），頭版。

「蒙古語」皆通，即能熟練使用滿語、日語、和蒙古語，這正能體現「日滿親善」「共存共榮」的殖民文化意圖。對「體育」檢查的標準更加嚴格，不僅有身高、體重等標準，還有 800 米、鉛球、跳遠等項目的體能檢測。在日本的殖民意識形態裏，能夠肩負「日滿一心一德」教育「第二代優良兒童」，務必是體格健全，身體健康，能行軍打仗的。因而，我們說這種「兒童英雄」或「模範」的塑造是殖民文化價值的評判標準構建的。

（二）偽滿洲國這些所謂的「兒童英雄」，實質上是日本殖民文化教育滲透到「滿洲國」的重要的表徵。在第一部分我們詳細地分析了「滿洲優良兒童表彰會」在 1940 年作為日本「紀元 2600 年紀念」重要組成部分構成了其殖民教育的部分，是日本推行「大東亞共榮圈」殖民文化注入的重要形式。日本侵略者有意識利用這種「兒童英雄」的文化帶動作用進行殖民教育。這種「優良兒童評選」和「兒童使節團」的內容比書本教育更直接，更具體。這些被選拔出來的「兒童英雄」組成「訪日兒童使節團」，到日本與日本兒童進行交流，直接反映「日滿親善」、「共存共榮」；「訪日兒童使節團」在日本東京、神戶等地祭拜日本神靈，信奉日本信仰，對「滿洲國」內兒童形成巨大的心理文化衝擊，從而追隨「英雄」的行動，信奉「英雄」的信仰，認定「日滿一心一德」，「日滿親善」等內容，這種「英雄崇拜」式的教育遠比書本教育和新聞宣傳個更能達到殖民文化輸出的效果，從而改變「滿洲國兒童」的意識形態和價值觀念，真正達到日本殖民侵略的目的。

（三）「滿洲國」通過「優良兒童表彰會」構建的「英雄」，為「滿洲國」下一代兒童思想意識中強化了「滿洲國」與日本「友邦關係」，同時也強化了日本是先進民族，「滿洲國」需要向日本學習的殖民意識形態內涵。因而通過這種方式樹立起來的「英雄」模式，基本達到了日本對「滿洲國」殖民文化輸出的要求，以這種方式進行的殖民文化滲透效果是顯著的，帶來了強大的引導力。

我們認為一個國家的文化的建立的基石在於對國家中人們的價值體系的建立。因而文化的構建其核心是文化價值體系的建立。在文化構建的層次上，荷蘭心理學家吉爾特・霍夫斯泰德（Geert Hofstede）曾經把文化比喻成洋蔥，文化的符號象徵、英雄、禮儀和價值觀分別代表文化的不同層次。文化的最外層是表徵（Symbols），如服裝、語言、建築物等，人的肉眼能夠很容易看見；而文化的第二層是英雄，在一個國家的文化中人們所崇拜的英雄，他的舉動、性格等能標誌著這個民族大多數人的舉止、性格及其他；文化的第三

個層面是禮儀（Rituals），禮儀是每種文化裏對待人和自然的獨特表達方式，如中國文化中，在重要場合吃飯時的位置安排很有講究，又比如日本人的鞠躬和進門脫鞋等。第三層是最裏面的一層是價值觀（Values），指人們相信什麼是真、善、美的抽象觀念，也是文化中最深邃、最難理解的部分〔註13〕。霍夫斯泰德認為文化構建的最終核心是價值觀念的建立，而文化構建是通過表徵、英雄、禮儀等不同的層次逐漸過渡到核心層次價值觀念的。

從這一方面來說，偽滿時期日偽依靠《盛京時報》舉辦的「滿洲優良兒童表彰會」活動，評選出來的「兒童英雄」，他們的舉止、性格等能影響整個「滿洲國」大多數兒童的舉動及其他。因而在殖民文化構建的層次上，這種「滿洲優良兒童表彰會」的活動，已經突破了文化建構的從文化的構建的基礎層次如通過文學、繪畫、電影、體育、教育等進行直接宣傳的層次而進入到更深的層次，即通過「英雄」的影響力形成一種日本殖民文化價值觀念。在效果上，「滿洲優良兒童使節團」在日本進行的訪問，包括參拜日本神靈、祭拜日本祖先等一系列舉動對「滿洲國」的兒童起到極大的影響。或者說這種以「英雄」模式建立的文化內容，比文化構建的初始層次更為直接，更能改變人們的價值觀念。

第四節　用「儀式」進行的「拓殖教育」：「兒童使節壯行會」

1940 年 6 月到 7 月，《盛京時報》為策劃「滿洲優良兒童表彰」，對其進行了密集報導，從選拔、公布、表彰、到結成「訪學團」出訪日本，都進行了詳細的報導。值得注意的是，在 1940 年 7 月 1 日，在「滿洲優良兒童表彰會」之後，進行了「滿洲優良兒童使節團團結式」及「壯行會」。「兒童使節壯行會」是一種歡送「訪日使節團」出訪日本的儀式。其主要內容是，五十幾名「兒童使節團」成員聚集在中央協和本部大禮堂，升日本和「滿洲國」國旗，唱「滿洲國國歌」；全體「使節團」成員宣誓；再由民生部、四個代表市市長（新京、哈爾濱、奉天、錦州）致「壯行詞」；最後由「使節團」團長發表壯行宣言。

〔註13〕此段文字本文作者參考霍夫斯泰德著，李原，孫健譯：文化與組織——心理軟件的力量，中國人民大學出版社，2010 年版，第 6 頁到 11 頁內容。

本文作者在《盛京時報》整理出其壯行誓詞如下：

「……時時刻刻勿忘本身即為整個滿洲國家之代表者，如個人得一分光榮時，即不失為國家爭得一分光榮，凡此行所到之處，必須悉心體察先進國家所以富強之根源，以及國民性之所以忠愛仁勇，進道義之所以恪守不失，教育之所以普及，科學之所以發達，一一計其所長，諸心版，以任回國後之唯一楷模及平生服習之圭臬。對會晤日本男女童時，更須出以至誠，示以真愛，務使日滿一心一德心協和親善之精神，更加促進，更加緊密，將來即本此種偉大精神，同心合力，共向「建設東亞新秩序」之大目標，一路邁進，則此行之收穫，不亦大哉！行矣諸君，其共勉勵。」〔註14〕

這段壯行誓詞包含兩層含義，一是講「滿洲國」兒童出訪日本代表「滿洲國」的形象，要體現「滿洲國人」「忠愛仁勇」的民族特徵；二是要求所有參加出訪日本的「滿洲國」兒童要對日本畢恭畢敬，以日本為主要學習的對象，作為「滿洲國人」和日本人「友好親邦」、「一心一德」。顯然，它是日本殖民主義文化內容強制性的灌輸，是殖民教育的具體表現。不僅如此，「壯行會」結束後，「兒童使節團」所有成員，「……於中午十二時，全體團員齊集忠靈塔參拜，容儀肅正，向建國英靈敬虔默禱，一行堅固之決意，溢於眉宇，誓以達成所赴使命，並三呼日滿兩國並訪日使節團萬歲……。其器宇之軒昂，非筆墨所能道其萬一也……。十二時四十分，抵新京神社參拜，由神主祈願一行平安……。」〔註15〕也就是說「兒童使節團」所有成員在出訪日本之前，需要參拜在戰爭中死去的日本軍人（即參拜「忠靈塔」），同時參拜日本神靈（新京神社）。

我們認為「兒童使節壯行會」及「使節團」一系列祭拜活動，帶有強烈的殖民文化的「儀式感」。這種「儀式」實質上是一種特殊的方式重複、強化日本殖民主義教育的內容，是日本在二戰期間對東北兒童實行殖民文化侵略的具體表現。

一、「滿洲國」「儀式」傳統

所謂「儀式」，是指按一定的文化傳統將一系列具有象徵意義的行為集中

〔註14〕任重致遠勉旃勿忘，盛京時報，1940 年 7 月 1 日，3 版。
〔註15〕出發行矣，學童使節團整隊參拜忠靈塔及神社，盛京時報，1940 年 7 月 2 日，2 版。

起來的安排和程序。儀式具有幾種功能，其中一種功能是凝聚，往往儀式最初用於宗教時候，宗教儀式的集體實踐肯定了該群體的社會團結。儀式在現代應用後，這種功能依然被延續。儀式的另一種功能，它能起到說教作用，通過儀式可以繼承傳統和傳授知識。另外，儀式還能夠影響和控制事物，產生預期效果。〔註16〕

　　《盛京時報》主辦的「滿洲優良兒童表彰會」上的「兒童使節壯行會」實際上是以一種特殊的「儀式」完成日本殖民文化灌輸教育。實際上，在文化構建的層次上，無論是宗教儀式還是其他帶有特殊意義的儀式，它不是停留在文化構建的表面層次，如利用文學藝術及媒介宣傳的形式進行文化教育傳承，而是通過一種禮儀信仰的膜拜方式，對人的意識形態和價值觀念的構建。相比之下，利用「儀式」建立起來的文化信仰和文化內容更能直達人的思想意識中。因而我們認為《盛京時報》在 1940 年 7 月「滿洲優良兒童」出訪日本之前一系列的「儀式」活動，（如「兒童使節壯行會」）是按照日本的文化秩序，將一系列具有殖民象徵意義的行為集中起來的安排和程序。在日本的殖民文化意識形態中，「滿洲國」內選出的「優良兒童使節團」在訪問日本之前，需要一場聲勢浩大的「兒童使節壯行會」作為「儀式」，這種「儀式」一方面代表對權威的服從，一方面顯示對受眾的教育和警示作用。無論是「壯行會誓詞」還是參拜「忠靈塔」和「新京神社」，這種「儀式」的內涵帶有強烈的殖民文化內涵。這種「儀式」建立起來的文化功能，是透過文化構建的表層，如文學、藝術、電影、教育、體育等內容的滲透，直接深入到人的核心價值觀及意識形態的根本，即用「儀式」帶來的衝擊力和參與感，使「滿洲國人」以日本為宗主國，像祭拜日本神靈，信奉日本信仰，最終達到殖民統治的目的。

　　相比之下，日本是儀式感極強的國家，日本「儀式」傳統，體現在日本文化的方方面面，如對神靈的祭拜儀式、日本茶道德儀式等等。這種儀式感在「滿洲國」得以沿襲和擴大。「滿洲國」的「儀式化」內容在方方面面得到體現。「滿洲國」1935 年設立「建國體操」，利用廣播的音樂和律動，在固定時間內形成一種全體人民的「身體儀式」；在「滿洲國」的學校教育也有相應的帶有集體感的「儀式」內容，如定期教師朝會和學生朝會，校長和教師朝皇宮方向拜禮，宣讀教師誓詞，然後升日本國旗和「滿洲國」國旗，時唱日

〔註16〕陳國強主編：簡明文化人類學詞典，浙江人民出版社，1990 年版，第 135 頁。

本國歌，向日本皇宮方向遙拜，用日語和滿語背誦《國民訓》；學生定期參拜建國神社，宣讀誓詞：「吾等仰體聖旨，洞徹建國精神，以做忠良國民。吾等精勵文武，以勤勞為務，做成善良學生。吾等守校規，尊重師教，以作興堅實之校風。吾等精究日語，體識日滿一德一心之本義，以做成社會之先達者。吾等學校一體，果成央戰下學生之使命，以貢獻興亞之聖戰。」〔註17〕

　　通過這樣帶有集體感的「儀式」，使日本殖民主義文化內容、意識形態潛移默化到「滿洲國」民眾思想意識中，從而進行奴化教育。

　　顯然，在「滿洲兒童使節團」出訪日本前進行的「兒童使節壯行會」是日本殖民文化體現下，以「儀式化」的形式對「滿洲國」兒童進行的殖民教育的重要手段。因而在殖民文化的構建上，這種「儀式」的方式比一般性質的文化內容如文學、藝術、音樂、繪畫等更加直接，更能改變人們的思想意識和價值觀念。

二、用「儀式」進行的「拓殖教育」

　　從效果上看，顯然這種「兒童使節壯行會」上的「儀式」，殖民的權威被強化。通過對「壯行會誓詞」的宣讀、在「忠靈塔」前的宣誓、向日本神宮方向遙拜等一系列儀式，「滿洲國」國民對日本臣服再次被表現出來，日本作為殖民者其「王」的符號化內涵在「儀式」的內容中被強化無疑。因而日本在「滿洲國」宣傳所謂「五族協和」「共存共榮」等內容實質上在是統治與被統治，殖民與被殖民。

　　或者更確切地說，「兒童使節壯行會」是用「儀式」進行的「拓殖教育」。在研究日本的殖民教育問題中，有學者認為日本的殖民的教育和西方的殖民教育的方式有著很大的區別，老牌資本主義的殖民教育的方式往往以結合當地文化教育情況，對所屬殖民地人民進行文化滲透，而日本採用的殖民教育更為直接，帶有強權性、強制性和對原地文化教育形態的隔離性。更準確地說，日本的殖民教育是一種「拓殖教育」。所謂「拓殖教育」，是與文明教育輸出有本質不同，與西方殖民教育形態也不完全相同的特殊文化現象。它有別於文明教育輸出的顯著特徵是，不是互通有無，取長補短的文化交流；而是有我無你，以宗主國文化取代原住民文化的文化侵略。它有別於西方傳統

〔註17〕此段文字參考王桂主編：中日教育關係史，山東教育出版社，1993年版，第461～462頁內容。

殖民地教育的顯著特徵是，這個過程是實現不是以宗主國向殖民地逐步進行的文化滲透，也不是對原有教育的改良或改造，而是以強權形式，徹底取締原有民族的教育形態。〔註18〕

　　本文作者贊同日本的殖民地教育是「拓殖教育」的說法。無論從形式還是內容，日本對「滿洲國」的殖民教育帶有「野蠻」的內涵，以「滿洲優良兒童表彰會」評選及訪日使節團來看，強制要求「滿洲國」兒童以日本教育的標準選拔「優良兒童」，兒童訪學團壯行會儀式，要求 42 名「滿洲兒童」參拜新京英靈塔，祭拜日本在侵略東北戰死的日本軍人；在訪學期間，到東京及日本各地參拜日本神靈、祭拜日本祖先，這些都足以說明日本對「滿洲國」的殖民教育近乎一種「野蠻」的方式進行，它帶有強制性、強權性。因而，我們認為「兒童使節壯行會」是以「儀式」進行的「拓殖教育」。

　　綜上，1940 年 7 月到 8 月之間，由《盛京時報》與新京《大同報》、哈爾濱《大北新報》、錦州《遼西晨報》，並通過「滿洲國」民生部支持，舉辦「滿洲優良兒童表彰會」活動，是日本試圖在東亞建立「大東亞共榮圈」對「滿洲國」進行殖民文化統治的重要內容。它突破了殖民文化構建的基本層面如文學、藝術、音樂、體育等形式，而以「英雄」和「儀式」的方式，直達殖民文化構建的核心層面，試圖以這樣的方式改變東北人民的思想意識和價值觀念，從而達到其殖民統治的目的。

〔註18〕楊曉，楊颺：矛與盾——近代日本民族教育之管窺，知識產權出版社，2015年版，199 頁。

第六章 「體育事業」：對「戰爭」的隱喻

　　體育在近代的發展被看作一個國家民族文化發展的重要表徵，中國東北地區從近代受西方體育運動的影響，在 19 世紀末期逐漸展開體育競技和體育比賽，到 20 世紀 20 年代，東北的體育事業受到重視。張學良帶領下的東北體育事業的發展，在體育場館建設、體育競技交流和國民體育教育方面都取得了不錯的發展。其中體育競技上在田徑、棒球、籃球、足球等項目上都有優秀的表現。其中長跑名將劉長春曾多次代表大連在國家田徑項目上取得好成績。偽滿洲國成立以後，沿襲日本的體育興國的傳統，比較重視體育比賽和體育教育。偽滿洲國當時比較善於利用報紙等媒介報導和策劃體育新聞和體育比賽。偽滿洲國當時比較出名的四大中文報紙《盛京時報》、《大北新報》、《大同報》和《泰東日報》都曾組織過體育比賽。由於大連的體育方面成績發展的比較突出，《泰東日報》和《滿洲報》都曾在報紙的版面上設置體育專版，策劃專門的體育副刊。《盛京時報》對體育賽事的報導和所主辦的體育活動也頗多，在偽滿的報紙當中頗具典型。相對來說，《盛京時報》對體育新聞和體育內容報導相對較早，在 1928 年開始在報紙版面上設置專業「體育欄」，用於報導滿洲國各項體育賽事，一直沿用到偽滿後期。在偽滿洲國 14 年間，曾組織策劃過京吉驛傳馬拉松大會、全滿自傳車競技大會、奉天足球大會、奉天市民滑冰會及滿華象棋大賽等體育比賽。這些體育比賽在偽滿的體育發展上影響頗深。本章作者主要就《盛京時報》主辦的體育活動進行研究和分析。

第一節　《盛京時報》對「體育」方面內容的策劃及報導

上個世紀初，《盛京時報》上陸續有關於體育內容的報導。到 1928 年伴隨體育競賽內容的增加，《盛京時報》對於體育競賽和體育教育的報導逐漸增加起來。於是在 1928 年 9 月《盛京時報》開闢了專門的體育欄目，報導體育比賽的內容。偽滿洲國成立後，《盛京時報》加強了對體育新聞的報導和策劃。本文作者總結《盛京時報》對體育內容的報導和策劃分為這樣幾種：

一、體育新聞報導。《盛京時報》對體育新聞的報導分為對體育比賽的專門報導，如偽滿洲國建立前對遠東運動會的報導；偽滿洲國建立後如「建國紀念運動會」、「滿鮮對抗綜合大賽」等體育比賽的報導。這些報導通常在比較常見的方式通常是在專門的體育欄目上發表，但後來隨著體育比賽的增加，其體育內容也經常出現在其他版面上顯著的位置刊出。另外除了專門的體育賽事報導，《盛京時報》在偽滿洲國建立以來，以體育知識的方式刊登過體育的相關常識、歐美體育的歷史等，以求達到民眾瞭解體育常識的目的。

二、針對體育賽事的論說（評論）。《盛京時報》除了進行體育比賽的相關報導外，有針對性地對體育比賽和體育事業發表過專門的論說。眾所周知，一般大報的論說（評論）基本上都是針對當時政治、軍事、國際關係的時局進行的評論，發表代表一份報紙或者一個編輯部的思想觀點和態度，從而引導和影響輿論。《盛京時報》也是如此。但是，我們發現《盛京時報》很重視對體育比賽的專門評論，尤其是由《盛京時報》策劃的體育賽事，如「京吉驛傳馬拉松大會」、「滿華聯歡象棋大會」等比賽。根究本文作者的統計，偽滿洲國成立後，從 931 年到 1944 年間《盛京時報》曾發表過體育比賽的論說（評論）不少於 7 篇。（這方面具體內容我們在第四部分利用體育進行殖民文化宣傳中具體闡釋說明）

三、《盛京時報》組織策劃的體育賽事。《盛京時報》在偽滿時期曾經聯合多個部門及報社，組織策劃過當時偽滿洲國規模宏大、影響頗深的體育比賽。本文作者總結如下表 7-1：

表 7-1　偽滿時期《盛京時報》主辦「體育事業」〔註1〕

序號	賽事名稱	起止時間	主要內容	主辦單位
1	京吉驛傳馬拉松大會	1935 年 5 月第一次舉辦，每年一屆，到 1943 年最後一屆，共計 9 屆	京吉國道120 公里馬拉松	《盛京時報》《新京日日新聞》、體聯〔註2〕
2	全滿自行車競技大賽	1936年接手第二屆——1943 年最後一屆	自行車競技比賽	《奉天新聞》、《盛京時報》
3	奉天足球大會	1936 年 10 月第一次舉辦，到 1943 年 10 月，共 8 屆	足球比賽	《盛京時報》、《奉天新聞》，體聯及奉天市公署
4	奉天市民滑冰會	1939 年 2 月第一次舉辦，到 1943 年結束，共計 5 屆	滑冰大賽	體聯奉天事務局
5	滿華聯歡象棋大會	1940 年 6 月舉辦第一次，1943 年最後一次，共計 4 屆	象棋比賽	《盛京時報》聯合《大北新報》及其他報社

　　這些體育比賽及活動作者在本章第二節《盛京時報》主辦的各項「體育事業」中會詳細說明。

　　四、組織編輯體育運動專輯。偽滿期間《盛京時報》除了對體育比賽進行報導和策劃之外，從 1937 年開始每年組織編輯體育運動專輯《滿洲運動年鑒》。每年一輯，總結上一年「滿洲國」各項體育比賽的成績，制定體育比賽規則等（詳見本章第二節）。

第二節　《盛京時報》主辦的各項「體育事業」

一、主辦的各項「體育事業」

　　《盛京時報》在偽滿時期策劃和舉辦的所有活動中，體育方面策劃活動內容最多，其中包括主辦「京吉驛傳馬拉松大賽」、「全滿自轉車（自行車）大賽」、「奉天足球大賽」、「滿華聯歡象棋大賽」、「奉天市民滑冰會」等體育賽事，同時從 1937 年開始，《盛京時報》每年編輯體育專刊《滿洲運動年鑒》，

〔註1〕本表作者根據偽滿時期《盛京時報》（1931～1944）內容製作。
〔註2〕「體聯」是「大滿洲帝國體育聯盟」簡稱，文中第三部分日本體育傳統和「滿洲國」體育的發展裏具體說明。

每年一輯，每年 6 月或 7 月發行，是偽滿時期唯一兩份體育運動專刊之一。〔註3〕《盛京時報》對體育比賽和體育專刊的策劃，一方面基於偽滿洲國當時對體育比賽和體育教育的重視，另一方面也和盛京時報社日籍、滿籍員工大部分酷愛體育相關，如報社社長染谷保藏、編輯長菊池真二、論說委員穆六田等都酷愛體育。在新聞策劃手段上，《盛京時報》採用報導、論說（評論）、記者手記、畫報、漫畫等多種形式，取得非常強大的傳播效果。本文作者查閱、整理成具體如下內容：

（一）「京吉驛傳馬拉松大賽」

「京吉驛傳馬拉松大賽」創建於 1935 年 5 月，是盛京時報社聯合新京日日新聞社、大滿洲帝國體育聯盟主辦的一項長距離馬拉松長跑賽事。在偽滿的各項體育比賽中，它是一項民眾廣泛參與、非常有特色、具有有廣泛影響力的體育比賽。從 1935 年 5 月第一次舉辦，以後歷屆都在每年春季 5 月或 6 月間，一直持續到 1943 年，歷時 9 屆。「京吉驛傳馬拉松比賽」地點，設置在吉林到新京（長春）國道上，比賽起點從吉林驛（吉林站）到新京（長春）西公園，總長度 120 公里。比賽共分 10 個區，每區在 9400 米到 14000 米之間，第一區 13600 米、第二區 12240 米、第三區 14240 米、第四區 12600 米、第五區 12000 米、第六區 11200 米、第七區 9440 米、第八區 9760 米、第九區 9460 米、第十區 12540 米。每個區路程狀況各不相同，除土沙道路之外，還有山坡、丘陵、彎道等道路組成。

比賽的方式，採用選手馬拉松接力長跑的形式完成，每隊選手 10 人，候補 2 人，按照所在省份進行團體接力競賽，賽程共分 10 區，每區每隊一人。比賽成績計算按照每隊在選手接力 10 人成績疊加，用時最短的團隊獲勝。在京吉驛傳馬拉松比賽的 9 年中，在京吉 120 公里國道上，曾創造用時 7 小時 33 分的優勝記錄。關於選手選拔，每隊選手在所在省份當地進行預選賽，在馬拉松比賽最初兩年，日籍選手和滿籍選手分別進行比賽，到 1937 年之後，每隊選手不分日籍、滿籍，變成日滿籍混合隊。由於此項比賽影響力逐漸增強，到 1937 年之後，比賽的主辦方又加入「滿洲協和會中央本部」、「滿洲」鐵路局和「滿洲陸上競技協會」三家。

〔註 3〕偽滿的體育專刊，除了《盛京時報》編輯的《滿洲運動年鑑》，還有一份是《滿洲體育》，1934 年創刊，每兩個月發行一輯，在新京印刷發行。

1. 關於比賽規模及影響力

在偽滿的各種體育賽事中，「京吉驛傳馬拉松大賽」算是聲勢浩大比賽項目。因為比賽是按照所在地區團體接力比賽，因而最初幾年，分新京、吉林、奉天、錦州、哈爾濱、大連等地六隊，後加入黑龍江、鞍山、安東、札蘭屯等地隊伍。比賽當天，在京吉 120 公里國道上，各區段分別設置監督員、裁判員，加上每隊在各區的選手，人數眾多。以 1936 年為例，參賽選手和賽程工作人員達到 200 多人。「京吉驛傳馬拉松大賽」規模龐大，主辦方邀請偽滿洲國總理大臣張景惠、吉林省省長、吉林市市長、新京特別市長及各部委要員觀看比賽，盛京時報社長染古保藏作為大會會長。媒介報導方面，除在用日文在《新京日日新聞》報導、中文在《盛京時報》報導外，在比賽當天，利用新京廣播局無線廣播直播報導此項比賽。此外，為報導比賽成績，偽滿軍政部特別出動軍鴿隊（信鴿）作為傳遞各區比賽信息的手段，同時大會動用十幾輛汽車跟隨拍攝記錄各區選手比賽狀況。〔註 4〕比賽現場觀看人數眾多，國道沿途百姓觀看曾經達到上萬人，《盛京時報》曾用「京吉國道青翠欲滴，沿途老幼來觀，警隊持槍保護」〔註 5〕的標題來形容比賽場面。

關於「京吉驛傳馬拉松大賽」的影響力，《盛京時報》在 1935 年到 1943 年 9 屆比賽中曾多次在頭版論說中專門闡述其意義重大，《新京日日新聞》認為「她是劃時代的壯舉，滿洲體育界不朽的金字塔」。〔註 6〕本文作者在查閱偽滿體育運動相關的史料中，幾乎都提到了京吉驛傳馬拉松大賽。在各地方年鑒如《吉林年鑒》、《長春年鑒》甚至《大連年鑒》中也專門提到此項體育賽事，足見此項比賽的影響力。1983 年盧聲迪《怎樣認定和評價東北淪陷時期——偽滿十四年的體育運動》一文曾這樣評價京吉驛傳馬拉松大賽：「京吉驛傳馬拉松大會是在偽滿時期最有聲勢的體育活動，其規模之大，宣傳之廣，影響之深，遠遠超過了歷屆偽滿的全國運動會。」〔註 7〕更值得注意的是，京吉驛傳馬拉松大賽優秀選手中，有三位後來獲得了「盛京賞」的「體育賞」，分別是於希渭、唐國仕和劉左卿，可以說明「京吉驛傳馬拉松大賽」在當時

〔註 4〕軍政部軍鴿隊特別出動，盛京時報，1935 年 5 月 18 日，11 版。

〔註 5〕京吉國道青翠欲滴，沿途老幼來觀，警隊持槍保護，盛京時報，1936 年 6 月 22 日，2 版。

〔註 6〕盧聲迪：怎樣認定和評價東北淪陷時期——偽滿十四年的體育運動，體育史論文集，中國體育史學會編，1987 年 11 月，第 233 頁。

〔註 7〕盧聲迪，怎樣認定和評價東北淪陷時期——偽滿十四年的體育運動，體育史論文集，中國體育史學會編，1987 年 11 月，第 233 頁。

「滿洲國」體育賽事的地位。

2. 關於《盛京時報》的策劃和報導情況

從 1935 年到 1943 年，《盛京時報》對「京吉驛傳馬拉松大賽」的策劃報導非常全面，採用新聞報導、論說、記者手記、畫報、漫畫的多種形式進行詳細全面的報導。本文作者對共計 9 屆比賽的報導內容進行如下統計，見表 7-2：

表 7-2　《盛京時報》歷年對「京吉驛傳馬拉松大會」策劃〔註 8〕

比賽時間	新聞報導	論說	記者手記	畫報	漫畫	備註
1935 年 5 月 19 日	5 月初陸續開始報導，總計不少於 15 篇	3 篇		專設一版畫報		奉天預選賽
1936 年 6 月 21 日	除比賽報導外，專門設文章介紹京吉國道 10 區情況			圖片數張		1936 年以後在新京、哈爾濱、大連、奉天預選賽
1937 年 6 月 20 日	5 月 8 日比賽公告，陸續報導預賽，6 月 20 日二版整版報導			專設一版畫報		
1938 年 6 月 19 日	6 月 20 日二版整版報導		賈榮山《京吉驛傳馬拉松詳記》5 篇	圖片數張		
1939 年 6 月 25 日	6 月 25 日二版顯著位置、6 月 26 日 2 版整版報導比賽內容		王懷偉《馬拉松大賽觀賽記》4 篇	專設一版畫報		
1940 年 5 月 19 日	5 月 20 日 2 版整版報導比賽內容、比賽成績	1 篇	王懷偉《京吉馬拉松大會面面觀》5 篇			
1941 年 6 月 8 日	5 月 10 日頭版大幅公告，5 月到 6 月間不少於 15 篇報導，另設有 3 篇文章專門回顧歷屆京吉馬拉松大賽		專門派記者採寫《馬拉松大會路線踏查記》3 篇、《各隊陣容踏查記》3 篇	專設一版畫報	3 幅	
1942 年 6 月 7 日	5 月開始預賽報導，6 月 7 日重點篇幅報導			專設一版畫報		
1943 年 6 月 6 日	6 月 6 日重點報導					

〔註 8〕本表作者根據 1935 年到 1943 年《盛京時報》內容製作。

　　根據本文作者的統計，《盛京時報》對京吉驛傳馬拉松大會的報導集中在5月到6月期間，每年報導的內容不少於 15 篇，共計不少於 135 篇報導，另外設專門論說 3 篇，記者觀賽踏查手記共計 20 篇，出京吉驛傳馬拉松畫報專版 5 版，圖片 100 多張以及請專人做漫畫 3 幅。

　　3. 值得注意的問題

　　（1）體育比賽與「京吉國道」建設

　　第一屆「京吉驛馬拉松大賽」在 1935 年 5 月 19 日舉辦也是慶祝新京到吉林國道（即京吉國道）施工。「滿洲國」成立之前，新京到吉林段，據說當年經常有搶劫等案件發生，「滿洲國」建立後，極力建設京吉國道，一方面希望修築國道連接溝通新京與吉林兩地；另一方面也是考慮到通過國道建設對「滿洲國」首都新京地區的安全防禦。因而，從這兩方面意義上說，「京吉國道」的修建意義重大。1935 年 5 月，京吉國道基本竣工。這個路段共 120 公里，道路修築主要以碎石作為路基，期間修築橋樑等設施，「工程費用總額達百萬元，所需工人不下六十餘萬。」〔註9〕為慶祝京吉國道竣工，5 月《盛京時報》聯合《新京日日新聞》舉辦京吉驛傳馬拉松大會。6 月 15 日京吉國道正式通車。

　　新京市長在「京吉驛傳馬拉松大會」開幕發言中，曾特別強調「京吉國道」的建設意義：「按吉林與首都，相距僅百餘千，在地勢上言之，實不啻首都防衛之外廓故兩地之聯為一體，實具有其重要性，況吉林在大豐滿堰堤工事進行下，已成為一大化學工業之都市，而新京又為政治經濟之中心地，此兩者已呈一體不可分之形勢。當今此時局重大之秋，集全國各地之健兒，舉行驛傳競走，沿此重要之國道，奮其精神，展其驥足，聯兩地為一體，實足象徵我國勢之增強人民體位之向上，今後我京吉兩地之政治經濟文化各項事業之結合性，繼長提高，兩市民之提攜親睦，亦必愈更緊密，是則此每年一度之馬拉松大會直不啻其原動力意義深長概可見矣。」〔註10〕也就是說，在當時「滿洲國」的建設計劃認為吉林是一所工業化的城市，而新京是「滿洲國」的政治經濟中心，通過馬拉松比賽，能促進新京、吉林兩城市之間的政治、經濟、文化等各項事業的溝通和交流，因而意義重大。

　　在「京吉國道」上，除了馬拉松比賽，「滿洲國」還曾經多次搞過馬術比

〔註9〕首都吉林間國道舉行隆重開通式，盛京時報，1935 年 6 月 14 日，第 11 版。
〔註10〕選手傳書，《盛京時報》1941 年 6 月 9 日，2 版。

賽。日偽希望借助體育的形式，促進兩地殖民經濟文化等方面的發展。

（2）所謂的「五族協和」體現

「京吉驛傳馬拉松比賽」，是偽滿時期比較少見日、滿籍選手混合形式參加的比賽。因為日本人有嚴格的等級觀念，對偽滿洲國殖民政策中，執行嚴格的日籍、朝鮮籍、滿籍的等級觀念。在一個「滿洲國」行政機構中，姓名的排序中，日籍身份的官員排在前面，然後是朝鮮籍、滿籍及其他民族身份。在體育比賽中，「滿洲國」常分為日人賽區和滿人賽區分別進行。京吉驛傳馬拉松比賽在 1935 年和 1936 年最初設置的兩年，雖然是團體比賽，但把日本籍選手和滿人國籍選手分開評判。到康德 4 年（1937 年），各省選手無論日籍、滿籍及其他民族按照省份組合成為一隊，即「日滿混合隊」。因而《盛京時報》為此認為這是「滿洲國五族協和」內容的體現，於是大肆進行宣傳。1937 年 6 月 21 日吉林市長在馬拉松大賽賀函中提到「京吉驛傳馬拉松大會，今又屆第三年矣，此次各隊選手不分滿日畛域，混合參加，足徵友我融洽無聞，提攜共進、一心一德之精神，由政治已及於體育……」〔註11〕就是說馬拉松大賽不分日籍、滿籍，「日滿一家，一心一德」的精神已經涉及到體育。康德 8 年（1941 年）5 月 29 日《盛京時報》在《回顧京吉馬拉松大會》一文採用「五族共編隊伍，大連陣容一新雪恥」標題，也是「五族協和」內容宣傳的體現。但事實上，日本殖民政策的所謂「五族協和」是滿、漢、蒙、朝等四族要以日本大和民族為中心，以日本民族為尊、向日本民族學習的「五族協和」。這不是真正意義上的各民族和諧，相反，它反映出日本在偽滿洲國推行的文化殖民侵略的內容。

（3）「京吉驛傳馬拉松大賽」為何由所在奉天的《盛京時報》主辦

在翻閱資料的過程中，本文作者發現這樣一個問題：「京吉驛傳馬拉松比賽」，本應該是新京與吉林所在地區的報紙或相關媒介主辦，在當時新京和吉林地區的報紙，日文大報當屬所在新京的《新京日日新聞》，中文報紙方面，主辦方不是所在新京《大同報》而是所在奉天的《盛京時報》？本文作者認為，一方面說明《盛京時報》雖然總社設在奉天，但作為全國性的中文大報，在新京和吉林地區都設有分社，其影響力頗深，權威性更強。而事實上，1935 年《盛京時報》已經準備接手《大同報》。我們在 1936 年 6 月 2 日《盛京時

〔註11〕不分滿日略（畛）域，足徵友我融洽，盛京時報，1936 年 6 月 21 日，2 版。

報》找到「大同報正副社長歸本報社長兼任」的新聞報導〔註12〕，上面以公告的形式正式告知《大同報》的社長由《盛京時報》社長染谷保藏兼任。1936年開始《大同報》的編輯人員也逐漸被《盛京時報》人員取代。另一方面，京吉驛傳馬拉松大會由所在奉天的《盛京時報》主辦，說明《盛京時報》的社會角色已然從社會信息的傳遞者轉化為殖民文化的權威構建者。《盛京時報》的野心，其中文大報的影響力，不僅僅在報紙的版面擴張、新聞報導和報社的技術上得以展現，更需要通過舉辦京吉驛傳馬拉松比賽這樣的「事業」來展現其中文大報的實力。

（二）「全滿自傳車大賽」

自行車作為現代交通工具，從歐美傳入中國最早是在 1868 年 11 月 24 日《上海新報》，形容當時上海的幾輛自行車。〔註13〕但是在上個世紀一二十年代自行車飛速普及開來。中國的自行車進口主要是英國、德國和日本。值得注意的是，日本的自行車產業自 1899 年開始起步，在一戰之前自行車產量並不多，在第二次工業革命的浪潮下，日本逐漸成為東亞的工業化強國。日本生產的自行車價格低、質量好、性能穩定。因而，到了 20 世紀 20、30 年代日本自行車出口中國的數量超越了英美，以 1935 年為例，日本生產自行車總量為 903000 部。〔註14〕其中大部分出口到中國市場。1931 年九一八事變後，日本佔領東北也曾大力推廣自行車。「滿洲國」在建國後不久就成立了「滿洲自行車株式會社」。日本甚至在大連、奉天等地直接投資建立自行車廠。在城市擁有自行車數量上，大連、新京、奉天等城市自行車擁有數量較多。

相對而言，把自行車作為一種體育競技項目，是對自行車產業很好的推廣。早在 1915 年第 2 屆遠東運動會上，自行車首次作為一種比賽項目。「滿洲國」成立後不久便成立「自行車競技協會」，曾在新京、大連等地舉辦過自行車大賽。1935 年 10 月由《奉天新聞》在奉天組織了第一屆「全滿自傳車競技大賽」。這裡需強調的是，東北很多史料上記載認為第一屆「全滿自行車競技大賽」是 1936年由《盛京時報》舉辦的，這種說法有誤。筆者查證《盛京時報》的歷年對「全滿自行車競技大賽」的報導，瞭解到第一屆「全滿自行車競技大賽」是由《奉

〔註12〕弘報協會成立在即，大同報正副社長歸本報社長兼任，盛京時報，1936 年 6月 2 日，4 版。

〔註13〕徐濤：自行車與近代中國，上海人民出版社，2015 年版，第 106 頁。

〔註14〕徐濤：自行車與近代中國，上海人民出版社，2015 年版，第 78 頁。

天新聞》舉辦的〔註15〕，比賽地點設在奉天國際體育場，比賽的時間上，以後歷屆基本上在每年的 10 月中旬到 10 月底舉行。1936 年開始，《盛京時報》加入進來，聯合《奉天新聞》共同舉辦「全滿自行車大賽」。由於《盛京時報》的加入，從第二屆開始，比賽規模擴大，由原來 1000 米、5000 米項目增加到設置 1000 米、3000 米、5000 米、10000 米、20000 米等比賽項目。「全滿自行車競技大賽」在偽滿時期的自行車專項比賽中影響力很大。

（三）「奉天足球大會」

足球運動是東北人民喜愛的體育項目，在 20 世紀 20 年代，足球運動在東北地區發展起來，張學良個人非常喜歡足球，曾在奉天等地多次組織過足球比賽；在大連，足球運動也是比較傳統的體育項目，深受人民喜愛。偽滿洲國成立後，在各地相繼組織過足球比賽。1936 年 10 月，《盛京時報》聯合《奉天新聞》及「大滿洲帝國體育聯盟」奉天事務局，舉辦「奉天足球大會」，比賽連續一周左右，在報紙顯著位置給予報導。最初第一屆比賽主要是針對奉天市初級中學、高級中學的學生進行的，因此比賽設置初級部（初級中學）和高級部（高級中學）分別進行比賽。到 1937 年第二屆奉天足球大會，因為參賽的球隊增加，《盛京時報》早在當年 6 月 24 日便發布「奉天足球大賽」預選賽的公告〔註16〕，預賽在 7 月初舉辦，決賽則在 10 月舉行，比賽除了設置初級部和高級部外，增加了社會部，即奉天成人球隊。社會隊以奉天市各單位形式參加比賽，如「滿洲鐵道公司」、「滿洲醫科大學」等單位。值得注意的是，從 1937 年「第二屆奉天足球大會」開始，由原來滿籍球隊和日籍球隊分別比賽變成滿籍球隊和日籍球隊對抗的比賽模式。

「奉天足球大會」從 1936 年 10 月舉辦第一屆開始，以後每年 10 月在奉天召開，一直延續到 1943 年，總計 8 屆。其中 1937 年第二屆比賽規模陣容最為強大，初級部、高級部及社會部總計 22 個球隊參加比賽。比賽地點由第一屆兩校中學足球場變成奉天國際運動場。開幕式上盛京時報社社長染谷保藏親自觀戰。《盛京時報》在 10 月 5 日到 10 月 12 日之間進行了連續密集性報導。從 1938 年開始「奉天足球大會」取消「初級部」比賽，只設置「高級部」和「社會部」進行比賽。其後歷屆在陣容上都沒有超越過 1937 年第二屆比賽。

〔註15〕自行車賽（體育欄），盛京時報，1935 年 10 月 16 日，11 版。
〔註16〕東洋體育大會奉天市足球預選大會兼第二屆全奉天足球大會，盛京時報，1937 年 6 月 24 日，4 版。

（四）「奉天滿系市民滑冰會」

由於東北冬季氣候狀況和東北民族的運動傳統，冰上運動是東北民眾喜愛的體育運動項目。偽滿期間的冰上體育比賽也比較常見。除《盛京時報》在奉天發起的「奉天市民滑冰會」外，還有全國性的滑冰比賽「全滿滑冰會」，從 1935 年開始，1935 年在吉林松花江滑冰場舉辦。哈爾濱、吉林、新京、奉天等地選手參加比賽。除此之外，新京曾多次舉辦「新京市民滑冰會」、「新京、奉天對抗冰上大會」等滑冰比賽。除了滑冰之外，還有冰球運動，「滿洲國」曾召開「全滿冰上都市對抗賽」。〔註17〕

《盛京時報》聯合當時「大滿洲帝國體育協會奉天事務局」主辦的「奉天市民滑冰會」是從 1939 年 2 月 9 日開始第一次舉辦，以後歷屆每年 2 月左右舉辦一次，直到 1943 年，共 5 屆。比賽地點設在奉天國際運動場冰上競技場，因為比賽要求居住在奉天市的滿人（中國人）選手參加，因此又叫「奉天滿系市民滑冰會」。

參賽的選手主要是學生和年輕人，競技項目分個人競技和團體競技，個人競技取前三名，團體競技分別獎勵各單位團體。從第一屆比賽開始設置多項比賽，包括團體小學男子 800 米接力、600 米接力、中學男子 800 米接力、600 米接力及一般對抗；個人項目包括小學男子女子 800 米、400 米競走，中學男子女子 500 日、1000 米競走及一般男女 500 米、3000 米競走以及花樣滑冰等項目。因為是學生和市民都可參加，《盛京時報》在每年 1 月募集公開選手，從第一屆滑冰比賽選手幾十人，到第二年比賽選手增加一倍，以後歷年人數逐年增加。

關於滑冰比賽的目的，《盛京時報》在其公告中就表明主旨：「當國際形勢緊迫之今日，建設高度國防國家、實當前必須之急務，痛感吾人之責任重而且大，然國民健康，關乎國家命運。古人所謂健全精神，寓於健全身體，意亦即身體不強，無由報效家國耳。本社有鑑及茲，多年提倡體育，意在提高國民體位，曾舉行各種事業，倍得各方贊許，而為冬季之大事業之《奉天市民滑冰會》，網羅小學生、中學生及各級各界人士，銀刀冰影，昭建國報國之精神……茲其第二次大會，已定於二月二日在國際運動場盛大舉行。」〔註18〕從上面意思看，舉辦「奉天市民滑冰會」目的為了建設國防，強健身體，報效「國家」。

〔註17〕吉林省地方志撰寫委員會：吉林省志·體育志，吉林人民出版社，第 541 頁。
〔註18〕本報主辦奉天市民滑冰會，盛京時報，1941 年 1 月 11 日，頭版。

（五）「滿華聯歡象棋大會」

　　關於象棋比賽，偽滿洲國中文報紙大都組織舉辦過類似的比賽，但一般都是地方性質的象棋比賽。《盛京時報》在偽滿時期，基本在 1936 年前後，每年春季和秋季都舉辦奉天當地的象棋比賽。後來在《盛京時報》的文藝副刊「神皋雜俎」中專門設置一個板塊類似介紹象棋棋譜、棋法之類的內容。對於春季和秋季的象棋比賽，《盛京時報》也有專門的報導。到 1940 年 5 月，《盛京時報》決定在 6 月 7 日到 6 月 9 日舉辦「滿華聯歡象棋大會」。所謂「滿華聯歡象棋大會」就是在「滿洲國」和中國華北地區的主要城市推選棋手，進行象棋比賽。因而 1940 年的比賽先在奉天、新京、大連、錦州、哈爾濱、北京、天津七座城市進行初賽，每地選出 3 名代表，共計 21 名選手，到奉天參加象棋決賽，決出勝者。比賽地點設在奉天協和會館內，獲獎選手不僅可以得到獎盃、獎章，還有各種贊助獎品等。如廣播電電會社贊助無線電收音機、淺沼商店奉天支店贊助電氣表（電子錶）、滿洲蓄音器會社贊助唱盤、若素本鋪贊助若素、盛京時報贊助象棋子等獎品。〔註 19〕

　　《盛京時報》對此次象棋比賽非常重視，認為其「促進滿華兩國民之親善之友誼」。因而決賽開幕式「滿洲國」民生部大臣代表、「中華民國駐滿通商部」代表、奉天省長、「滿洲電電」總裁、奉天市長、盛京時報社長等到會觀賽。

　　以後歷屆「滿華聯歡象棋大會」基本在每年 6 月舉辦一次，一直持續到 1943 年。前兩屆比賽在奉天舉辦，到 1942 年第三屆比賽，在北京進行決賽。《盛京時報》把「滿華象棋大會」和「奉天足球大會」、「京吉驛傳馬拉松大會」列入同等重要的程度。由此《盛京時報》基本完成了其憑藉體育比賽「舉辦事業」的內容。即春季舉辦「京吉驛傳馬拉松大會」和「滿華聯歡象棋大會」；秋季有「全滿自傳車競技大會」和「奉天足球大會」，冬季舉辦「奉天市民滑冰會」。

　　除了主辦上述各項體育比賽之外，《盛京時報》還主辦一項重要的體育「事業」，即每年編寫《滿洲運動年鑒》在當年的夏天出版。偽滿的期刊中，專門報導體育運動專刊只有《滿洲體育》和《滿洲運動年鑒》兩種最為出名。《滿洲體育》創刊於 1934 年 10 月 12 日，是由原來的體育刊物《體育雅言》更名

〔註 19〕本報主辦滿華聯歡象棋大會，盛京時報，1940 年 6 月 5 日，2 版。

而來的，是「滿洲國體育聯合會」機關刊物〔註20〕，由「大滿洲帝國體育聯盟」編輯委員會負責編輯出版，其刊物所有編輯都是日本人，因而刊物以日文出版，每兩月一輯，在新京（長春）印刷發行。《滿洲體育》也是「滿洲國」體育方面的權威刊物。

1937年6月《滿洲運動年鑒》由盛京時報社出版發行，平裝出版，約500多頁，定價1元。內容分為「競技記錄」和「競技規則」兩大部分，其中包括「滿洲國」各項體育比賽及成績，「田徑、足球、橄欖球、排球、籃球、網球、棒球、桌球、冰上、武術、體操、角力、馬術、射擊、划艇、滑翔飛行、自行車比賽等競技記錄」〔註21〕。後來盛京時報社與大同報社聯合，每年6月或7月聯合編輯和及發行《滿洲運動年鑒》，直到1943年。它被認為是「頌揚日滿協和文化、記錄偽滿各地運動競賽情況的體育年報」〔註22〕。

二、對《盛京時報》主辦「體育事業」的總結

綜上是本文作者整理《盛京時報》舉辦的體育賽事，在這些「舉辦事業」中，作者發現這樣幾個特徵：

（一）《盛京時報》地域和全國範圍的權威性。《盛京時報》在偽滿時期策劃和主辦的體育賽事既涉及到全國性的比賽，如「京吉驛傳馬拉松大會」、「全滿自行車競技大會」以及「滿華象棋聯歡大會」，也舉辦奉天本地地域性質的體育比賽，如「奉天足球大會」、「奉天滿系市民滑冰會」等。這表明《盛京時報》當時作為全國性的中文大報，既受到偽滿官方認可主辦全國性質比賽，同時報社也注重本地地域性，要在奉天本地取得絕對的權威性。

（二）從時間上來看，《盛京時報》主辦的這些體育比賽延續時間長、影響範圍廣。我們發現《盛京時報》主辦的體育賽事，基本在1935年之後，很多比賽是從1935年或1936年左右開始的，每年一屆，一直延續到偽滿的末期1943年。對於每項比賽，《盛京時報》採取的辦法是，按照每年的固定時間舉辦固定的體育比賽，如每年春季舉辦「京吉驛傳馬拉松大會」，秋季是「奉天足球大會」，冬季是「滑冰比賽」，每年春季、秋季各舉辦「象棋大賽」等。這樣的方式使每項體育賽事隨歷年舉辦的積累，影響範圍越來越廣，因而《盛

〔註20〕崔樂泉：中國奧林匹克運動通史，青島出版社，2008年版，第172頁。
〔註21〕運動年鑒現已出售，盛京時報，1938年5月19日，9版。
〔註22〕崔樂泉：中國奧林匹克運動通史，青島出版社，2008年版，第172頁。

京時報》隨這些體育比賽的影響力越來越強。這種依靠「舉辦事業」（舉辦活動）提高其大報影響力的辦報理念值得後世學習。同時，我們也看到，從 1935 年開始，《盛京時報》舉辦各種體育賽事，再次印證了《盛京時報》從這個時期開始，其社會身份已然轉變，已經從體育運動的宣傳者過渡到體育文化創辦者，由社會信息的傳遞者改變為殖民文化的權威建造者。通過舉辦的體育賽事，其希望達到在文化和思想上控制整個民眾的目的。

（三）從內容上看，《盛京時報》的體育賽事策劃的內容嚴密有序，對體育賽事的策劃既有個體英雄式的表彰，如「滿華象棋大賽」、「盛京賞」、「市民滑冰會」單項獎等；又有號召全民集體參與式的體育內容，如「京吉驛傳馬拉松大會」、「奉天足球大會」等。在策劃和報導方面，《盛京時報》最善於利用報導、記者手記、論說、圖片等多種形式製造體育賽事的輿論效應，成為市民茶餘飯後的談資，從而達到一種轟動的輿論效果，以提高其影響力。對體育賽事，除了每年春季、秋季、冬季的具體體育競賽項目，《盛京時報》每年還對於「全滿」體育賽事進行總結和詳細地編輯整理，形成《體育運動年鑒》，在第二年 7 月發行。這些內容從客觀上說，促進了偽滿體育的發展。但同時我們也需看到，《盛京時報》主辦的體育賽事，有意識地將日本殖民文化內容與軍國主義思想注入到體育比賽中去，認為其鍛鍊身體就是「效忠帝國」、「國民」身體健康才能真正實現「大東亞共榮」，這實質上是一種以體育運動的方式構建殖民文化的內容，妄圖以日本殖民意識形態和文化模式取代東北地區自身的文化傳統，達到真正統治和掌控東北民眾的目的。

第三節　日本的體育競技傳統與「滿州國」體育的發展

美國人魯思・本尼迪克特在二戰之後寫過一本書形容日本民族，叫《菊與刀》，她在書中引用 18 世紀 20 年代奧村正信有一幅漆繪作品《富士山下的情侶》，本尼迪克特這樣形容，她說「浮世繪是日本的風俗畫、版畫，它獨具民族特色，主要描繪日常生活、風景和演劇。在這幅畫的背景裏，可以看到日本的象徵，高聳入雲的富士山，山下是一對身著傳統服裝的情侶，馬上的男子佩帶的象徵武士道精神的武士刀，牽馬的日本女子動作柔美而細膩，整幅畫傳達一種祥和，武士刀卻在不經意之間透露出日本民族的驕傲與黷武，

這就是酷愛養菊與佩刀的日本民族。有著對抗二元性格的民族。」〔註 23〕酷愛養菊和佩刀，代表日本民族的性格特徵，既生性好鬥又異常溫和；推崇武力又追求美感。日本民族武士道精神中很大一部分是對武道的崇尚與熱愛，這種熱愛後來逐漸演變成對體育及身體訓練的熱愛。而日本近代體育發展最早也是由日本民族崇尚武力、武道發展而來。

日本在 1868 年明治維新之前，日本國內的貴族和武士對騎術、劍術、游泳、柔道、馬球、蹴鞠等都十分熱愛。日本在近代不斷遭遇歐洲列強的侵犯，日本開始注意到歐洲一些國家強兵禦敵的步兵操。於是荷蘭的步兵操首先傳入日本，後來英國和法國的兵操也逐漸傳入日本。於此同時學校教育中體育教育的理念也由歐洲傳入日本。1866 年，明治維新之前，日本福澤諭吉在自己創辦的私塾中，按照英國學校教育的方法開展體育活動，並在《西洋事情》一書中介紹英國體育教育的狀況。高度讚揚了英國學校採取驅使閉門的學生參加體育活動以維持身體健康的措施。

日本的體操和兵操成為學生必修課是在 1972 年，日本在這一年頒布《教育基本法》，明確規定學校教育中需要設置體操的內容；1878 年日本創辦第一家體操師資培訓中心。另外，日本在十九世紀末期開始重視體格檢查，體格檢查制度也在 1979 年應用於東京師範學校、東京女子師範學校等學校的學生中。學生在入校之前和入校之後都需要定期進行體格檢查。日本在其後又設置了學校衛生指導員；到 1900 年，日本在各學校逐漸設置衛生科，至此學校衛生保健制度逐漸形成。〔註 24〕

在體育競技方面，日本早在 1871 年出版了《泰西訓蒙圖解》介紹歐美體育法，1876 年英國人克拉克把划船和田徑項目介紹給日本大學生。1900 年前後，籃球、排球和團體遊戲項目傳到日本。此後，足球、橄欖球、乒乓球、帆船、高爾夫球、冰上運動等逐漸在日本初高中、大學、工廠等地方傳播開來。1912 年日本首次參加奧運會，到二十世紀二十年代，日本已經成為亞洲的體育強國。

日本體育競技傳統在二戰期間得以延續。二戰期間為支持日本所謂「大東亞共榮圈」，日本在 1940 年召開東亞競技大會，邀請了包括「滿洲國」、中

〔註 23〕魯思・本尼迪克特著，南星越譯，菊與刀，南海出版公司，2007 年版，第 15 頁。
〔註 24〕張福德，崔永志編著：外國體育簡史，海南出版社，1997 年版，第 183 頁。

華民國（偽南京國民政府）、香港、臺灣以及東南亞的多個國家選手參加競技比賽，競技項目多達十幾種。

其實，翻看中國東北的體育歷史，東北在 1931 年九一八事變前，很多地區已經受到日本競技體育的影響。大連在日俄戰爭之後，逐漸受到日本殖民文化的影響，其體育競技、體育教育比東北其他地區更早發展起來。1922 年大連組建了大連中華青年會，青年會下設體育部、武術部，自 1922 年到 1931年青年會在大連連續舉辦了 10 屆中華陸上運動會、中華水上大會，舉辦多期武術培訓班。大連在足球運動方面，上個世紀 20 年代就有「中青」、「隆華」等知名隊伍，曾經多次和日本早稻田大學足球隊進行過交流比賽。

1922 年日本在大連成立「滿洲體育協會」，是大連最早的體育社團。1925年，南滿鐵道公司投資 32 萬日元，建立大連運動場，到 1928 年竣工。二十世紀二三十年代日本在大連相繼成立 20 多個體育社團，包括「滿洲陸上競技協會」、「滿洲馬術協會」、「南滿洲水泳協會」、「關東州中等學校體育聯盟」、「南滿洲冰上競技聯盟」在內的一系列組織。

在「滿洲國」建立後，日本殖民主義者根據本國體育競技的傳統，認為體育能夠提高國民素質，增強國民愛國精神和凝聚力。因此按照日本統治者的意志大力改造「滿洲國」體育競技和體育教育的內容。日本對「滿洲國」的體育文化方面的改造主要表現在幾個方面：

一、體育競技和體育比賽方面

1931 年九一八事變後，日本急於讓世界承認「滿洲國」，於是希望用體育文化的方式向世界展示「滿洲國」的存在。1932 年恰逢第十屆洛杉磯奧運會在美國開幕。日偽的相關機構迫切希望世界承認自己，準備派出長跑名將劉長春和於希渭兩名選手參加比賽，後來因為受到中華民國的強烈阻撓和國際輿論的壓力未能完成。奧運會的希望落空，「滿洲國」又把目光鎖定在第十屆遠東運動會上。後來由於遠東運動會成員國中華民國的強烈反對，也沒能成行。

1935 年「滿洲國」皇帝出訪日本，為紀念「滿洲國」皇帝溥儀出訪日本，4 月 14 日在日本東京、京都召開「日滿交歡競技大會」，滿洲國分別在田徑、籃球、排球、滑冰等項目上派出選手到日本參加比賽。1939 年和 1940 年，「日滿華交歡體育大會」由日本體育協會組織舉辦，除了日本、「滿洲國」和偽南京國民政府派運動員參加外，被日本佔領的菲律賓夏威夷也派選手參加比賽。

1942 年 8 月，「滿洲國」在新京（長春）舉辦「第二屆東亞競技大會」。「滿洲國」邀請日本、偽南京國民政府、偽蒙等參加比賽。除此之外，「滿洲國」還組織包括「滿鮮對抗綜合大會」、「滿華親善競技大會」、「日滿交歡競技大會」等多次綜合性體育比賽。

在全國性的運動會方面，「滿洲國」從 1932 年開始，每年秋季舉辦「建國運動紀念大會」。一直持續到 1943 年。「建國紀念運動會」每年在東北各地選拔選手，參加人數達到上百人。比賽的項目包括籃球、排球、足球、網球、橄欖球、棒球等球類運動，也包括田徑、游泳、自行車、體操等比賽項目。除了中央性的運動會，各地每年在地方也組織運動會。值得注意的是，偽滿洲國為了向日本體育文化看齊，在綜合性比賽項目上，加強對日本傳統項目如棒球、柔道、體操等項目的訓練。在單項項目上，偽滿洲國基於東北民族抗寒等體育傳統，積極開展馬拉松賽跑、滑冰、武術、劍道、射擊等項目的比賽。《盛京時報》主辦的京吉驛傳馬拉松比賽就是其中比較知名的體育項目。

二、體育場館建設和民眾體育活動

東北的體育場館的建設始於上個世紀 20、30 年代。其中大連運動場建設完成的最早。它建立於 1925 年，由南滿鐵道公司出資 32 萬日元精心打造。到 1928 年竣工完成。整個運動場佔地面積 9.2 萬平方米，整個運動場由內場和外場組成，內行有 8 條 400 米三和土跑道和 200 米直跑道組成。東西南三面露臺可容納觀眾 2 萬人。游泳、跳水兩用標準游泳池，設有可容納 5000 觀眾的看臺。在當時體育運動場中是規模極其龐大的。奉天的體育場館因為在 20 年代得到張學良的重視，因此基礎設施的建設比其他的城市發展的更早。其中 20 年代末期在奉天北陵附近修築高爾夫球場和大型馬蹄形體育場；1929 年在東北大學修建體育場等成為偽滿洲國成立後奉天重要的體育場地。「滿洲國」成立後，日本大力發展體育場館建設。「滿洲國」在新京建造的體育場名為（長春）南嶺體育場，其佔地面積 26.95 萬平方米，是「滿洲國」當時最大的體育場。設自行車、橄欖球、足球、籃球等場地，新京兒玉公園（今長春勝利公園）設有田徑、滑冰、足球、籃球等運動場地。﹝註25﹞「滿洲國」還在奉天、哈爾濱、大連、錦州等

﹝註25﹞ 以上內容部分參考滿洲國體育現狀，新民報，民國三十年三月二十二日，轉引自成都體育學院體育史研究所，中國近代體育史料，四川教育出版社，1988年版，第 692 頁。

各大城市建造現代體育場館。除體育場的興建外，截止到 1941 年，新京市游泳池三處，奉天兩處，哈爾濱游泳池兩處。另外，在體育設施方面，由日本人興辦的中小學校，都設有體育館、游泳館和器械體操設備等。

在民眾體育活動方面，偽滿重視民眾集體參與的體育活動形式。《滿洲報》曾做《健全體育說》的文章形容民眾體育：「自我滿洲國成立以來極力提倡事業，體育一件尤宜注意，所以每天要做建國體操一次，以鍛鍊身體，每年春天要有一次運動大會，秋季要有一星期的體育周間，好讓滿洲人民筋骨發達，身體健康。我滿洲人民人人得到健全的身體並有健全的精神。凡我滿洲人民都要努力以求健全的身體，則滿洲之興盛可立待也。」〔註 26〕其中每天「建國體操」，春季「建國紀念運動大會」，秋季一周「體育周間」是「滿洲國」民眾比較常見的大眾體育內容。

民眾體育活動最值得關注的是偽滿的廣播體操，一種民眾集體參與的形式進行的體育活動。日本在全民廣播體操方面建設的比較完善。早在 1925 年美國大都會人壽保險公司所公布的廣播體操就介紹到日本。1928 年日本發布「第一廣播體操」。1929 年在日本全國範圍內開展。1932 年日本完成「第二廣播體操」，對「第一廣播體操」進行了修改，並在全國各政府、公司內部、學校等地方全面開展。由於廣播體操儀式性構造形式和集體主義內容等特徵，使日本殖民主義者加以利用，在偽滿洲國成立後，全盤複製了日本民眾廣播體操的形式。在 1935 年偽滿皇帝出訪日本，偽滿文教部組織開始在「滿鐵」等機構開發廣播體操。1935 年 5 月 15 日「御訪日紀念建國體操」發布，第二天開始在新京廣播電臺每天早上 6 點播出。後來正式更名為「滿洲建國體操」在偽滿洲國各地實施推廣。1936 年 4 月，「滿洲國」把每年 5 月 2 日定為「建國體操日」。「建國體操」的推廣，使日偽看到民眾體育帶來的強大集體感和凝聚力。因而在 1937 年 3 月 1 日，「滿洲國」建國紀念日當天，在新京大同公園舉行盛大民眾集體廣播體操的活動，造成了上千人參加集體廣播體操的場面。並且在當天，通過日語和漢語廣播頻道在全滿各城市播放廣播體操內容，組織民眾在各地參加集體廣播體操。偽滿洲國在廣播體操的推廣過程中，有意識地把個人得體育鍛鍊與「大和魂」、「忠君愛國」等內容相連接。營造一種個人參加集體廣播體操，是個人融入集體、效忠「王道國家」的具體表現。它的真正意圖，是日偽借助體育文化的內容，牢牢掌控東北民眾的思想意識和個人行為。

〔註 26〕健全身體說，滿洲報，1936 年 3 月 26 日，4 版。

　　民眾體育活動還有一項比較特別的內容，是偽滿洲國「體育周間」，這種體育活動在學校學生中間展開，一般在秋季，持續的時間為一周。在「體育周間」裏，會有關於身體鍛鍊的演講，進行身體檢查，舉行體育競技比賽，發放體育鍛鍊的小冊子等體育活動宣傳，各地方舉辦體育專項如籃球、排球、足球等項目的比賽，從而增強學生身體素質。

三、體育組織和團體機構

　　偽滿的體育專業機構是「大滿洲帝國體育聯盟」（體聯）。關於「大滿洲帝國體育聯盟」，其前身是「滿洲國體育協會」，「滿洲體育協會」最初是 1922 年在大連成立。「滿洲國」成立後，在各地組建了「滿洲體育協會」支部，1932 年，「滿洲國體育協會」在新京（長春）成立。1934 年 7 月 17 日到 18 日「滿洲體育協會」聯絡各省、市支部在新京召開聯絡會議，會議上決定將「滿洲體育協會」各分部改組，組成「大滿洲帝國體育聯盟」，改各地原「體育協會支部」為「大滿洲帝國體育聯盟」各地事務局。如「滿洲體育協會吉林支部」改組成為「大滿洲帝國體育聯盟吉林事務局」，「滿洲體育協會奉天支部」為「大滿洲帝國體育聯盟奉天事務局」。「體聯」中央委員會實質上是統轄和推動偽滿體育的總機關。「大滿洲帝國體育聯盟」宗旨是「統轄全國體育運動團體，圖謀國民體育向上及運動比賽之普及發展，而翼作興國民精神，使其資質向上，以舉民族協合之實，乃為目的。」〔註27〕它主要負責開展「滿洲國」內的體育比賽，如「建國紀念運動大會」；並且負責協調組織人員參加各種體育比賽，如「日滿華交歡大會」等。其他各地體育事務局主要負責與「大滿洲帝國體育聯盟」（體聯）聯絡，指導、管理各地體育活動，舉辦省、市級體育競賽活動及管理其他體育事務。「滿洲國」除專業體育機構「大滿洲帝國體育聯盟」之外，還有很多和體育相關的社會機構。如「滿洲國童子團」，「滿洲帝國武道協會」「武術協會」等組織，本文基於篇幅原因不進行詳細說明。

四、關於體育制度和體育教育

　　「滿洲國」在成立前，東北地區的體育制度和體育教育沿襲了民國體育的傳統。但日本侵佔東北後，按照殖民侵略的要求，對「滿洲國」體育制度和學生體育教育進行大肆改造。日本早在日俄戰爭後，就逐漸把日本殖民體

〔註27〕崔樂泉：中國體育通史第四卷，人民體育出版社，2008 年版，第 298 頁。

育文化內容逐漸滲入到「滿洲國」各地的教育中。1915 年 11 月，滿鐵製定並以《滿鐵社報》號外形式公布《滿鐵附屬地小學校兒童訓練要目》，其主要內容是「第一，深刻領會莊嚴的我國國體的淵源，努力培養國民道德。第二，鍛鍊身心，培養剛健的氣質。第三，瞭解帝國所處的地位，培養隨土而安的思想，生活簡樸，勤苦不懈。第四，同胞之間團結友愛，共同努力發揚國威。第五，維護日本國民的品格贏得外人的信賴。」〔註28〕「鍛鍊身心，培養剛健的氣質」被列在重要的位置。

　　「滿洲國」成立後，文教部在 1936 年出臺「關於學生體育教育」文件，要求其「體育的方針，一、是以鍛鍊學生之身心，養成健全之人格為主旨。二、以建國體操及文教部所頒發之體操教材為教體操之標準，再以舞蹈操輕重器械操，以及其他競技運動唱歌遊戲，儘量教授之。三、以課外運動定為正課，以期使學生運動普及化。四、為使各項運動成績增高，特選品學兼優，身體強者授以特殊訓練，作為學校代表隊，以備對外。」〔註29〕這其中規定主要方面一是鼓勵學生進行體育鍛鍊，二是把體育作為正課進入到學生的正式課堂。然而，「滿洲國」在日本殖民文化的侵蝕下，體育教育隨著日本對外戰爭的不斷擴大開始走向了戰時體育教育。1938 年「滿洲國」改「體育課」為「體煉課」，「體煉課」的內容增加了「跑、跳、投擲、超障礙」等內容，還增加了角力和體能測試等內容。這是為軍事戰爭做準備。「滿洲國」民生部公布了《滿洲國學校體煉科教授要目》，要目規定：「體煉科的宗旨是，通過教授各種身體運動，以增進健康，增長體力，陶冶個性，努力練成豁達剛健的身心，培養獻身馮罩的實踐能力，絕對服從的王道精神，以期達成身心全面發展的教育效果。」「其剛健的身體，旺盛的精力，實為勤勞奉公和效忠帝國的根本」。〔註30〕因而，「滿洲國」體育教育把增強身體素質和「為國效忠」、「勤勞奉仕」「絕對服從命令」等放在一起，以期達到統治「滿洲國」國民，奴化他們思想的效果。

　　不僅如此，1938 年「滿洲國」學校實施新學制，主要是把原來「小學 6 年、初中 4 年、高中 4 年」的完成學業過程縮短為「小學 6 年、初中 3 年、

〔註28〕滿鐵編輯委員會：滿鐵附屬地學校和圖書館等社會公共設施的發展，第 855 頁。
〔註29〕吉林省體育總會等編著：吉林體育百年全見，吉林人民出版社，1994 年版。
〔註30〕國家体委體育文史工作委員會編：中國近代體育史，北京體育學院出版社，1989 年版，第 349 頁。

高中 3 年」的新學制。因為受戰爭的需要，「新學制」中增加了學生日常的軍事訓練強調要加強學生的體育鍛鍊，成為效忠國家的「勤勞奉仕」隊伍。因而在學生的課業中，大量增加了體能訓練、軍訓等內容。「新學制」建立起來的體育教育內容帶有強烈的軍事和政治意味。

綜上，通過梳理和分析日本體育競技的傳統和「滿洲國」體育運動的發展，本文作者發現「滿洲國」體育的發展有如下特徵：

第一，日本殖民主義者把日本體育競技和體育文化的內容全盤移植到「滿洲國」來，而沒有根據當時東北地區人民的體育文化的傳統進行發展。因而從這個方面說，「滿洲國」所謂的體育建設完全是按照日本侵略者的需要和要求制定的，並不是根據其當地自身民眾發展需要進行的體育發展。因而完全屬於「殖民化體育」的內容。

第二，日本殖民主義者認識到體育文化可以有效地溝通各個國家和地區，可以展現「滿洲國」的形象，因而不遺餘力地參加、舉辦世界和地區範圍的體育賽事。日本殖民主義者發現借助體育文化可以更好地灌輸日本殖民文化思想，因而在偽滿洲國建立的 14 年，積極發展民眾集體參加的體育項目，如「建國體操」，馬拉松比賽等。很多比賽項目如「愛路運動大會」、「祝皇軍戰捷競走」都帶有明顯的政治和軍事目的。在體育競技方面，日偽有意識地將日本武士道精神中的攻擊和必勝的精神滲入到「滿洲國」體育比賽中去。將「鍛鍊身體」與「忠君愛國」的內容緊密地聯繫在一起，把體育的凝聚力和拼搏精神與殖民文化意識形態中「建設王道樂土，加強日滿親善」、「日、滿、蒙、漢、鮮五族協和」等內容結合，妄圖以這種方式掌控東北民眾的思想內容。

第三，「滿洲國」14 年對體育競技和體育教育的建設，在客觀上起到推動東北體育運動的發展。比如，日偽政府當時重視民眾集體參與體育競技比賽，「建國體操」、京吉驛傳馬拉松比賽等在客觀上增強了整體東北人民的身體素質。另外對體育教育的重視，在中小學校推行的身體檢查和體能檢測等學校教育項目，在客觀上也推進偽滿時期學生體育素質教育發展。

第四節　利用體育運動作為殖民文化宣傳的手段

一、以「體育」為內容的殖民文化宣傳

我們在搜集整理《盛京時報》關於偽滿體育比賽的報導中發現，偽滿的

體育比賽常常與政治掛鉤，因而其體育比賽的名稱往往也具有政治意味。比如偽滿洲國「建國紀念運動大會」，就是偽滿洲國當時「全國運動會」，從名稱上看極具政治性，綜合性體育大會和「滿洲國建國紀念」聯繫起來；再如「大東亞競技大會」，1940 年 6 月在日本東京、大阪舉辦，主要是為了紀念「日本紀元 2600 年」而設置的體育競技比賽，當時除偽滿洲國參加外，還有偽南京國民政府、東南亞諸國、香港、臺灣等地選手參加。「大東亞競技大會」雖然是體育大會，但實質目的是日本妄圖利用體育文化推行其「大東亞共榮圈」的殖民文化思想，帶有明顯的政治意味；1942 年 8 月 8 日，在新京再次舉辦「東亞競技大會」為慶祝偽滿洲國「建國十週年」，也帶有強烈的政治意圖。除此之外，滿洲國還舉辦過還舉辦過類似「慶祝皇軍戰捷」、「建國神廟祭拜競走」、「戰績尋拜競走」等體育比賽。顯然，從名稱上看，偽滿時期的體育比賽與政治緊密聯繫在一起。

在體育比賽的儀式方面，也表現出強烈的殖民傾向。偽滿的很多體育比賽項目之前，都會有一種「儀式」，除了奏「滿洲國國歌」之外還要升日本國旗和「滿洲國國旗」，象徵「日滿一心一德」「共存共榮」的內容；除此之外，比賽開始之前有選手宣誓，主要的內容是信守體育精神，為「國家」效忠等內容。

在媒體報導的宣傳上，報紙的評論內容通常把體育比賽和「增強人民體位（身體素質），效忠國家」緊密聯繫在一起。在《盛京時報》編輯的《滿洲國運動年鑒》第一頁，民生部大臣於靜遠的題詞這樣寫到「夫運動之為事，足以健筋骨壯體力，操之有恆，則精神氣魄，予以旺盛。有關於國家之隆，民族之興衰，其益至宏，值今大東亞戰爭愈益完勝之日，我國為興亞之一環，位於北方重鎮，凡我國民，宜如何砥礪身心，益扶聖戰，追隨親邦以後，感有一德之心，其子肩之鉅，責任之重自不待言。盛京時報以運動年鑒名刊，於茲已閱（二載匯）斯界之成績，當年之記錄，萃於是編，其意使國人尋名據實，聞風興起，作為北方之強者，振雞舞之壯志，其裨於時代，豈有涯哉，爰筆為之弁首。」〔註31〕

題詞的內容把體育運動看作「有關於國家興隆，民族興衰」的大事，認為國民的體育鍛鍊能促進「日滿一德一心」和「大東亞聖戰」的成功。一本

〔註31〕（民生部大臣於靜遠）運動年鑒題，滿洲國運動年鑒，康德新聞社，康德十年（1943）。

體育運動年鑒的出版物，它的第一頁所寫內容把體育與政治、國際關系聯繫在一起，顯然它帶有強烈的殖民宣傳作用，其目的是借助體育運動和體育文化麻痹東北人民思想，使東北人民思想徹底被日本奴役。

二、《盛京時報》主辦「體育事業」的殖民宣傳

報紙對體育比賽的宣傳上，日偽殖民主義者善於利用新聞評論的形式，把體育看作的殖民文化宣傳的武器，以此製造輿論，影響受眾。一般來說，當時報紙的新聞評論，是刊載在報紙頭版頭條的顯著位置，其內容往往是關乎政治、外交、時局以及戰爭等內容，因而影響力非常強。但是本文作者在整理《盛京時報》的體育報導內容時，驚訝地發現，《盛京時報》對其主辦的幾乎所有體育比賽，如「京吉驛傳馬拉松大會」、「奉天足球大會」、「滿華象棋大會」、「奉天市民滑冰會」等比賽都在頭版頭條配發過評論。本文作者整理如下表 7-3：

表 7-3 《盛京時報》對體育比賽的評論〔註32〕

序號	時間	版面位置	標題	評論類型
1	1935 年 5 月 19 日	頭版頭條	本日馬拉松比賽	短評
2	1935 年 5 月 21 日	頭版頭條	馬拉松大會告竣	短評
3	1937 年 10 月 10 日	頭版頭條	足球大會	論說
4	1940 年 5 月 19 日	頭版頭條	京吉驛傳馬拉松	論說
5	1940 年 6 月 2 日	頭版頭條	滿華聯歡象棋大會	論說
6	1941 年 2 月 9 日	頭版頭條	奉天市民滑冰會	論說

本文作者發現，《盛京時報》在對其主辦體育比賽配發的新聞評論，包括短評和論說（當時一種評論的說法），其評論的內容幾乎都把體育比賽上升到「鍛鍊身體，效忠國家」的高度。如《盛京時報》對「京吉驛傳馬拉松大會」的論說開頭便提到「報國先從強身做起。為非常時下國民之不二信條。蓋國家遇非常時，安內攘外，高揚爾後熱誠，必須具有充實之與夫堅強之建國精神。始克應付一切而有餘……故欲期國力達於充實地步，即建國精神達於堅強地步，自須先從旺盛民力之培養與夫健全國民精神之鍛鍊入手……」〔註33〕

〔註32〕本表作者根據偽滿時期《盛京時報》（1931～1944）內容製作。

〔註33〕京吉驛傳馬拉松，盛京時報，1940 年 5 月 19 日，頭版。

直接把「體育」和「報國」聯繫在一起，認為「報國先從強身做起」。認為體育運動的發展與國家前途命運和國力強盛息息相關。

同樣，在對「奉天市民滑冰會」的評論，《盛京時報》認為「……。人民健康，為國力充實之因素。此乃一定不易之原理也。願人民所能得到健康者，除預防疾患及完整衛生設備外，則完全自鍛鍊中得來。以是各級學校中，體育與德育智育並重。職在牧司者，亦必度勢審時，暢行各般勤勞運動，藉以砥礪身心，堅強神志，既可培養民力，尤資儲備國需。際此非常時下，世界之戰火方燃，故對於國民健康促進一事，尤屬當務之急…其戶外運動，以冬季酷寒時期中為最難，非個人意志堅強，行之有素，自非易事也。本報為發揚國民精神及提高國民體位，歷年舉辦各種體育事業，以作社會一種貢獻。」〔註34〕評論中依然把體育和「國民精神」、「國力充實」等政治內容聯繫到一起，認為體育能提高「國民」素質，為「國家」儲備力量。

在「滿華象棋大會」的評論中，《盛京時報》認為其意義重大：「在本報每歲恒例事業中，所舉辦者，尚有「全奉天足球大會」、「京吉驛傳馬拉松大會」，此兩大會主要目的，在於提倡提倡體育，鍛鍊身體，以喚起國民健全之精神。「滿華聯歡象棋比賽大會」者，其主要目的在於提倡智育，涵養心神，並促進滿華兩國民之親善之友誼。兩相對照，相輔以行，庶幾心身俱益，精識互結，其翊贊於興亞大業。影響於東洋和平者，或不予小輔也。是則此次象棋大會之重要性，絕不減於足球馬拉松大會，概可見矣。」〔註35〕《盛京時報》認為「滿華連環象棋大會」目的是為「提倡智育、涵養心神」，最重要的是「促進滿華國民親善友誼」這顯然把體育的內容加入政治、國際關係之中，具有前列的殖民主義特徵。

綜上，我們以《盛京時報》主辦的體育活動評論作為偽滿時期整個報紙關於體育言論的一個典型，我們發現，偽滿時期日本統治者把體育與國家政治、外交、軍事等方面聯繫在一起，妄圖借助體育文化的內容滲透日本殖民意識形態，對東北民眾實施奴化教育，從而達到控制東北的真正目的。

第五節　體育作為「戰爭」的隱喻和象徵

在文化內涵上，體育具有多種功能。一方面體育能夠體現集體、國家對

〔註34〕奉天市民滑冰會（論說），盛京時報，1941 年 2 月 9 日，頭版。
〔註35〕滿華聯歡象棋大會（論說），盛京時報，1940 年 6 月 2 日，頭版。

個人的凝聚力，使人們具有國家認同感；另一方面，體育對人的價值觀念進行潛移默化地建構，如人的勇氣、信念、比賽精神、正直誠實等；當然，體育競技還被認為是對「戰爭」的一種隱喻。戰爭的概念，用德國學者克勞塞維茨的定義「戰爭是迫使敵人服從我們意志的暴力行為」〔註36〕。而體育則經常被看作是「文明時代的戰爭」。回顧歐洲的體育歷史，體育的社會發展源頭與社會勞動、宗教儀式、遊戲和戰爭息息相關。其中戰爭作為體育源頭的說法在很多記載中得到證實。比如歐洲的體育項目拳擊、散打、橄欖球之類的體育項目的攻擊性與戰爭中暴力十分相似，甚至包括馬拉松田徑賽跑的真正起源都與波斯人和雅典人之間的戰爭息息相關。因而，在現代文明之中，體育常常被統治者利用，作為一種對戰爭的隱喻或象徵。

其實，體育和戰爭在形態和體徵上有很多相似之處。具體來說，比如體育比賽強調對抗和攻擊，這與戰爭有相同的表現；體育講求戰略協作，團隊精神，戰爭往往也依靠齊心協力和謀略布局；體育比賽依靠選手們日常的體能訓練，而戰爭也需要士兵戰士擁有過硬的身體能力。

而體育被用作成為一種「戰爭」的隱喻和象徵，在二戰期間，被法西斯國家大肆利用。其中一方面表現在有意識地將法西斯軍國主義思想注入競技體育比賽當中。在這方面，德國以希特勒為代表的法西斯國家表現的非常典型。1936年納粹德國在柏林舉辦第11屆奧林匹克運動會，奧運會期間，德國總統希特勒邀請當時享有盛名的德國女電影導演里芬斯塔爾拍攝一部關於奧林匹克運動會的紀錄片，這部紀錄片名為《奧利匹亞》，里芬斯塔爾在整個影片中，借助奧林匹克運動會的競技內容，以大開大合的手法形象地闡釋了納粹的「權力意志」與「超人意識」的意識形態觀念。她有意識地把體育競技看成是一種「戰鬥」、是「獲取勝利」，體育的象徵性內涵被德國法西斯無限擴大。而後，甚至有人形容德國人看了這部電影有人躍躍欲試要去當兵。它客觀上為希特勒的第三帝國的大眾催眠與國際政治宣傳起到了無可替代的作用〔註37〕。

而另一方面，體育作為戰爭的象徵，被應用於學校教育當中，以軍國主義的內容指導學生「參加戰鬥」、「效忠國家」。這方面意大利、德國和日本二戰期間的學校教育中都有所體現。意大利早在1927年把主要掌控全國學校的

〔註36〕克勞塞維茨：戰爭論（第一卷），商務印刷館，1982年版，第23頁。
〔註37〕徐靜：電影基礎理論與實踐，合肥工業大學出版社，2009年版，第123頁。

體育教學和管理工作的「青年體育聯合會」改組成為「全國巴里拉總會」統管全國青年體育及訓練工作。「巴里拉」是一個青少年組織，組織中的成員在8歲到14之間，「這個組織的最大使命就是訓練兒童的身體使他們成為意大利很強壯的士兵。另外還組織了一個法西斯體育學院用以訓練體育教師。」〔註38〕「巴里拉」組織的完全按照軍隊的編制對學生進行日常訓練。在德國，上世紀30年代，體育教育被賦予法西斯內容。納粹時期的德國中小學體育除了進行戶外活動、體操、田徑、球類等活動外，還包括賽跑、爬山、掘戰壕、槍刺、鬥擊等項目，學校的編制按照排、連、營、團、旅、師等編排，和軍隊的編排制度完全一致。〔註39〕

在日本，軍國主義體育教育在上世紀20年代末期就已經開始。日本因為崇尚「武道」，在日本傳統的中小學校重視身體鍛鍊和體能的培養。日本的「教育敕語」中，要求學校的學生要「絕對效忠天皇」，「天皇至上」「盡忠天皇」。成為軍國主義教育的主要內容。日本有意把軍國主義教育放進學校日常的體育教育和體育訓練中。在1926年開始，日本在中學開展了軍事訓練課程，這是日本軍國主義體育教育實施的重要表現。日本中學的「軍訓」，在當時妄圖把學校變成軍營，不僅派退伍教官管理學生「軍訓」的內容，而且有意識地將「武士道」等精神融入其中。向學生宣傳日本武士道「滅身切腹」的內容，力求培養日本學生成為「勇敢效忠天皇的臣民」，做「報效國家」的軍人。軍事訓練要求學校每週至少上課2小時，師範學校每週上課3小時。二戰期間，日本中學的體育教育科目包括除了體操和常規訓練之外，還增加了柔道和擊劍，以增加體育訓練的攻擊性。女子學校還增加了射箭和大刀技術的訓練。其目的都是把軍事應用於體育教育。日本文部省下屬體育科升為體育局，1942年9月頒布《國民學校體練科教學要領》和《實施細則》中，都加強學生軍事訓練的內容，比如加強游泳課程、舉負重物、投擲槍棒、槍劍術、射擊、行軍等活動為學校體育教育的主要內容。到了戰爭的末期，學校體育教育基本成了單純的練兵場。

為了更好地闡釋體育對戰爭之間的密切聯繫，剖析體育對戰爭的象徵意味，本文作者對1937年10月6日到10月11日《盛京時報》的新聞標題進行的樣本分析。

〔註38〕董霖，佩萱著：法西斯組織與新意大利，黎明書局，1932年版，第257頁。
〔註39〕陳掌諤編著：體育漫談，東南出版社，1948年版，第14頁。

　　1937 年 7 月 7 日盧溝橋事變，日本突襲中國華北地區，開啟全面侵略中國的戰爭。7 月 8 日，中國共產黨通電全國指出時局危急，號召全民族團結起來全面抗戰。7 月 17 日，蔣介石在盧山發表談話指出「盧溝橋事變已經到了退讓的最後關頭」，要求國民黨軍隊全面抗戰。7 月 28 日北平陷落。10 月日本侵略者相繼攻佔了山東、山西、河北等地，濟南、太原、石家莊等地被日軍攻陷。由於時局緊張，《盛京時報》從 1937 年 7 月 7 日開始，每日刊發日刊的基礎上，晚間加印號外。從 7 月到 10 月間，《盛京時報》日刊和號外頭版上幾乎都是日軍和國民黨軍隊激戰的消息。1937 年 10 月 6 日到 11 日《盛京時報》組織召開第二屆「奉天足球大會」，此時也是日軍不斷攻陷山東、山西、河北等地的重要時間點。

　　本文作者採集了 1937 年 10 月 7 日到 10 月 11 日《盛京時報》晨刊及晚刊（晚刊即號外）頭版的中與戰爭時局相關標題（見表 7-4）。同時採集了 1937 年 10 月 7 日到 10 月 11 日《盛京時報》「奉天足球大會」的報導標題樣本（見表 7-5），非常令人吃驚地是，這兩組標題樣本，所用語言和詞匯有十分相似的內容。

表 7-4　1937 年 10 月 7 日到 11 日《盛京時報》對戰局的報導標題〔註40〕

	時間	標題	版面
1	1937 年 10 月 7 日	壯！吳家宅攻略戰 00 部隊最初激戰澀谷少佐等壯烈陣亡	頭版
2	1937 年 10 月 7 日	七七丁兵少尉周春林投降日軍談華軍連敗與士氣沮喪	頭版
3	1937 年 10 月 7 日	津浦路華軍放棄故城退卻鄭家口武城 日軍主力部隊入德州城矣	號外頭條
4	1937 年 10 月 7 日	佐藤鐵道部隊南下追擊敵軍 日軍擊破劉家行後對敵大部隊加猛攻擊	號外
5	1937 年 10 月 8 日	日軍敢行決死衝突攻陷山西原平鎮	頭版頭條
6	1937 年 10 月 8 日	敵軍在滹沱河一帶配置兵力二十師孫連仲人總指揮疑決雌雄	頭版

〔註40〕本表作者根據 1937 年 10 月 7 日到 11 日《盛京時報》晨、晚刊（號外）對戰況和戰局報導總結形成。

7	1937 年 10 月 8 日	轟炸敵軍根據地周家口許州西安	頭版
8	1937 年 10 月 8 日	日軍裝甲列車突入平原而佔領 晉閣向南京報告華軍敗戰情況	頭版
9	1937 年 10 月 8 日	華軍全面的戰敗現已成時間問題 華北上海迅速行動使華軍震駭	號外頭條
10	1937 年 10 月 8 日	日軍追擊愈出愈迅濟南太原二城告急	號外
11	1937 年 10 月 8 日	日軍猛擊太原	號外
12	1937 年 10 月 9 日	日軍肉迫正定城遂攻略高飜日旗	頭版頭條
13	1937 年 10 月 9 日	日軍佔領嶧縣城現掃蕩城內殘敵 晉軍因日軍追擊已成一大動搖	頭版
14	1937 年 10 月 9 日	華軍據石家莊堅壘仍疑掙扎挽回頹勢 日軍將對太原石家莊濟南加猛攻	號外頭條
15	1937 年 10 月 9 日	南進平漢線西部日軍殲滅敵部迫石家莊 現隔滹沱河相峙石家莊敵陣	號外
16	1937 年 10 月 10 日	察作戰軍猛力進擊確保平魯入城 華民眾感激歡迎皇軍	頭版
17	1937 年 10 月 10 日	經衝鋒擊滅共軍完全佔領嶧縣城	頭版
18	1937 年 10 月 10 日	在獲鹿安平等轟炸掃蕩敗殘兵	頭版
19	1937 年 10 月 10 日	日軍對峙二十萬大軍一大決戰現已迫及 平漢戰線最後戰機醞釀	號外頭條
20	1937 年 10 月 10 日	敵軍總指揮孫連仲程潛亦赴前線視察	號外
21	1937 年 10 月 10 日	掃蕩城內敗殘兵日軍主力入正定城	號外
22	1937 年 10 月 11 日	日軍強行渡河滹沱河猛擊石家莊敵陣 彼我炮聲殷殷震動暗夜	頭版頭條
23	1937 年 10 月 11 日	隔斷敵軍之退路同時炸破二鐵橋	頭版
24	1937 年 10 月 11 日	日軍捷足三部隊確保涼城寧遠	頭版
25	1937 年 10 月 11 日	日軍進入石家莊該陣地陷落在邇 皇軍各部隊踴躍開始猛攻	號外頭條
26	1937 年 10 月 11 日	佔領前線王母村陣地天津軍司令部發表敵軍 亂竄向南方潰走中	號外
27	1937 年 10 月 11 日	戰雲彌漫滹沱河畔	號外
28	1937 年 10 月 11 日	完全佔據嶧縣矣日軍繳獲品極多	號外

表 7-5　1937 年 10 月 6 日到 11 日《盛京時報》報導「奉天足球大會」標題〔註41〕

序號	時間	標題	版面位置
1	1937 年 10 月 6 日	第二屆全奉天足球大會今日午後三時開幕	號外
2	1937 年 10 月 7 日	天晴日麗秋風送爽盛大舉行開幕	二版
3	1937 年 10 月 7 日 足球大會第一日	郵政竟遇勁敵市署能攻遂爾獲勝 雙方勢力相伯仲演空前白熱戰	號外
4	1937 年 10 月 7 日	東友奮戰一將負傷醫大車沉著乘機奏凱 兩軍勇猛善戰可稱棋逢對手	號外
5	1937 年 10 月 8 日 足球大會第二日	農科巧於聯絡初戰有利兩級勇猛最後成功 雙方選手堅強佈陣各盡精神	二版
6	1937 年 10 月 8 日	維城今歲復遇舊敵功虧一簣敗於三中 全局不分勝負只延長戰失一著	二版
7	1937 年 10 月 8 日	於連綿細雨中展開激戰 報稅被罰非戰之罪滿鐵善守終操勝算 場中十足表現滿日協和之精神	號外
8	1937 年 10 月 8 日	省署善戰陣容欠整中銀以善聯絡致勝 雙方健將與細雨中演成持久戰	號外
9	1937 年 10 月 9 日 足球大會第三日	滿中屢出奇兵制勝一工勢孤雖敗亦榮 兩對衝鋒肉迫互成危機者再	二版
10	1937 年 10 月 9 日	奉師二工勢均力敵不分勝負入延長戰 奉師雖難一再被罰終未受何挫折	二版
11	1937 年 10 月 9 日	鐵工戰士攻守接佳中銀雖健竟輸一籌 兩隊酣戰初成均勢後乃稍異	號外
12	1937 年 10 月 9 日	聯合勇士能爭慣戰市署力拒失機敗北 一方待機得逞一方乘勝餘威	號外
13	1937 年 10 月 10 日 足球大會準決賽	秋陽皓皓，展開激戰 二中屢次奇襲肉迫一中獨立難支慘敗	二版
14	1937 年 10 月 10 日	滿中占三宜而未得利奉師出交鋒即棄權	二版

〔註41〕本表作者根據 1937 年 10 月 6 日到 11 日晨刊、晚刊（號外）《盛京時報》主辦「奉天足球大會」報導標題製作。

15	1937 年 10 月 10 日	兩級乘狂風猛攻肉迫商科屢挽危局卒敗	二版
16	1937 年 10 月 10 日	滿鐵因遇勁敵落後鐵工以多健將致勝	號外
17	1937 年 10 月 10 日	聯合善戰限於時間醫大能攻終獲勝利 雙方在暮色蒼茫中演成激烈戰	號外
18	1937 年 10 月 11 日 足球大會決賽	決賽佳期各選手興奮授獎優勝當場舉行 前往參加人士呈空前盛況	二版
19	1937 年 10 月 11 日	兩級奮戰有勝無敗得初級部錦標	二版
20	1937 年 10 月 11 日	高級部優勝滿中獲得二比零兩級隊慘敗	二版
21	1937 年 10 月 11 日	本社社長親自授予優勝旗及獎品 優勝者為兩級、滿中、鐵工 準優勝者二中、兩級、醫大	號外
22	1937 年 10 月 11 日	天氣晴朗風暖佳日難得參觀踴躍竟逾萬人	號外
23	1937 年 10 月 11 日	滿中猛戰復善於聯絡竟得高級部錦標	號外

　　由上面兩份新聞標題樣本，比較清晰地描述了報紙利用體育作為「戰爭」的隱喻和象徵。如表 7-4 中 1937 年 10 月 7 日到 10 日，《盛京時報》對日本全面侵華戰爭的報導標題，此時日軍侵華戰爭的路線，正是以「閃電戰」的速度向中國河北、山東、山西發起猛烈進攻。因而在報導中，「激戰」、「擊破」、「佔領」、「掃蕩」、「對峙」、「攻陷」等戰爭詞語幾乎佔據每條新聞標題；另一方面，我們觀察到表 7-4 中的每條新聞標題的主語幾乎都是「日軍」，說明此時，與「九一八」事變之後的報導方式不同，《盛京時報》此時完全是站在日本侵略者一方進行新聞報導，非常明顯，其報導的目的是用作偽滿洲的政治宣傳。

　　表 7-5 中，本書作者具體統計了 10 月 7 日到 10 日之間，「奉天足球大會」的所有新聞標題，值得注意的是，在足球比賽的標題中，非常醒目地寫有「白熱戰」、「激戰」、「衝鋒」、「肉迫」、「獲勝」的內容，占到 23 條總數的 70%之多，

　　這種語言上的相似性，讓人自然而然地由「奉天足球大會」聯想到「戰爭」，因而，在語言學上講，是把體育看作一種「戰爭」的隱喻。關於隱喻的概念，用美國學者萊考夫和約翰遜《我們賴以生存的隱喻》裏提到的，隱喻是一種以抽象的意象圖式為基礎的映像（mapping），即從一個比較熟悉的、

抽象的、易於理解的始源域（source domain 即喻體），映像到一個不太熟悉的、抽象的、較難理解的目標域（target domain 即本體）〔註42〕。這種從簡單概念向複雜概念的語義特徵投射，往往是人們理解抽象概念進行抽象理解的途徑。

具體來看，《盛京時報》對「奉天足球大會」報導的標題樣本中，23 條新聞標題，所用語言本體是「足球比賽」，但幾乎每條新聞標題文字直接指向其映像的內容「戰爭」，比如所用語言「激戰」、「制勝」、「白熱戰」、「持久戰」、「衝鋒肉迫」、「敗北」等詞彙，其實質是統治者希望利用「體育比賽」映像當時日本軍隊侵略中國華北的「戰爭」。

因而通過媒介手段，把體育用作「戰爭」的隱喻和象徵，無疑是統治者希望達到的效果，這種方式比直接的戰事報導和戰爭動員、宣傳更深入人心。在民眾參與體育賽事的同時，媒介利用報導的標題和內容，將體育比喻成「戰爭」，用戰爭詞語「激烈」、「對抗」、「堅守」、「襲擊」、「戰勝」等形容體育比賽，讓人民自然而然從體育聯想到「戰爭」。

在社會發展中，媒介作為再現體育的重要載體，除了客觀呈現各種信息及轉播外，還必須作為主觀的詮釋者，為國家利益或各種意識形態服務。作為日殖報紙《盛京時報》把體育賽事隱喻成「戰爭」，主要目的為了傳達殖民統治者主觀意識，試圖通過這樣手段建構殖民文化形態。

我們通過文本分析，闡釋體育隱喻「戰爭」背後殖民統治者希望表達殖民意識形態內容。這也是用體育映像「戰爭」背後的真正意義。具體來看，有以下兩方面意義：

一、區分「**敵**」和「**我**」，表現戰爭爭奪場面激烈，獲勝不易。表 7-4 中報導戰爭的場面的標題，幾乎所有標題主語都是日軍而不是中國華北方面軍隊，說明了統治者希望通過《盛京時報》明確區分「敵人」和「我」，當然日軍就是「我」的內容，而「敵人」是蔣介石為代表的中國華北軍隊。這種意識形態的傳達，在「奉天足球大會」報導中也被傳達出來，殖民話語意識形態彰顯無疑。而標題中「白熱戰」、「激戰」、「衝鋒」、「肉迫」、「獲勝」「慘敗」等詞語，也強烈地傳達了戰爭場面激烈，獲得勝利非常不易。

足球賽的標題「兩對衝鋒肉迫互成危機者」、「一方待機得逞一方乘勝餘

〔註42〕 趙豔芳：語言的隱喻認知結構——〈我們賴以生存的隱喻〉評價，〔J〕，外語教學與研究，1995（3）。

威」、「聯合善戰限於時間醫大能攻終獲勝利，雙方在暮色蒼茫中演成激烈戰」實質上都是對華北戰況戰爭場景的一種映像。這種映像的效果除了傳達戰爭激烈，爭取獲勝不易等內容，更重要的是它起到一種煽動效應，讓人們看了內容之後，希望參加戰鬥。

二、「戰爭」勝利場景的映像。媒介文化理論認為，話語不是一個單純的語言學概念，它更主要的是一個多元綜合的關於意識形態再生產的實踐概念。話語與意識形態和再現這兩個概念是緊密相連的，涵蓋了使用某種符碼——語言的、視覺的或其他任何一種符碼一來描述某個對象的各種方式。話語的意義是關於占主導地位的信念和價值觀，也就是說，話語其實是傳播行為當中所包含的意識形態〔註43〕。《盛京時報》在戰爭報導中所構建的話語機制，帶有強烈的殖民性質。這種殖民話語不僅表現在把日軍看成是「我」軍，更直接地，在報導中傳達了對戰爭必勝的話語構建。如「日軍佔領嶧縣城現掃蕩城內殘敵，晉軍因日軍迫擊已成一大動搖」、「察作戰軍猛力進擊確保平魯入城、華民眾感激歡迎皇軍」、「日軍強行渡河滹沱河猛擊石家莊敵陣彼我炮聲殷殷震動暗夜」等內容，營造一種必勝的氛圍，使讀者很容易陷入這種話語機制。不僅如此，在表 7-5 中體育新聞標題「滿中猛戰復善於聯絡竟得高級部錦標」「聯合善戰限於時間醫大能攻終獲勝利，雙方在暮色蒼茫中演成激烈戰」也迎合勝利的話語氛圍，是對勝利場景的一種映像，隱含表達了對戰爭的一種期待。

因而，《盛京時報》這種利用體育對「戰爭」的隱喻和象徵是帶有強烈的殖民性的，它的目的是為了滿足統治者通過媒介傳達殖民文化意識形態和話語機制，從而達到日本侵略者所謂的「日滿協和」「大東亞共榮」的意圖，其實質是利用媒介手段麻痺東北人民，從而施行殖民統治策略。

第六節　本章小結

本章內容主要通過對《盛京時報》在偽滿時期組織和舉辦的體育比賽詳細整理、和闡釋，分析了以《盛京時報》為代表主辦的體育比賽對偽滿洲國體育運動的影響和日本殖民體育的傳承。並以此為根本深入挖掘了偽滿洲國

〔註43〕格雷姆·伯頓，媒體與社會：批判的視角〔M〕，史安斌譯，北京：清華大學出版社，2007.52。

當時利用體育進行殖民文化宣傳的方式和效果，深刻揭示了日本法西斯把體育作為戰爭的隱喻和象徵的真正用意。本文作者經過系統化、數據化的內容分析，得出觀點如下：

一、偽滿時期《盛京時報》組織和策劃的體育活動，兼顧地域性和全國性比賽，由於這些比賽延續時間長、影響範圍廣的特點，使舉辦「體育事業」成為《盛京時報》當時辦報的特徵之一。《盛京時報》利用這些「舉辦事業」，擴大其影響力。《盛京時報》對其組織的比賽進行編輯報導具有其自身的個性特徵。

二、《盛京時報》從 1935 年開始組織和舉辦體育活動，標誌著其社會身份從體育運動的宣傳者過渡到體育文化創辦者，由社會信息的傳遞者改變為日本殖民文化的權威建造者。這些體育比賽，不是按照東北地區體育運動自身發展的需要而開展的，而是按照日本殖民政治的需要構建的，因而帶有強烈「殖民化體育」的特徵，《盛京時報》作為其殖民文化的權威建造者，妄圖借助體育比賽將日本殖民意識形態和文化模式直接移植到偽滿洲國，從而徹底改變東北自身的文化內涵。

三、《盛京時報》組織策劃的體育比賽，是偽滿體育發展的縮影。其所報導的體育內容，有意識地將體育作為一種戰爭的隱喻和象徵，其實質是日本在二戰期間軍國主義意識形態在中國滲透、擴張的具體體現。我們認為，《盛京時報》主辦的體育比賽及偽滿體育運動的發展，在客觀上促進了東北體育運動的發展。但我們同時非常清醒地看到，偽滿的體育運動發展是日本侵略者妄圖利用體育運動灌輸和強化日本殖民文化思想和意識形態，妄圖以這種形式統治東北人民。因而我們對其考察，應該本著「尊重歷史本來面目、看清事物本質」的客觀嚴謹的態度，吸收經驗，糾正錯誤，對當代體育及國家文化發展提供經驗和教訓。

第七章 「觀光事業」：「觀光旅行」與「開拓殖民」

　　「觀光」一詞的含義多表示欣賞優美的風景、旅遊勝地等。這一詞匯最早出現在《易經》和《左傳》中，《易經》中寫「觀國之光，利於賓王」，意思是指「以一國的政治或教育為基礎的德育，必將表現出其原有的風俗，故有此觀之可推測其之亂興廢，更加有利於賓王管理國家」。《左傳》中的「觀光上國」內容也基本相近。因而，「觀光」一詞的本意不僅於欣賞風景，也包含了觀察人心民情而知政治是非的意思。到了近代，日語中逐漸把「觀光」一詞用作「旅行」、「遊覽」、「遊歷」等內容。隨著現代旅遊業的發展，到了19世紀末期，「觀光」一詞由日本傳入中國，指「旅行」、「遊覽」的意思，而「觀光事業」指現代旅遊業的發展。

　　中國東北的現代旅遊業的發展，是伴隨著鐵路、公路和輪船等現代交通工具的發展而逐漸發展起來的。1903年7月中東鐵路的通車，開啟了歐洲遊人前來訪問中國東北的道路。1906年11月26日，日本南滿鐵道株式會社成立，負責管理南滿鐵路的修建和運營，也便通了外國人尤其是日本人對中國東北文化、風景的認識渠道。

　　1912年2月21日中東鐵路局與歐洲最大的旅遊企業英國倫敦托馬斯·庫克公司（通濟隆洋行）簽訂了全球客票聯運合同，從此方便了歐洲旅客遊覽中國東北〔註1〕。1913年，中東鐵路經南滿鐵路與奉天鐵路開始聯運。各段鐵路實施聯運，客觀上為東北的旅遊觀光產業發展開闢了道路。因此，從 19

〔註1〕王清海：冰城夏都歷史舊，黑龍江人民出版社，2014年版，第305頁。

世紀末期開始，就不斷有外國人遊歷中國東北的記錄。根據哈爾濱市志統計，1912 年哈爾濱人口為 68549 人，其中外國人就有 43091 人（其中主要是俄國人）〔註 2〕。每年到哈爾濱旅行的外國人都在上百人以上。到 20 世紀 20 年代左右，東北哈爾濱齊齊哈爾等地已經被很多歐洲人認識；歐洲人通過中東鐵路可以直接到達中國東北齊齊哈爾、哈爾濱等地，而日本人、朝鮮人及其他外國遊人則通過輪船、南滿鐵路等來到東北大連、奉天、新京等地。東北的「觀光事業」也隨著交通的便利和遊客的增多逐步發展起來。

第一節　行者筆下的東北風貌與近代東北的旅遊事業發展

從 20 世紀初開始，不斷有中外的知名記者、文化名人、作家遊歷過東北哈爾濱、長春、奉天、吉林等地，也曾真實記錄、描繪了有關中國東北的自然風光和風景名勝。在他們的筆下，東北不僅擁有廣袤的土地，豐厚的資源，冬天的白雪和夏天美麗的自然景觀。東北的城市風貌還帶著古老而神秘，混合著現代與野蠻，讓人產生無盡的遐想。

1903 年，旅行家、中國婦女屆名人單士釐女士隨丈夫旅行俄國時曾到過中國東北齊齊哈爾、牡丹江和哈爾濱等城市，在她的書《葵卯旅行記》中，曾詳細地描述牡丹江橫道河子的自然景象，「午間絕牡丹江而過，施南即寧古塔城……。午後三時，過橫道河子驛，駐停稍久，本可下車就食。雨雪泥濘未果，草草購物充饑而已。今日所行，忽為山間平路，則左右山坡，時有雜花，略存春景。忽為山路，則怪石枯樹，緊逼車窗，又或已伐已毀之樹根，矗立道側，無慮千萬。又路工來華，故沙石材木遍臥道上。山戴積雪，澗冱層冰，有一種陰迷之氣象……。入暮，抵一面坡，雲開月朗，喬木篩影，從窗外飛過。憑枕觀之，劇饒詩境。」〔註 3〕她形容當時的橫道河子森林、樹木、道路景象，春天的景色非常迷人。書中不僅記錄了牡丹江、寧古塔城，還有哈爾濱，她驚詫於哈爾濱城市的繁華，認為哈爾濱「此著名之松花江、嫩江間流域千里膏腴」，但被俄國佔領「安得不令他人哂笑乎？」〔註 4〕

〔註 2〕趙志洲，趙新洛主編：黑龍江旅遊基礎知識，黑龍江科學技術出版社，2007年版，第 24 頁。

〔註 3〕錢單士釐：葵卯施行記歸潛記，湖南人民出版社，1981 年版，第 59 頁。

〔註 4〕王清海：冰城夏都歷史舊事，黑龍江人民出版社，2014 年版，第 306 頁。

在歐洲人的筆下,東北的風貌也透著讓人沉醉的迷人景象。從事傳教工作的英國牧師杜格爾德‧克里斯蒂自 1882 年來到中國東北,從營口遷到奉天,在奉天居住了四十年,杜格爾德先後在奉天建立起第一家診所、第一家醫院、第一家醫學院。每年救治的患者從數百人、數千人、數萬人到數十萬人。1883年奉天城霍亂流行,杜格爾德參加了奉天霍亂的救助。1910 到 1911 年又參加抗擊鼠疫的救治。在 1914 年 5 月出版了他的著作《奉天三十年》,其中曾經這樣描述東北海城的風景,「在海城,我們離開大路,直接轉向東南部山區,我開始感到,滿洲的大地多麼的美麗啊!一旦春天悄然到來,紫羅蘭鋪就森林的漂亮地毯,野風信子聚在一起歡快起舞,樹木也急切地披上綠裝。經過那些波浪起伏的丘陵,穿過隘口,就是那高聳的連綿不絕的山峰,這自然使我想起祖國蘇格蘭高地。在山峰的最高處和石縫中,白色的冬雪仍然殘留著,融化的雪水匯入山谷形成清澈的小溪向低處流去。在這些溪流上最為顯眼的是那些魚梁和帶著渦輪的水磨,它們在此地已經存在了數百年時間」〔註5〕。在杜德爾德的書中,奉天沉積著中國古老而悠遠的文化內涵,這裡裹脅著貧困和疾病哀傷,也摻雜著歐美日等國文化侵略的現代痕跡。因而在他的筆下,東北是讓人歎息又忍不住被吸引的地方。

日本遊客留下的對東北人文自然景觀的記錄則更加的豐富,從明治時期開始,有大批的日本人開始到中國遊歷,根據日本國立國會圖書館中國研究委員會於 1980 年編輯出版的《明治以降日本人の中國旅行記(解題)》,收藏了明治(1868～1912)、大正(1912～1926)、昭和(1926～1989)三個時期日本人的中國遊記約 400 多種。其中明治時期中國遊記就有 40 部左右。正如此書前言提及:「這個數字與明治以來日本出版的全部中國旅行記相比,只是九牛一毛而已。」〔註6〕但最初日本旅行中國的最初路線是從日本坐船抵達上海,在經過陸路到達中國各地。直到上個世紀初開始,南滿鐵路通車,南滿鐵道株式會社為了讓更多日本人瞭解東北,進行所謂「滿洲開拓」,以資助的形式每年邀請日本國內一些知名學者、作家、記者等來到東北進行旅遊觀光,然後寫成日記、遊記形式發表報刊雜誌上,從而吸引更多的日本人對東北地區的關注。1909 年,日本知名作家夏目漱石在得到南滿鐵道株式會社社長中

〔註5〕杜格爾德‧克里斯蒂著,張世尊,信丹娜譯:奉天三十年(1883～1913),湖北人民出版社,2007 年版,第 59 頁。

〔註6〕見張明傑(序):近代日本人中國遊記,中華書局,2007 年版,第 3 頁。

村是公的委託來到中國東北大連、奉天、長春、哈爾濱及朝鮮等地進行觀光遊覽。夏目漱石之後寫成《滿韓漫遊》在日本《朝日新聞》上得到了連載，不僅使很多日本人對真實的東北有所瞭解，在日本文學史上也成為旅行遊記類的文學經典作品，成為後來很多日本文人爭相傚仿的文學摹本。夏目漱石在為期一個半月的時間裏遊歷東北的大連、旅順、熊岳城、營口、湯崗子、奉天、撫順、長春、哈爾濱等地。除了對中國東北廣袤土地和自然風光介紹之外，夏目漱石對日本南滿鐵路在大連等地的鐵路、工廠、會社、商店等設施的現代建造感到驚訝〔註7〕。到上世紀20年代，大批日本學者、文化名人、作家來到東北。在他們的筆下，東北的自然風光都十分迷人。1928年5月日本作家與謝也鐵幹和與謝也晶子夫婦，來到東北遊歷了東北大連、奉天等地，後來寫成了《滿蒙遊記》。其中與謝也鐵幹在他的日記中曾經記錄了遊歷東北名山千山的情景，他形容的千山景色十分迷人「半夜裏睜開眼睛，推門而出，秋天異樣澄淨的深青色天空還是那個綴滿星星，必須稱之為天籟的威風在諸峰的松樹裏調出靜靜的樂音，實在是一種距人間遙遠的崇高意味。」〔註8〕

　　文人筆下東北土地的廣袤，自然風光原始的美麗，使得近代以來東北的旅遊發展也隨之開展起來。在東北地區，哈爾濱和大連因為受地理位置的影響，旅遊業的發展要早於其他東北城市。在近代，中國的中國近代旅遊事業開始於上世紀初，國外三家公司幾乎壟斷了中國的旅遊業，主要負責火車、汽車、輪船票務及旅店安排等事項。一是英國通濟隆公司，二是美國通運公司，三是日本國際觀光局。1910年英國通濟隆公司在上海開辦第一家辦事處，開展旅行社業務，向歐洲、日本等國的旅遊者介紹中國。「通濟隆」的含義是「為所有旅行者提供服務，滿足需要，以使旅途平安，一帆風順。」到1923年8月，中國銀行家陳光甫在上海創辦第一家上海商業儲蓄銀行旅行社，成為第一家中國人自己開辦的旅行社〔註9〕。上世紀20年代的東北，日本國際觀光局幾乎壟斷了在東北各城市旅行社的業務，日本國家觀光局先後在大連、旅順、奉天、哈爾濱建立了案內所，負責辦理旅行客票、旅店住宿、餐飲、

〔註7〕作者對（日）夏目漱石著，王成譯：滿韓漫遊，中華書局，2007年版進行了閱讀總結出的行進線路。
〔註8〕本文作者沒有找到《滿蒙遊記》的中文版，這裡引用王曄，前塵斑駁當為師——與謝野晶子和鐵幹的《滿蒙旅程》，書屋，2017年第4期，第87頁的內容。
〔註9〕作者參考張野，李春江主編：當代旅行社業務與管理，清華大學出版社，第6、7頁。

郵寄等各種業務。除了日本國際觀光局的旅行社服務,英國的通濟隆公司在哈爾濱等地也有自己的旅行社業務,主要負責歐洲遊客的往返交通、住宿和餐飲等事宜。

在東北大連,旅遊事業起步較早,日俄戰爭之後,日本在旅順白玉山修建表忠塔,並每年在春、夏、秋季,組織日本國內軍事學院學員、中小學生分期分批到旅順參拜「戰績聖地」,為日本侵略者祭祀招魂。上世紀一二十年代,伴隨日本遊客的增多,大連旅館建設不斷發展,大都是日本人建立的,主要有大連大和旅館、遼東飯店等。其中,大連大和旅館,位於中心廣場(現中山廣場)南側,是日本參考現代巴洛克建築風格,利用鋼筋混凝土建造的,在當時成為大連城市建築景觀。在市內交通方面,上世紀 20 年代大連市便開通了由碼頭至電氣遊園有軌電車,以後逐步形成了以有軌電車為主的市內公共交通系統。日本在市區馬欄河口至黑石礁海濱還興建了佔地面積達 166．9 公頃的「星個浦」遊園,擴建了西公園、旅順植物園等。利用良好自然海灣開闢了老虎灘、夏家河子、傅家莊等海水浴場。1928 年,日本殖民主義者將大連至旅順南路沿線的黑石礁、凌水寺、小平島、蔡大嶺、老座山、龍王塘、玉乃浦、白銀山定為旅大八景。〔註 10〕

在哈爾濱,由於中東鐵路的開通,大批外國人可以直接乘坐火車從歐洲到達哈爾濱,因而哈爾濱的旅遊發展起步也較早。中東鐵路建成通車後,哈爾濱城市建設也隨之加快步伐。1903 年,出現了希爾科夫劇場、滑稽劇場。1905 年哈爾濱鐵路俱樂部建成。1906 年建成公立公園(今兆麟公園),此後還陸續修建花園街花園、松花江街小花園等。在旅館行業發展方面,1913 年,法籍猶太人修建的馬迭爾旅館對外營業,1919 年,華人資本興建的新世界旅館在道外開業。此時,哈爾濱是內公園、街心花園已經增至 30 多處,初步形成了城市園林的格局。到 20 世紀 20 年代,哈爾濱作為東北旅遊城市,每年大批外國遊客、考察團相繼來考察。根據哈爾濱市志的記載,1934 年,到哈爾濱旅遊的日本團體高達 356 個,1936 年哈爾濱市的旅遊收入達到 600 萬元(偽滿國幣)〔註 11〕。

〔註 10〕大連市史志辦公室編:大連市志·旅遊志,中國旅遊出版社,2006 年版,第 3 頁。

〔註 11〕哈爾濱地方志編輯委員會,哈爾濱市志·外事、對外經濟貿易、旅遊,黑龍江人民出版社,1998 年版,第 453 頁。

在長春，城市旅遊也是伴隨城市交通、旅館、城市建築等建設而發展起來。日本在上個世紀初開始長春的滿鐵附屬地規劃建造旅館、大型廣場、商店以及公園等。長春在 1932 年「滿洲國」成立後，作為「首都」改名新京。新京的城市建造是「滿洲國」建立後由日本人設計規劃的。日本當時對新京的規劃參考了西方巴洛克城市設計的理念，這種城市設計的理念打破了歐洲傳統自然、隨機的設計風格，而用整齊的城市軸線系統，寬闊筆直的大街串聯起城市廣場，形成現代交通紐帶，從而形成城市景觀。這種集街道、現代交通、廣場、公園、綠地與一體的城市設計理念客觀上為旅遊觀光事業的發展奠定了基礎。

新京當時的規劃非常重視公園綠地系統的建設。新京的綠地和公園建設參考了日本東京的做法，在規劃區內的小河、低窪濕地全部規劃為公園綠地，並修建河堤加以保護。下水道採用分流式建造，雨水可以流入的公園的人工湖中。偽滿時期新京道路和廣場用地占總面積的 3.7%，公園、運動場和綠地面積則占到總面積的 15.6%。〔註 12〕在當時城市建設中處於現代化的標準。公園建設成為新京城市建設的兩大亮點。根據本文作者掌握的資料，從 1931 年九一八事變到 1945 年抗日戰爭結束，日偽在新京改造和修建的主要公園有大同公園、日本橋公園、白山公園、牡丹公園、和順公園、長春動植物園等。〔註 13〕

其中新京兒玉公園，原名長春西公園，佔地面積 27 萬平方米，1915 年作為日本滿鐵附屬地規劃公園進行建造，1921 年西公園建造完畢，當時日本人利用長春伊通河支流頭道溝的水源造湖，同時還修建了涼亭、假山等人工建築。偽滿洲國成立後，西公園設施更加完善，內設大型體育場等設施，1938年西公園改名為兒玉公園。關於長春西公園的自然風貌，德國記者恩斯特·科德士 1936 年到達中國東北，在他的書《最後的帝國——沉睡與驚醒的「滿洲國」》中這樣描述新京（長春）的西公園「正午的太陽當空高懸，投下的陰影很短很短。綠水依依的寬大湖面波光粼粼，不少遊人正興高采烈地在湖面上搖槳蕩舟。圍繞湖邊種著一排還十分年輕的垂柳，陽光下，翠綠的柳條隨風戲水，倒影在泛起漣漪的湖面上更顯婀娜多姿。幽雅寧靜的綠水、簡約清新的景致，猶如世外桃源。當然，公園裏的湖塘不可能正好呈圓形或橢圓形

〔註 12〕楊家安、莫畏著，偽滿時期長春城市規劃與建築研究，東北師範大學出版，2008 年版，第 60 頁。

〔註 13〕本文作者參考楊家安、莫畏著，偽滿時期長春城市規劃與建築研究，東北師範大學出版，2008 年版。

布置，多個小湖泊錯落有致地呈鏈條狀連接在一起。湖泊最窄的地方架有小小的拱橋，連接著兩岸。我雖然沒有看見在湖裏戲水的魚兒，但我看見遠處遊人在不斷地往湖裏扔著餵養魚兒的麵包渣。孩子們在公園裏跑來跑去，有些還騎著四個輪子的小童車，與歐洲的小朋友完全一樣。陽光下，孩子的媽媽坐在不遠處的椅子上，照看著他們，以免孩子玩耍時不小心滑進水裏。我從一個年輕的媽媽身邊走過，她正好坐在公園的條凳上敞著胸乳給最小的兒子餵奶，而她的另外三個孩子則嬉戲在周圍。孩子們將小石子扔進湖裏，興致勃勃地觀賞著石子在湖面上蕩漾起的一個個水圈和波紋。」〔註14〕這段文字比較細緻地描述了西公園的靜謐的自然風光和遊人如織的場景。因而，長春的公園、綠地、廣場等基礎設施建設為偽滿時期「旅遊觀光事業」的發展奠定了基礎。

偽滿洲國成立之後，日偽為了加強對東北地區的旅遊文化控制，採取幾方面的措施管理旅行觀光事業：一、偽滿洲國成立之後，每年接待大批日本遊客遊歷東北風景名勝，其中包括學生、教師、文化學者、考察團等，很多日本旅行團隊直接打著「滿洲開拓團」等旗號。二、1937年「滿洲觀光聯盟」成立，負責統一規劃和管理「滿洲國」旅行觀光事業。三、在1937年前後，日偽先後在大連、奉天、錦州、本溪、哈爾濱、齊齊哈爾等地開展「滿洲觀光事業選景」「滿洲國35景選取」等活動，哈爾濱太陽島、玉泉、黑龍江興凱湖、牡丹江橫道河子、遼寧千山、醫巫閭山、大連大和尚山等地都被選成為風景名勝成為日偽「觀光事業」宣傳的工具。四、偽滿中後期，日偽每年派遣踏查隊、地埋專家等對東北大興安嶺、長白山等原始森林地區進行「開拓踏查」，以開發「滿洲觀光事業」的名義，實質上是對東北地區的煤炭、石油、森林等資源的侵略掠奪。

第二節　《盛京時報》對「滿洲觀光事業」的報導和策劃

由上第一部分的歸納，我們得以發現東北自近代以來的旅遊事業的發展是基於城市建設、交通運輸、旅館餐飲行業的增加以及國內外遊客的發展而

〔註14〕柯德士（德）著，王迎憲譯：最後的帝國：沉睡的與驚醒的「滿洲國」，遼寧人民出版社，2013年版，第94頁。

建立起來的。這些基礎設施的建設偽滿時期東北旅遊觀光事業的發展奠定了基礎。偽滿洲國成立後，基於對日本殖民文化的統治需要，在 1937 年之後，逐步開始大力宣傳「滿洲國觀光事業」。日本侵略者為了更好地控制「滿洲國」的文化內容，在 1936 年到 1937 年之間通過「滿洲國國務院弘報處」分別設立了幾個重要機構，統一管理「滿洲國」的新聞、電影、旅遊等內容。「弘報處」設立「滿洲弘報協會」來負責控制「滿洲國」的報紙、通信社等新聞媒介；設立「滿洲映畫協會」控制當時電影製作與發行；設立「滿洲放送協會」控制當時廣播的內容；設立「滿洲觀光聯盟」主要負責開發、管理「滿洲國」的歷史名勝等旅遊資源。在 1937 年 3 月，「滿洲觀光聯盟」成立，把各地方的「觀光協會」納入進來，制定統一的觀光旅遊規則、開發旅遊景區等。

　　因而，我們認為「滿洲國」對「觀光事業」的真正規劃和宣傳也是從 1937 年「滿洲觀光聯盟」成立之後開展的。本文作者在《盛京時報》查證關於「滿洲國觀光事業」的內容報導，基本上是在 1937 年 3 月份之後才出現「觀光事業」的字樣，之前少見這樣的表述及相關報導，這也基本印證了日偽對「滿洲國觀光事業」的規劃和宣傳是 1937 年「滿洲觀光聯盟」成立之後才真正開展起來的觀點。

　　本文作者系統地搜尋、查找了偽滿時期從 1931 年到 1944 年《盛京時報》關於「滿洲觀光事業」的報導及策劃的活動，我們針對這樣幾個問題進行分析：

一、《盛京時報》主辦的「觀光事業」

　　《盛京時報》對「滿洲觀光事業」的報導和舉辦活動基本集中於在 1938 年到 1942 年之間。實際上《盛京時報》舉辦關於「滿洲觀光事業」的相關活動大約分為這樣三類：

（一）「觀光滿洲論文募集」活動

　　1937 年 7 月 1 日《盛京時報》開始徵集「懸賞募集觀光滿洲論文」活動，在 7 月 1 日當天在報紙版面顯著位置公布其活動的公告。徵集論文的主要內容是就「滿洲國」如何能擴充發展其「國際觀光事業」的方針、方法以及普及「滿人觀光觀念」等內容，文章徵集 10000 字以內，以中文發表。論文募集選出一、二、三名，給予獎勵，第一名論文當選者，可在「滿洲國」內進行 15 日以內觀光遊覽，旅行費用及其他由盛京時報社負責。此次活動一直持

續到 1939 年 9 月 29 日最終公布入選「觀光滿洲論文」前三名，最終由季守仁、劉祖蔭、張爾文三人獲得「滿洲觀光論文賞」，並在 1939 年 10 月 5 日開始以論文連載的形式把前三名「觀光滿洲論文」的內容發表出來，論文內容連載總計不少於 27 篇。緊接著到 1939 年 11 月，因為「觀光滿洲論文」第一名獲得者可以由盛京時報出資旅行 15 天，於是 11 月季守仁繼續在《盛京時報》上發表「奉吉錦熱十一月觀光行」的旅行遊記 16 篇。一直持續到 1939 年 12 月。

此次活動舉辦時間較長，在長達半年時間裏《盛京時報》以長篇連載的形式公布當選「觀光滿洲」論文前三名獲選論文的內容，並在報紙版面顯要位置公布其獲獎前三名作者簡歷及對「滿洲觀光」論文評選的感想。在《盛京時報》策劃的眾多活動如「盛京賞」活動、「京吉驛傳馬拉松大賽」、「滿洲優良兒童表彰會」等，1939 年 7 月 1 日開始的「觀光滿洲」論文募集的活動，單次活動持續的時間最長，在當時也達到了轟動一時的效果，達到強大的殖民宣傳效果。

《盛京時報》「觀光滿洲」論文募集，從客觀上看，能推動當時「滿洲國」旅行觀光事業的發展，以徵集論文的形式募集「觀光事業發展」的策略，使很多民間意見和旅行觀光建議通過報紙媒體得到推廣和採納。比如季守仁在當選論文《滿洲觀光事業發展策》當中提出對「滿洲國觀光事業」發展要依據不同地理形勢進行重點布局，如北安五大連池一帶、奉天千山一帶、安東白頭山、熱河的承德、吉林的松花江、興安北阿勒山一帶等，偽滿洲國官力機構後來採納了這個意見，對這些區域進行旅遊觀光地開發和建設。另外季守仁認為觀光事業是需要以城市交通、公立公園、城市廣場以及旅店和餐館建設作為基礎的觀點也得到了廣泛的認可。

但需要注意的是，《盛京時報》「觀光滿洲」論文募集活動背後支持者是「滿洲觀光聯盟」，本文作者在《滿支旅行年鑒》（昭和十五年）找到的關於「滿洲觀光聯盟昭和十四年（1939 年）事業行事」中，其中第二項行事就是「滿洲觀光論文懸賞募集」〔註15〕的內容。這意味著《盛京時報》「觀光滿洲」論文募集具有日偽官方性質，也就是說「觀光滿洲」論文募集是日本殖民者推行「滿洲觀光事業」宣傳的重要表現。從時間上看，1938 年日本在南京扶

〔註15〕日本國際觀光局滿洲支部編纂，滿支旅行年鑒（昭和 15 年），第 104 頁，日本國立國會圖書館藏。

植汪精衛建立偽南京國民政府後，野心不斷膨脹，1938 年 11 月近衛文麿發表《第二次近衛聲明》就號召建立「大東亞新秩序」，即以日本、「滿洲國」和「中華民國」相互提攜，建立政治、經濟、文化等方面相互連環的關係。1939年日本在太平洋戰場取得了暫時勝利，更加促進日本建立所謂「大東亞新秩序」的構想，在「滿洲國」，日本在 1939 年春開始採取「躍進滿洲」、「開拓滿洲」的計劃，因而「滿洲觀光事業」作為「躍進滿洲」和「開拓殖民」的一部分內容被報紙等新聞媒體大肆宣傳，《盛京時報》的「觀光滿洲」論文募集正是在這樣的背景下策劃的活動，因而「觀光滿洲」論文募集活動，是日本借助《盛京時報》進行殖民文化侵略的重要手段，其目的是為了日本實現「躍進滿洲」和實現法西斯軍事擴張重要宣傳需要。

（二）記者對「滿州觀光事業」踏查活動

《盛京時報》對「滿洲觀光事業」舉辦的活動，除了 1939 年 7 月開始的「觀光滿洲」論文募集活動之外，還包括派遣大批記者到「滿洲國」各地風景名勝、邊境線路、大興安嶺密林等地進行實地踏查，寫出記者隨行時的感受、遊記等內容，《盛京時報》在 1939 年 7 月到 9 月之間分幾隻隊伍派記者到各個邊境線路進行實地踏查和巡視，寫出了相關的連載報導。《盛京時報》在派遣記者方面，做出幾方面的規劃，一是專門線路的踏查，《盛京時報》記者跟隨官方的踏查隊沿固定線路進行實地踏查，如記者李雅森、王懷偉等對邊境線的踏查；二是名勝古蹟實地遊歷，如 1939 年 10 月到 1940 年年初金小天寫的《東郊訪古記》，記錄了他在遼寧遊歷名勝古蹟的感受。值得注意的是，在 1939 年到 1942 年之間，《盛京時報》幾乎每年都派出記者對「滿洲觀光」進行實地踏查。這種記者對旅行觀光地、邊境線路的踏查實質上也是日偽對東北各地區監視、掠奪的重要途徑，具有殖民侵略的性質。

（三）「滿州國三十五景選取」活動

《盛京時報》關於「滿洲三十五景選定」的策劃開始於 1941 年 4 月 13日，1941 年恰逢《盛京時報》創刊 35 週年，作為「創刊 35 週年紀念行事」之一，《盛京時報》在 4 月中旬舉辦「滿洲三十五景選定」活動。其活動目的十分明確，在其 4 月 13 日「選定滿洲三十五景」的公告中有這樣的說明：「一國有一國之山川風景，一國有一國之文物制度，此二者一成於自然，一由於人為，所謂地理歷史的民族政治之徵象，莫不顯示於二者之間也。滿洲國之

文物制度,見於書報辭章者,久矣成為中外人士所熟知矣。然山川風景足與文物制度表裏相關者,其足引人欣慕而觀國之光者,又不知有若干人及若干處也,以有如斯情形,我國各機關從來與國內及關東州內所選定之名勝地點,為數極多,惜礙於交通及其他成見,有不能發揮民族政治偉大徵象之虞。識者為謀匡正此等錯覺,且求開拓觀光資源,向內外介紹宣傳「天府滿洲」之壯麗山川,對已有新置之各名勝地計劃均欲有所設施,而各機關當局乃願為景於國人,是以今歲有此滿洲風景之增選也,與此選景聲中,適奉本報創刊三十五週年之期,以報齡與其平日致力於滿洲之文化之苦勞,亦有此慰勉而紀念之,遂決以本報齡三十五之字數,選滿洲國名勝為三十五處,著眼於國民保健,及對偉大國家之認識,因此今後將於,滿洲之固有及新的文明,不無些許貢獻乎?」〔註16〕

也就是說《盛京時報》基於「滿洲國」當時進行「天府滿洲」的形象宣傳,開拓觀光資源,在「滿洲國」內進行風景名勝優選,因為1941年正逢《盛京時報》創刊35週年,因而就取三十五處風景名勝地。在「全滿洲國」進行選擇。選擇的形式讀者以郵寄投票的形式進行。由於讀者參與的人數比較多,導致《盛京時報》評選「滿洲三十五景」評選活動由4月30日截止,改為5月20日截止,後又發布公告延遲到5月30日截止。最終在1941年6月15日公布「滿洲國三十五景選取」名單。其中千山、東陵、鐵剎山、醫巫閭山、興城、鳳凰山、莊河、吉林大豐滿、北山、集安、長白山、一面坡、玉泉、古北口、承德等風景名勝入選。

《盛京時報》「滿洲國三十五景選取」的策劃,實質上是偽滿對中國東北「觀光事業」的報紙宣傳,這種新聞策劃一方面利用讀者投票的形式,參與到「三十五景」的選取活動,《盛京時報》則在1941年4月15日到5月30日間每天在報紙顯著位置發布一處偽滿洲國風景名勝地,對其地理位置、風趣人情、歷史風貌等進行詳細地介紹,以此作為「觀光事業」的大力宣傳。1941年6月15日,《盛京時報》公布「滿洲國三十五景選定」結果,並對投票選中「三十五景」的讀者給予相應的酬金獎勵。用這種方式推行偽滿洲國所謂「觀光事業」。從效果上看,《盛京時報》「滿洲三十五景選定」活動策劃也顯現出強大的宣傳效果。

而實際上,無論「滿洲觀光論文發表」還是「滿洲國三十五景選定」以

〔註16〕選定滿洲國三十五景,盛京時報,1941年4月13日,2版。

及記者對「滿洲國」旅行線路的踏查，其背後的都有「滿洲觀光聯盟」等日偽機關的強大支持，也就是說《盛京時報》進行的關於「滿洲觀光事業」報導和策劃，是執行日本殖民文化侵略，妄圖在東亞偽滿洲國、偽南京國民政府、臺灣、以及東南亞各國實施所謂「大東亞共榮圈」構想的具體表現，它以「開拓滿洲」、「發展滿洲觀光事業」的名義在《盛京時報》上大力宣傳和實施。

二、《盛京時報》對「觀光事業」的相關報導

《盛京時報》上對「觀光事業」的報導和策劃基本集中於 1938 年到 1942 年之間，此前基本沒有關於「滿洲國」「觀光旅行」、「名勝風景」等內容報導，在副刊方面也基本沒有涉及這方面的內容。從 1938 年年末初開始，《盛京時報》有意識地在副刊「神皋雜俎」、「另外一頁」中加入關於東北名山風景的遊記、隨筆等內容。1939 年夏開始，「觀光旅行」「滿洲觀光事業」的報導內容劇增。本文作者以 1939 年 7 月到 1939 年 12 月《盛京時報》對「觀光事業」主要報導內容作為樣本進行分析，統計如下表 8-1：

表 8-1　1939 年《盛京時報》對「觀光旅行」內容的報導〔註17〕

序號	時間	形式	內容
1	1939 年 7 月 2 日	記者手記	大興安嶺高原地區滿洲西部巡禮（不少於 12 篇連載）
2	1939 年 7 月 3 日	報導	國境戰地風景素描
3	1939 年 7 月 2 日	報導	華北日軍佔領地巡禮
4	1939 年 7 月 5 日開始	報導	滿洲古蹟系列（副刊「世界珍聞及其他」超過 20 篇以上不定期發表）
5	1939 年 7 月 15 日開始	記錄	滿洲觀光事業之滿洲古蹟、古物、名勝、天然紀念物（副刊神皋雜俎連載超過 30 篇）
6	1939 年 7 月 16 日開始	記者手記	新戰場觀察記（多篇連載）
7	1939 年 7 月 16 日開始	論文	論觀光事業（副刊神皋雜俎連載多篇）
8	1939 年 7 月 18 日開始	記者手記	滿領外蒙西部國境戰野從征記（15 篇以上連載）

〔註17〕本表本文作者根據 1939 年 7 月到 12 月《盛京時報》內容製作

9	1939 年 7 月 18 日開始	記者手記	黑河行散記（10 篇以上連載）
10	1939 年 8 月 8 日	報導	滿洲觀光事業之重要性謀觀光機關擴充（副刊「經濟與產業」）
11	1939 年 8 月 9 日	報導	太陽島素描（濱江特刊）
12	1939 年 8 月 10 日	遊記	鳳凰山之遊（副刊神皋雜俎）
13	1939 年 8 月 16 開始	作文	日滿作文使節選文激勵少年義勇隊書瀚（超過三篇連載）
14	1939 年 8 月 19 日	報導	開發資源（為開發滿洲秘密境地大興安嶺）滿鐵第三次派遣調查隊
15	1939 年 8 月 26 日開始	報導	錦熱蒙地解說（多篇連載）
16	1939 年 8 月 31 日	記者手記	國境戰場風景線（多篇連載）
17	1939 年 9 月 5 日開始	遊記	池靈境探勝記（副刊神皋雜俎）
18	1939 年 9 月 15 日	報導	小興安嶺風光明媚地域計劃建國立公園
19	1935 年 9 月 2 日開始	報導	梅輯線之經濟意義（副刊「經濟與產業」連載 10 篇以上）
20	1939 年 9 月 25 日	記者手記	梅輯線行記（多篇連載）
21	1939 年 9 月 29 日	報導 2 篇	「觀光滿洲」論文當選發表 滿洲觀光聯盟野間口理事長談
22	1939 年 9 月 30 日開始	遊記	長白山遊記（「另外一頁」副刊多篇連載）
23	1939 年 10 月 14 日開始	遊記	東郊訪古記（副刊神皋雜俎金小天作超過 88 篇連載）
24	1939 年 10 月 17 日	報導	奉天東陵之農事建設（副刊經濟與產業）
25	1939 年 10 月 21 日左右	遊記	長白鄉土瑣記（副刊另外一頁多篇連載）
26	1939 年 10 月 5 日開始	論文	滿洲觀光事業發展策滿洲觀光應募論文前三名發表（共計不少於 27 篇連載）
27	1939 年 11 月 21 日開始到 12 月 8 日結束	遊記	奉吉錦熱十一月觀光行（16 篇連載）

　　由上表 8-1 本文作者統計 1939 年 7 月到 1939 年 12 月間《盛京時報》對「滿洲觀光事業」相關的報導，發現以下幾個問題：

　　第一，我們發現在上述與「滿洲觀光事業」相關的報導中，《盛京時報》採取了密集報導和集中策劃活動的方式。在對「滿洲觀光事業」的報導上，採取了集新聞報導、記者踏查手記、遊記、歷史說明性文章、論文等多種形式，對「滿洲國」的地理、人文、文化、風景名勝、邊境等內容進行非常全

面的報導。在數量上，從 1939 年 7 月到 12 月半年時間，所有關於「滿洲觀光事業」報導文章在 150 篇以上，因此我們十分肯定地把這樣的內容歸為密集型報導。在報導的手段上，根據上表我們可以清晰地看到《盛京時報》對「觀光事業」內容的報導基本上採用了 10 篇以上連載的形式，這樣處理的方式更能夠吸引讀者注意力，進而實現每日連續閱讀，因此在「滿洲觀光事業」的宣傳上，當時應該取得非常強大的讀者效應。

第二，通過這一樣本的信息採集，我們發現《盛京時報》對「滿洲觀光事業」採用的是新聞報導和活動策劃結合的方式，具體來說，1939 年 7 月 1 日《盛京時報》推出的「懸賞募集『觀光滿洲』論文」的活動，《盛京時報》在一個月內連續幾次發表通告，並在 1939 年 7 月到 12 月之間半年時間以每日至少兩篇「滿洲觀光」內容的報導或文章發表於在副刊和新聞欄目中。這種新聞報導和活動策劃結合的方式在短時間內，對所報導的「滿洲觀光事業」的主題，達到了一種轟動的效應。令作者驚奇的是，《盛京時報》為了進行「滿洲觀光事業」宣傳幾乎動用了所有的副刊陣地，在 1939 年 7 月到 12 月《盛京時報》「滿洲觀光事業」內容的文章發表在副刊「神皋雜俎」、「另外一頁」、「經濟與產業」、「世界珍聞與其他」、「濱江特刊」、「錦州特刊」、「大連特刊」等以及報紙二版等顯著位置，從而引起讀者注意。

第三，在對這一樣本採集的同時，作者對其新聞報導的文本進行了仔細的分析，發現日本殖民者對「滿洲國觀光事業」開發和構想是一項非常龐大的計劃，因而《盛京時報》對「滿洲國觀光事業」的報導，一方面涉及到「滿洲國」歷史名勝、古蹟等的介紹，人文地理風貌的踏查，更廣闊地，還涉及到「滿洲國」邊境線的踏查，因而如上表，「國境戰地風景素描」、「國境戰場風景線」（多篇連載）、「新戰場觀察記（多篇連載）」等都是這樣的內容；另外，「滿洲觀光事業」中，明確把日本對「滿洲國」「開拓與殖民」（也就是開拓團、勤勞奉士隊）也加入進來，因而如上表中，《盛京時報》清晰地展現了如「梅輯線行記」〔註18〕、「（為開發滿洲秘密境地大興安嶺）滿鐵第三次派遣調查隊」等內容；「滿洲觀光事業」甚至把「滿日少年義勇隊」（關於青少年義勇隊第三部分詳細解釋）也納入到整個「觀光事業」的計劃中。因而，在上表中我們清晰地展示了「日滿作文使節選文，激勵少年義勇隊書瀚」為代表的內容。

〔註18〕「梅輯線行記」裏的「梅輯線路」具體指當時東北通化一線，主要是梅河口到集安等地區，當時這些地區有很多自然風貌未被開發。

從內容上看，日偽所構建「滿洲觀光事業」計劃其實質是日本打著「觀光」的旗號對「滿洲國」進行軍事、資源、文化、意識形態侵略的有效途徑。「滿洲觀光事業」不僅包含了日偽對東北風景名勝、歷史上古蹟的建設和開發，還包括對「滿洲國開拓和殖民」、對東北大興安嶺等地區的資源的探查和掠奪以及派遣日本「青少年義勇隊」對「滿洲國」認識激發他們進一步侵略佔領東北野心的龐大構想。從這份報導樣本，我們清晰地看到「滿洲觀光事業」帶著非常強烈的日本殖民主義政治需要，1939 年被《盛京時報》大肆宣傳和報導。

第三節 「滿州國」利用媒介打造的「旅行觀光」文化

偽滿時期「滿洲國」重視利用一切媒介手段進行的殖民文化統治，「旅行觀光」作為文化發展的重要組成部分，在偽滿時期得到日偽的重視。在日本殖民統治者看來，「旅行觀光事業」不僅能是更多的日本人瞭解「滿洲國」，從而移民到這裡來，更能通過「旅行觀光事業」殖民開發、探測東北廣袤的自然資源；在國際上，利用「旅行觀光事業」讓更多外國人瞭解「滿洲國」從而妄圖達到國際上承認「滿洲國」。

在當時「旅行觀光事業」的主要管理和實施機構是「滿洲觀光聯盟」，但旅客在具體辦理旅行事宜方面主要由日本國際觀光局滿洲支部運行，主要負責旅客到「滿洲國」各地旅遊，其中包括往返交通、住宿、餐飲、郵寄以及其他內容。除了「滿洲觀光」事業的運行機構，「滿洲國」還利用很多大眾傳媒進行「觀光文化」的宣傳。如上一部分作者所闡釋的《盛京時報》主辦過的「觀光滿洲論文徵集」和「滿洲三十五景選取」活動；除此之外，「滿洲國」當時還發行一些與「觀光」有關的雜誌，定期出版，比較出名的有《滿支旅行年鑒》和《觀光東亞》。

一、「滿洲觀光聯盟」

偽滿的「觀光事業」主要是由「滿洲觀光委員會」負責，它是「滿洲國」「國務院情報處」的一個分支機構，主要負責「滿洲國」旅行觀光宣傳內容，委員會組織各地的旅行觀光事宜，主要通過「滿洲觀光聯盟」的形式進行。「滿洲觀光聯盟」成立於 1937 年 3 月，由「滿洲國」各地的「觀光協會」加入形

成「滿洲國觀光聯盟」。「滿洲國觀光聯盟」主要活動內容，負責「各地觀光勝地建設；對外觀光事業宣傳；觀光觀念宣傳、普及；聯盟報刊雜誌的發行；與其他團體聯絡」等內容〔註19〕。「滿洲觀光聯盟」在「滿洲國」大連、旅順、奉天、新京、吉林、哈爾濱、安東、承德、錦州等地設有各地「觀光協會」。各地「觀光協會」定期聚集到一起舉行大會，「滿洲觀光聯盟」布置主要「觀光事業」規劃事項，再由各地「觀光協會」組織具體實施。「滿洲觀光聯盟」其主要成員共計40多人，組織內部設有理事長、理事及聯盟成員。

二、關於「日本國際觀光局」

日本國際觀光局，1912年日本鐵道省聯絡日本各地鐵道公司、輪船公司及其他洋式旅館，達成協議，舉辦日本國際觀光局，一種類似於旅行社的代辦公司，專門負責旅行者進行旅遊觀光事宜，比如代辦寄信、介紹代請各處參觀許可、謀計旅行方法、估算旅費等旅行事宜〔註20〕。

1922年《遊覽日本旅客指南》記錄了關於「日本國際觀光局」在各地的分局和案內所，其中日本國際觀光局主社在日本東京，分別在中國臺灣、大連、青島設立分局，並在日本各城市及中國北京、哈爾濱、長春、奉天設案內所，負責代辦旅行事宜。具體地址我們統計成如下表8-2：

表8-2　1922年「日本國際觀光局」在各地分局及案內所〔註21〕

序號	城市	所在地	序號	城市	所在地
1	東京	本局東京車站內 出剳案內所東京車站內	8	大連	分局南滿洲鐵道會社
2	橫濱	案內所山下町七九	9	青島	分局
3	神戶	出剳案內所海岸通一丁目二	10	奉天	案內所耶麻德飯店
4	下關	案內所山陽飯店	11	長春	案內所長春車站
5	長崎	出剳案內所大浦四	12	哈爾濱	案內所滿鐵哈爾濱運輸營業所內
6	釜山	案內所釜山車站	13	北京	案內所王府井大街
7	臺北	分局臺灣鐵道旅館	14		

〔註19〕日本國際觀光局滿洲支部編，滿支旅行年鑑，昭和15年，第103頁。
〔註20〕根據《遊覽日本旅客指南》，日本鐵道省，大正十一年一月，第16頁內容總結。
〔註21〕《遊覽日本旅客指南》，日本鐵道省，大正十一年一月，第17頁。

　　值得注意的是日本國際觀光局在中國東北大連、瀋陽、長春、哈爾濱設有分社或者案內所。案內所是類似於旅行諮詢處，規模小於旅行社分社。到上世紀30年代，日本國際觀光局在各地增加了分社，其中最大的分社設在奉天即日本國際觀光局滿洲支社。到偽滿時期，日本國際觀光局滿洲支社負責統一管理「滿洲國」內的分社和案內所。

　　偽滿時期日本國際觀光局幾乎壟斷了「滿洲國」境內外所有旅行事宜，其中包括組織國內外旅客旅遊，代售鐵路、輪船、汽車等車票，發行遊覽券、旅館券、承包各種團體旅行、發行郵票承包旅行保險，宣傳名勝古蹟以及發行、發售旅行圖書、指南、雜誌、明信片，組織旅行俱樂部活動等各種事項，業務範圍十分廣泛。

　　為了宣傳「觀光旅行事業」，日本國際觀光局在各地委派各地方觀光協會、交通株式會社等出版發行了旅行觀光的宣傳手冊、旅行地圖等。本文作者找到1940年新京觀光協會發行的「新京觀光案內」和1939年奉天交通株式會社發行的「奉天觀光案內」（如圖8-3〔註22〕）

圖8-3　「新京觀光案內」和「奉天觀光案內」

三、關於「滿洲旅行俱樂部」

　　偽滿時期觀光事業組織中，還有一個組織叫「滿洲旅行俱樂部」，這個組織其實是延續日本旅行俱樂部的傳統，日本的旅行觀光組織在20世紀20年代就成立了旅行俱樂部，在偽滿時期，「滿洲國」倣仿的日本旅行俱樂部的做

〔註22〕圖片來源日本國立國會圖書館。

法，在 30 年代成立了「滿洲旅行俱樂部」，由偽滿洲國、關東州、朝鮮旅遊愛好者組織的組織。這個組織到 1939 年有成員大約 1500 名。〔註23〕加入旅行俱樂部，成為會員可以享受一些特別待遇，比如免費獲得觀光有關的印刷物以及觀看觀光局放映的電影等。旅行俱樂部在不同時間定期組織一些活動，新京案內所 1941 年 6 月組織包括九臺、土門嶺、大屯、吉林水庫等地的郊遊活動。〔註24〕

四、「滿洲國」關於「觀光旅行」方面的刊物

圖 8-4　　《滿支旅行年鑒》

　　偽滿時期日偽設有專門針對「觀光旅行」內容的雜誌刊物，本文作者在查閱大量資料總結幾本偽滿時期專門關於「觀光旅行」內容的雜誌如下：

　　（一）《滿支旅行年鑒》。《滿支旅行年鑒》（如圖 8-4〔註25〕）是「滿洲國觀光事業」發展的重要刊物，由日本國際觀光局滿洲支部編纂，1939 年開始發行，日文，每年發行一冊，這本年鑒大約 500 頁，裏面詳細記錄了「滿洲國」及朝鮮線路觀光勝地，旅行機關、旅客運輸、觀光線路、各地風俗等，

〔註23〕日本國際觀光局滿洲支部編，滿支旅行年鑒，昭和 15 年，第 110 頁
〔註24〕轉引巴兆祥：旅遊與城市發展，復旦大學出版社，2013 年版，第 507 頁，日本國際觀光局滿洲支部，觀光東亞，1941 年
〔註25〕圖片來源日本國立國會圖書館

還涉及旅行常識、入境的規則等內容；不僅如此，《滿支旅行年鑒》還詳細介紹關於「滿洲開拓地」和「青年義勇隊」的情況，這些內容作為整個「觀光事業」中的一部分，「滿洲開拓團」和「青年義勇隊」是日本在東北實施殖民統治的重要內容。「滿洲開拓團」主要由「滿洲開拓委員會」及「滿洲鐵道株式會社」聯合負責，這個組織其實質主要是監測、探查東北主要資源，從而對東北主要物資進行開採、挖掘，是日本對東北自然資源進行瘋狂掠奪的重要表現內容。「青年義勇隊」也帶有明顯的日本法西斯殖民侵略的本質，其組織打著「開拓滿洲」的旗號集結「滿洲國」青年設立青年訓練所進行軍事化訓練，到東北各地參觀日本在東北殖民所謂的「成績」，如參觀「滿鐵」、「滿洲歷史博物館」、到東北各地參拜日本神社等，「青年義勇隊」是日本對東北實施殖民奴化教育的重要內容。〔註 26〕

（二）《觀光東亞》。另外還有一份關於「滿洲國觀光」的雜誌，《觀光東亞》，1934 年由日本國際觀光局滿洲支部發行，主要記載當時東北主要觀光資源、土特產品、旅行路線及主要旅遊資源等內容，另外《觀光東亞》雜誌上也刊載記者踏查觀光旅行地的手記、隨筆，如「道教靈城鐵剎山」、「長山列島史蹟之調查」等〔註 27〕內容。有人認為《觀光東亞》雜誌的原名叫《旅行滿洲》〔註 28〕，本文作者存疑，因為作者在《遼寧省考古學文獻目錄》中找到 1938 年《旅行滿洲》其中一條目錄喬川三郎「奉天國立博物館陳列了什麼」〔註 29〕。也就是說，到 1938 年依然有《旅行滿洲》這份雜誌，而《觀光東亞》則在 1934 年已經發行，因而有可能《觀光東亞》和《旅行滿洲》是同一時期的兩份旅行雜誌。

第四節 對《盛京時報》主辦「觀光事業」評價

綜上，本文作者基於對《盛京時報》在偽滿時期對「滿洲觀光事業」的策劃和報導，深入探討了偽滿時期日偽對「滿洲國」旅遊觀光事業的規劃和

〔註 26〕此段內容本文作者詳細參考了 1940 年和 1941 年《滿支旅行年鑒》（日本國立國會圖書館）。

〔註 27〕姚義田編：遼寧省考古學文獻目錄，遼寧省博物館、遼寧省考古研究所，1986 年版，第 49 頁。

〔註 28〕巴兆祥：旅遊與城市發展，復旦大學出版社，2013 年版，第 513 頁

〔註 29〕姚義田編：遼寧省考古學文獻目錄，遼寧省博物館、遼寧省考古研究所，1986 年版，第 49 頁。

採取的措施，並且比較客觀地總結了近代以來東北旅遊觀光事業的發展狀況。
本文作者認為：

一、偽滿時期日本侵略者對「滿洲國」「滿洲國旅行觀光事業」的規劃和
宣傳，在客觀上促進了東北地區旅遊產業的發展，其中包括對城市基礎性設
施的建設、風景名勝的開發建設和宣傳、對東北地區未開發地的踏查和宣傳
等。進而，偽滿時期東北旅遊觀光產業的發展，客觀上也促進了東北地區經
濟、交通、城市建設、文化事業的發展和進步。

二、偽滿官方真正開始實施「滿洲觀光事業」宣傳是在 1937 年「滿洲觀
光聯盟」成立之後。日偽對「滿洲觀光事業」規劃是一個龐大的構想，它既
包含對東北地區風景名勝、歷史遺跡的開發和建設，同時也包括了日本侵略
者對東北「躍進滿洲」、實施「滿洲開拓團」和「青年義勇隊」等法西斯主義
等內容。「滿洲開拓團」是日本打著發展「滿洲觀光」為藉口，實質上對東北
煤炭、石油、森林等資源的探查和侵略的具體表現；「青年義勇隊」實質上是
帶領日本青少年團隊在滿洲城市、地區、農村進行旅遊觀光為藉口，向日本
青少年灌輸「滿洲」未開發、需要被征服、滋長年輕人侵略擴張欲望的法西
斯教育。因而「滿洲觀光事業」帶有強烈的日本殖民主義文化侵略的內容。

三、偽滿時期日偽提出「滿洲觀光事業」的建設和宣傳，還原到當時的
歷史環境中，是當時時代背景下的產物。日偽在東北實施「滿洲觀光事業」
開發和建設實質上是日本在東亞地區妄圖實施「躍進滿洲」進而實現「大東
亞新秩序」措施的具體體現，它以發展「滿洲觀光事業」為旗號，真正的目
的是對東北地區進行軍事擴張、經濟控制和資源掠奪以及意識形態奴化的重
要手段。

四、《盛京時報》在 1938 年到 1942 年對「滿洲觀光事業」的策劃和報導
是偽滿實施「觀光事業」的縮影。日偽對「滿洲國」實施的「觀光事業」宣
傳主要是通過《盛京時報》完成的，因而在對「滿洲國觀光事業」宣傳中，《盛
京時報》的社會角色既包括作為大眾傳播媒介進行引導輿論宣傳作用，同時
它作為「滿洲觀光事業」宣傳的策劃者，《盛京時報》是「滿洲觀光事業」規
劃的組織者和具體實施者，因而其社會角色已經轉變成為日本殖民文化侵略
的具體實施者，因而《盛京時報》與偽滿時期其他中文報紙不同，其社會角
色發生了轉變。

第八章 「慈善事業」：打造「王道樂土」政治幻象

　　東北地區因為地理環境、社會條件及連年戰爭等因素，自然災害頻發，疾病流行，流民和無家可歸人居多，因而自清朝末年開始，東北地區慈善救濟事業逐漸發展起來。在九一八事變之後，日本扶植傀儡政府「滿洲國」統一接管了東北地區慈善機構及慈善事業。偽滿時期日本扶植傀儡政權「滿洲國」政府為了打造「滿洲國」內「王道樂土」、「民族協和」的政治幻象，利用《盛京時報》、《大同報》、《泰東日報》等中文大報大力推廣偽滿慈善救濟和慈善事業的宣傳和發展，本文作者主要通過《盛京時報》對偽滿時期慈善事業的活動策劃「年末同情周間」進行研究，從而比較完整系統地展現和闡釋偽滿時期民生及慈善事業發展與宣傳的動機、效果。

第一節　近代以來東北慈善事業發展基礎

　　東北地區由於受氣候及地理位置的因素影響，從中國古代開始每年都有自然災害發生。到了近代，氣候的惡劣、地域環境等因素沒有改變，加上近代以來東北受俄國、日本列強的侵略，連年戰爭不斷，造成水災、旱災、地震、蟲災、冰雹、霜凍、瘟疫等災害流行。

　　俄國在 16 世紀在歐洲北部不段侵略，領土逐漸擴大，到 17 世紀俄國開始覬覦中國黑龍江地區。1689 年清政府通過談判和俄國簽訂了《中俄尼布楚條約》，規定中俄以外興安嶺為鄰、格爾比奇河河格爾古納河為界，明確規定中俄兩國的邊界。但俄國侵略領土的野心不斷，在第二次鴉片戰爭後，俄國

通過《中俄瑷琿條約》等一系列條約侵佔我國黑龍江、烏蘇里江等約 151 萬平方公里的土地。而後，俄國以修築中東鐵路為藉口，繼續向中國東北地區南下侵佔，準備對中國東北、朝鮮等地區實行「遠東政策」。

但另一方面，日本自「明治維新」之後迅速崛起，日本基於國內地理環境狹小、對外實力增強等因素，對中國大陸尤其是東北地區窺視已久。1894年中日甲午戰爭，日本以堅船利炮打開了中國大門，日本妄圖以列強身份瓜分中國東北。但中日甲午戰爭後，俄國通過修築鐵路等方式侵佔中國東北，使日本在東北的利益大大打折。由於在東北地區利益與俄國發生強烈的衝突，導致日本不斷擴軍備戰，增強軍事實力，終於在 1905 年日本挑起日俄戰爭。日俄戰爭期間，日、俄雙方軍隊在東北地區橫行，強行霸佔中國居住地區，強行徵用住宅等，造成很多中國人無家可歸，流離失所。不僅如此，日軍為保守軍事機密，嚴查中國人，但凡被懷疑為俄軍洩露情報的中國人一律被殺。由於連年戰爭，氣候惡劣，東北地區自然災害頻發、疾病流行，百姓生活窮困潦倒。根據《近代中國近代災荒紀年》記載，1840 年到 1949 年東北地區發生水災 47 次，旱災 10 次，地震 5 次，瘟疫 2 次，蟲災 4 次，雹災 7 次，霜凍 7 次。1912 年到 1949 年水災 23 次，旱災 7 次，地震 12 次，瘟疫 8 次，蟲災 4 次，雹災 4 次。〔註 1〕

另外，從清朝末年開始，東北地區政府腐敗，搜刮民脂，造成民生潦倒狀況。民國時期，軍閥混戰，張作霖為代表的軍閥為了擴軍備戰，對地方財政也採取搜刮民財的政策，因而造成東北人民大量流民和乞丐。

受連年戰爭、自然災害及社會政治等因素影響，東北地區慈善事業從近代逐漸開始發展起來。從清朝末年到民國時期，東北地區慈善救濟和慈善事業主要分為幾方面進行：

一、慈善機構

清朝末年到民國時期，東北地區逐漸設立了專業的慈善機構如收容所、紅十字會、孤兒院等。其中紅十字會東北支會在清朝末年在東北地區開始設立，幾經更替，曾救助無數病人貧民，為近代東北慈善事業做出了巨大貢獻。中國紅十字會始於 1863 年，由瑞士商人亨利‧杜南發起，最初是給予戰地救

〔註 1〕轉引周秋光，曾桂林，向常水等著：中國近代慈善事業研究（下），天津古籍出版社，2013 年版，第 1394 頁，根據李文海編著《近代中國災荒紀年》及《續編》（湖南教育出版社 1990 年、1993 年版）歷年整理。

護的目的建立的。在清朝光緒三十年（1904 年）3 月萬國紅十字會在上海設立，因為這一年是正是日俄戰爭爆發時間，東北各地傷員、流民等不斷增加，萬國紅十字會立即在東北遼寧省營口、遼陽、新民屯、溝幫子、奉天省城等地建立分會，負責對戰地軍民進行救護和救濟。1911 年萬國紅十字會改名中國紅十字會。紅十字會在東北各地區設有分會，比較出名的是中國紅十字會奉天分會。中國紅十字會奉天分會在民國時期設立紅十字病院（奉天），經常免費對病人施行義診，每年救助病人上千人，並且在 1913 年設立紅十字會專門醫學校（奉天），培養醫生及救護人員。

1905 年日俄戰爭結束後，日本佔據關東州等地，日本在旅順建立日本赤十字社滿洲委員部，1938 年偽滿洲國政府將日本赤十字社滿洲委員部和恩賜財團普濟部合併，成立滿洲赤十字社〔註 2〕。

關於收容所、孤兒院以及其他慈善機構方面，從清朝末年開始，也逐漸開始設立。收容所、救濟院等機構在當時主要是官辦性質，主要救助老弱病殘、貧民、受災難民等人。這些組織大多是經常性質的，在戰爭或自然災害年份，也有臨時性的收容所或救濟院。《中國近代慈善事業研究》整理出 1840 到 1904 年東北主要收容機構有黑龍江賓縣養濟院、吉林省海龍朝陽鎮南乞丐收容所、遼寧省奉大棲流所、昌圖孤貧院、鐵嶺孤貧院、開原養濟院、錦縣留養所等 7 所規模較大的收容所〔註 3〕。其中奉天同善堂，是清朝末年及民國時期東北地區比較出名的慈善機構。

奉天同善堂最初設立是清朝光緒七年（1881 年）盛京總兵左寶貴創辦「奉天牛痘局」。1881 年奉天出現流行性疾病天花，很多兒童因天花致死。盛京總兵左寶貴個人出資創辦「牛痘局」，為貧民引種牛痘，防疫天花等疾病。到 1896 年盛京將軍依克唐阿把「牛痘局」和奉天其他慈善機構合併，統一命名「奉天同善堂」。

奉天同善堂地址在奉天懷遠關外高臺廟胡同（現在為瀋陽第四印刷廠），是民國時期遼寧省最大慈善機構。同善堂經濟來源主要靠軍政資助，各界贈施，義演募捐，存款生息等辦法籌集。此外同善堂還有其他的經營範圍。本文作者在《瀋陽民政志》查到相關統計，同善堂在 1920 在各地共有房屋 1521

〔註 2〕陳志堅：遼寧文史資料選輯（第 45 輯）紅十字光彩，遼寧人民出版社，1997 年 01 月第 1 版，第 290 頁。

〔註 3〕周秋光，曾桂林，向常水等著：中國近代慈善事業研究（下），天津古籍出版社，2013 年版，第 1403 頁。

間，土地 9996 畝。房屋除自用外，租給商號、社團、妓館業等共 1345 間，出租土地 9639 畝。1912 至 1921 的十年間，同善堂總收入為 31797 萬元，支出 31439 萬元，盈餘 358 萬元〔註 4〕。

奉天同善堂除了「牛痘局」之外，還設立了「施醫院」、「孤兒所」、「濟良所」、「育嬰所」、「棲留所」、「救產所」、「珠林寺」以及「教養工廠」等〔註 5〕。同善施醫院，光緒二十七年（1901 年）建立，為貧苦無力醫病者創立，初期日治病以 200 人為限。民國十四年（1925 年）併入奉天紅十字病院。施醫院救助貧苦患者無數，以到 1922 年為例，全年治病 128500 人。孤兒所，宣統三年（1911 年）創辦，民國五年併入同善堂，育嬰所，民國十九年（1930 年）由孤兒院分立，接納收養社會棄嬰，1931 年收養棄嬰 31 人。濟良所，光緒三十三年（1907 年）由士紳呂玉書創辦，兩年後併入同善堂，收養「妓優婢妾受虐待者，婦女被誘逃出無家可歸者，不守婦道被出於夫逐於父者」。1920 年收養婦女 50 人，1925 年為 23 人。棲流所，光緒十四年（1888 年）設立，光緒三十二年（1906 年）併入同善堂。主要收養無家可歸及老人等。救產所，民國十二年（1923 年）為收私產婦而設。私生子由育嬰所收養，產婦交保證金、食宿費、助產費。珠林寺清康熙年間開辦，原稱寄骨寺，乾隆三十九年（1769 年）改稱珠林寺。1919 年（民國八年）併入同善堂，為奉天省城最早最大的寄靈場所。

同善堂還包括「貧民工廠」和「教養工廠」兩處幫助貧民及無收入者謀生的機構。貧民工廠，光緒三十四年（1908 年）由官府民政司設立，最初叫「貧民習藝所」1916 年冬併入奉天同善堂。主要收貧苦兒童學習紡織、木工、雕刻、染色等技藝謀生在宗旨。1935 年貧民工廠在廠 104 人。教養工廠宣統三年（1911 年）成立，主要是收容社會流民及習性不良者，教以簡單技術，一年畢業，期滿出廠，自謀生計。不願出廠者，可留廠勞動。教養工廠主要分分縫紉、紡棉、洗滌、製鞋等科目。〔註 6〕奉天同善堂在 1931 年九一八事變後，收歸「滿洲國」，成為日偽時期奉天主要的慈善機構。《盛京時報》在

〔註 4〕瀋陽市民政局地方志編纂辦公室編，瀋陽民政志，遼寧教育出版社，1987 版，第 206 頁。

〔註 5〕本文作者根據瀋陽市民政局地方志編纂辦公室，瀋陽民政志，遼寧教育出版社，1987 年版，第 206～207 頁內容及姜念思：盛京史蹟尋蹤，瀋陽出版社，2004 年版第 72 頁等內容整理。

〔註 6〕以上兩段所引數據參考瀋陽市民政局地方志編纂辦公室編，瀋陽民政志，遼寧教育出版社，1987 版，第 206 頁。

偽滿時期進行慈善宣傳時也多次報導過奉天同善堂。

二、賑災籌款

　　東北地區因為天氣原因，經常發生自然災害。自近代以來，東北地區應對自然災害，救濟貧民的主要措施是賑災籌款。賑災籌款的方式一般有兩種，一種是官方籌集資金，向受災群眾發放賑災糧食、錢款及衣物等；另外一種形式是當地的富紳、大戶人家主動拿出善款，籌集資金發放糧食、物品以用於救濟災民。清朝末年，由於官宦腐敗，很多時候朝廷的賑災款項不能馬上籌集完成，地方官員向中央稟報，中央政府不得已只能挪用軍費等其他費用以供賑災資金籌集。尤其在 1904 年日俄戰爭前後，由於東北成為戰爭的主戰場，各地房屋被毀，饑荒遍地，流民逃生不斷，加之戰爭帶來的瘟疫流行，導致清政府不得不挪用軍費緊急籌措資金用於救災。

　　民國之後，在張作霖、張學良父子的多年經營之下，政府對自然災害的籌款逐漸得到完善。政府逐年對自然災害的款項得到保證，賑災物品及糧食也及時發放。本文作者在查閱民國時期針對遼寧的水患的資料，發現當時國民政府對遼寧水災給予重視，以 1930 年為例，在遼寧《災賑專刊》中即有如下記載：「對於被災最重之綏中、盤山、新民、錦縣等縣，將先由省庫撥款五萬元，暨組織水災急賑會情形，電令知照」〔註 7〕。說明在水災發生時政府緊急向地方撥款 5 萬元用於救助災民。

　　除了官府的賑災籌款，在民間也有很多地主及商人大戶，主動拿出糧款捐助災民。如 1881 年奉天市傳染性疾病天花流行，奉天總兵左寶貴拿出自家糧款開倉放糧，設立「牛痘局」免費給貧民引種「牛痘」防止天花等傳染病；民國時期，愛國商人也進行過慈善賑濟捐助。如黑龍江安達縣杜氏兄弟經營商業，1920 年在安達縣設立慈善會，救助貧民，開設粥廠，冬季給貧民賑濟棉衣棉被等。1923 年創辦安達貧民工廠，招收貧民入廠學習謀生技術。〔註 8〕

　　除了官辦和民辦的賑災籌款之外，東三省官銀號、中國銀行、交通銀行、邊業銀行為代表的東北四大銀行，在東北賑災中也起到相當大的作用，以緩解政府無法調集資金的困境。民國時期東北各地方政府在籌集資金方面也實施過很多舉措，包括發行政府公債，實施地方慈善彩券等形式募集賑災籌款。

〔註 7〕遼寧水災急賑會：災賑專刊，檔案 71 號，1930 年 11 月，遼寧省檔案館。
〔註 8〕鳳凰出版社編：(民國) 安達縣志》之《人物志》，《中國地方志集成》叢書，鳳凰出版社，2006 年版，第 629～630 頁。

三、設立粥廠

　　自然災害及傳染疾病流行時，設立粥廠是比較常見的賑濟貧民的方式。這種方式在清朝時期東北地區便已經實行。最初粥廠的設置是臨時性的，主要是在受災時期、或是年末、節日等時節。在東北粥廠設立主要是富紳大戶人家，劃定區域設立粥廠，定時定量分給貧民粥及鹹菜等飯食，以此方式救濟貧民。光緒年間，遇到旱災、水災等年份，東北遼中、遼陽、海城、蓋平、義縣等地富紳人家自行出資開設過粥廠。民國時期紅十字會在東北各地也曾設立過粥廠救濟百姓。1930 年春夏之際，東北遭受大面積水災。當時在東北主政的張學良力主救濟貧民，他不僅下令在各地政府積極勘察災情，並在各地商號開設臨時粥廠，在北寧鐵路局施放饅頭數千斤，撥款兩千元到綏中地區。在各地銀號緊急調款購買糧食賑濟災民。並且號召各地紳商進行義捐，號召各地紅十字會、救濟會開設粥廠對災民施粥救濟〔註 9〕。偽滿時期，「滿洲國」為了籠絡人心，維持社會穩定，延續了民國東北粥廠的傳統，在每年年末及災害年份定點對貧民進行施粥救濟。

四、衛生防疫

　　近代東北慈善事業中，衛生防疫事業成為慈善救助的重要內容。近代以來東北地區因為連年戰爭以及自然災害，經常發生傳染性疾病如鼠疫、天花、赤痢（痢疾）等疾病。從清朝末年開始，清政府在東北設立專門防疫機構，傳染病防疫醫院等相繼建立起來。近代以來東北

　　地區爆發規模最大的傳染性疾病是 1911 年鼠疫。1910 年鼠疫最初在俄國境內爆發。鼠疫沿鐵路沿線蔓延到中國東北黑龍江、吉林、遼寧等地，一直蔓延到天津、北京、山東、河南等地。這次鼠疫中大約有六萬人喪生。因而清政府成立專門的防疫部門，派駐專門防疫總醫官伍德連控制東北地區疫情。1911 年 1 月，遼寧省奉天設鼠疫防疫總局，並在鐵路沿線錦州、海城、鳳城、山海關等地設防疫事務所，在丹東、營口、大連等地設檢疫所。並設立專門防疫醫院對患者進行隔離、封鎖、消毒。東北各地醫院及紅十字病院設立防疫救助站，其中日本人 1909 年創辦的赤十字社奉天病院救治了數千患者。不僅如此，為控制疫情，研究相關藥品等防疫工作，1911 年在奉天

〔註 9〕本文作者根據張欣悅，孫乃偉：張學良賑濟水災史料一組，民國檔案，1997
　　　　年第 4 期整理。

舉行了鼠疫大會，參加者有來自世界各地的醫生、防疫研究人員等。伍德連等人在防疫大會之後，在哈爾濱建立了全國第一個防疫部門「東三省防疫事務管理處」，建立規範化防疫醫院，研製防疫藥品。使中國現代防疫事業初步建立。

第二節 偽滿時期「滿州國」對慈善事業大力宣傳的動機

1931 年九一八事變之後，日本扶植之下以溥儀為代表的傀儡政府「滿洲國」成立，開始對東北地區進行殖民統治。但當時「滿洲國」傀儡政府需要面對很多問題：

一、自然災害和疫情

東北地區因為近代以來日俄戰爭、軍閥混戰等連年戰爭，導致自然災害、傳染病疫情頻發。使得日本扶植下的「滿洲國」政府不得不考慮在自然災害中對傷員、老弱病殘及無家可歸人士進行救助，以維護社會安定和民心的穩定。「滿洲國」成立之後，尤其在傳染病防疫方面，在滿鐵、滿洲醫科大學等機構設立專門傳染疾病研究所，研究防治天花、鼠疫、赤痢等傳染性疾病疫苗，在各地進行強制性預防注射，如1933 年通遼地區出現大面積鼠疫，日偽在 1934 年 7 月 10 日設防疫聯合委員會，滿鐵地方總局在通遼設調查所，下設實驗室和隔離所，在各區域 193 個村實施鼠疫強制性預防注射，接種 67389人，縣城內五萬人接種 35000 人。〔註10〕

二、國內外勢力的抵制

1931 年偽滿洲國成立後，受到國內外很多勢力的抵制。國內在華北、華東地區很多愛國人士紛紛表達了不承認東北建立的所謂「滿洲國」，給「滿洲國」造成了極大的輿論壓力；在國際方面，1933 年 6 月，國際秘書長通告各會員國及經大會報告各非會員國，主要內容為：拒絕「滿洲國」加入各種國際公約及國際團體；不予通郵；以立法手續禁止「滿洲國」錢幣交易；不接受申說外人在滿洲接受讓或聘用之效力；拒簽護照、領事、鴉片公約所規定

〔註10〕王瓊主編：通遼市志，方志出版社，2002 年版，第 1137 頁。

之進出口證明單等項目。〔註11〕國內外的很多勢力對「滿洲國」政府的不承認，在新聞輿論上給日偽造成了極大壓力。不僅如此，在東北本地，「滿洲國」成立之後很多地區的鐵路沿線出現土匪暴動情況。如 1937 年 2 月 17 日通遼地區發生反滿暴動〔註12〕，北滿地區湯原地區、大興安嶺等地抗日武裝力量反滿暴動〔註13〕，長春到吉林路段發生的土匪搶劫事件等，嚴重威脅日本扶植的傀儡政權「滿洲國」政府的統治。迫於國內外輿論上的壓力，以及東北本地的土匪及暴動事件，日本扶植的傀儡政府「滿洲國」必須考慮對東北本地的民生及慈善事業進行大力宣傳，以維護國內和國際的新聞形象，安撫百姓，減少飢餓貧窮流離失所人民，以維持東北地區的社會穩定。因此推動慈善事業發展，延續民國時期東北慈善機構等發展，增設粥廠、救濟院、保濟會等，每年年末施行「歲末同情周間」募集慈善基金、棉衣、生活用品等派發給無家可歸人員。在新聞宣傳上，利用《盛京時報》、《大同報》等報紙進行新聞輿論宣傳。

三、關於東北的「赤化」問題

關於「滿洲國」進行慈善宣傳的動機，我們需要將其放入其時代背景下進行研究。上世紀 20 年代開始，全球範圍內各個國家開始了一場關於共產主義的赤色思潮。這種思潮是以 1917 年革命的馬克思主義者奪得沙皇俄國政權作為標誌，因而在上世紀 20 年代開始在日本、中國等各個地區的知識分子、民眾無不被這種赤色革命所吸引、所感染。共產主義的赤色風潮不僅使得中國進行了「五四」運動，提倡「民主」、「科學」，提倡新思想、新道德、新文化，反對舊式傳統思想、舊道德及舊文化；使中國進行了一場新民主主義革命。在中國東北，其實受馬克思主義赤色風潮的影響，20 年代開始政治、文化及民眾思想上都有了革命性地改變。

所謂的「赤化」，用革命黨人瞿秋白的話「甚麼是赤化，赤化便是革命。中國的民族革命便是爭中國的解放獨立，使外國資本家不能奴隸中國人；在外國資本主義及其走狗的眼裏看來，便是罪大惡極，便是赤化。」〔註14〕具

〔註11〕張憲文，方慶秋主編：中華民國史大辭典，江蘇古籍出版社，2001 年版，第 1201 頁。

〔註12〕王瓊主編：通遼市志，北京：方志出版社，2002 年版，第 985 頁。

〔註13〕中共黑龍江省委黨史工作室，黑龍江黨史資料第 9 輯，1987 年版，第 197 頁。

〔註14〕瞿秋白：瞿秋白文集，第 4 卷，人民出版社 1997 年版，第 369～370 頁。

體地說，東北的「赤化」是以日偽的立場，對馬克思主義思潮及共產主義的解放思想的一種稱呼。

20世紀30年代，日本以武力侵佔東北之後，當時受國內經濟危機的影響，加之日本一貫對中國大陸政策的影響，日本需要扶持東北地區強有力的政權以真正實現其殖民政策。同時日本也懼怕東北地區的所謂的「赤色革命」，即馬克思主義者以武力奪取政權。日本在東北扶植的傀儡政權，最終是以溥儀為代表的清朝遺老們，這些所謂的「清遺民」〔註15〕非常痛恨「赤化分子」，因為「赤色革命」提倡的思想解放和民主政權是與滿清的遺老們擁護的封建帝制完全對立的。於是，日本殖民主義者與這些滿清遺老們有著共同的政治目標就是嚴厲打擊東北「赤化」分子，防止東北地區「赤化風潮」。

因而，九一八事變之後，偽滿洲國成立，偽滿洲國傀儡政府一方面嚴厲打擊「赤化」思想，一方面需要在民眾中建立正面的政府形象，慈善事業宣傳是必不可少的內容。偽滿洲國傀儡政府最初是借助中國儒家孔孟學派傳統思想，用所謂的「禮義」「仁愛」「王道」等思想內涵對抗20年代以來興起馬克思主義民主革命的思潮。而孔孟之道的思想核心中就有施以「仁政」、講求「仁愛之心」為主要內容。因而當時偽滿洲國傀儡政府需要加強對東北慈善事業的宣傳，才能體現所謂「政府」的「仁愛之心」和「王道精神」。從而維護以溥儀為代表的滿清遺老們傀儡政府形象。

綜合以上三方面因素，偽滿洲國成立後，在上個世紀30年開始大力宣傳東北的慈善事業，偽滿洲國成立之初，在民政部成立「滿洲中央社會事業聯合會」，接管東北各地方的慈善機構包括救濟院、紅十字會、孤兒院、助殘所等，每年「社會事業聯合會」都統計各地區慈善事業發展的狀況，救助人員、慈善捐款等內容。在新聞宣傳方面，偽滿洲國利用報紙、雜誌、廣播等進行慈善宣傳。

第三節 主辦「歲末同情周間」活動

基於上述多方面原因，「滿洲國」成立後，日本扶植的傀儡政府不得不考

〔註15〕「清遺民」主要是指「滿洲國」成立後由北京遷到東北的清朝遺老遺少等勢力，本文作者關於「清遺民」的說法，參考了臺灣學者林誌宏《民國乃敵國也：政治文化轉型下的清遺民》，聯經出版事業有限公司，2009年版的著作內容。

慮在東北實施慈善及民生事業的宣傳，以維持社會穩定，提高民眾心中的政府形象。因而，在偽滿時期「滿洲國」政府一各種手段進行慈善及民生事業的宣傳。《盛京時報》作為「滿洲國」中文第一大報，每年年末的「歲末同情周間」成為為「滿洲國」進行慈善宣傳的重要武器。

「歲末同情周間」其實是偽滿時期，「滿洲國」政府在年底舉辦的一種遍及東北各地的慈善活動宣傳，主要的內容是在年底一周的時間，募集善款，救濟貧民，對貧民發放糧食、衣物、棉被等物品。這種活動的承辦是以報紙等媒介承擔協同完成的，報紙除了進行「歲末同情周」宣傳外，每個地區根據不同的需要有所調整。

偽滿時期《盛京時報》主辦的「歲末同情周間」主要是針對奉天本地的，因而聯合奉天市政府及當地的慈善機構如同善堂等。奉天市政府及慈善部分每年發布關於「歲末同情周間」活動的相關要求，具體活動內容由《盛京時報》組織進行。由於《盛京時報》是當時「滿洲國」有影響力的報紙，因而對「歲末同情周間」的報導範圍兼顧整個東北地區。具體來看，《盛京時報》主辦「歲末同情周間」活動有自身的特徵，很多活動是《盛京時報》自身設計和策劃的，關於這項「事業」，《盛京時報》在 1935 年底開始，每年 12 月中旬或下旬舉辦一次，持續一周時間。一直到 1943 年底，共計歷時 9 屆。

一、《盛京時報》主辦的「歲末同情周間」活動

《盛京時報》主辦「歲末同情周間」，大致分為以下幾項內容：

（一）發放同情袋

奉天社會事業聯合會並《盛京時報》在每年「歲末同情周間」活動期間，都發放上萬隻同情袋，向市民、各慈善團體、工商界人士募捐善款，同情袋主要發放到各個主要街道，奉天各單位等地區。在「歲末同情周間」一周募集的善款，《盛京時報》通過奉天社會事業聯合會發放給奉天主要慈善機構如孤兒院、救濟院以及奉天當地主要粥廠。在每年 12 月底用於對災民、難民及貧民施以援助。

（二）醫大、滿赤醫院免費義診

從 1935 年開始發起「歲末同情周間」活動，在奉天的報導和策劃基本是

《盛京時報》完成的，因而在 1936 年之後，《盛京時報》動員奉天醫學病院和滿赤醫院及市內齒科醫院，在「歲末同情周間」活動的一周時間內，免費為貧民義診。

（三）電影院、劇場及「新人歌手大賽」等進行義演募集同情金

《盛京時報》為宣傳「歲末同情周間」活動，在 12 月中旬或下旬，都會聯合奉天社會事業聯合會組織「滿映」電影放映、大型音樂會、話劇以及「新人歌手大賽」等節目，募集善款用於救濟貧民。

為了更詳細地瞭解《盛京時報》對「歲末同情周間」的策劃，作者選取 1939 年 12 月 14 日到 20 日「歲末同情周間」奉天實施行事如下：

> 「1939 年 12 月奉天市公署聯合《盛京時報》組織第五回歲末同情周間實施行事：放送演講，12 月 13 日第一放送（日語）午後六時二十五分到第二放送（滿語）午後七時三十分演講人奉天市行政處長章俊民；放送戲曲，12 月 14 日午後十時三十分第二放送（滿語）協和劇團出演；12 月 15 日午後八時三十分第一放送（日語）協和劇團出演；色紙即賣會 12 月 15 日到 20 日滿蒙百貨店；音樂和演劇 12 月 16 日、17 日兩日在第二女子國民高等學校禮堂午後六時半由滿鐵奉天音樂隊、協和劇團出演，會費三十錢；12 月 19 日、20 日兩日紀念會館午後六時半由滿鐵奉天音樂隊、協和劇團出演，會費五十錢；無料（免費）施療 12 月 14 日起至 23 日止（鮮滿人陰曆）診療場所醫大病院、滿赤奉天病院、市內開業醫、齒科，對貧困病弱者實施鄰保委員及滿赤發行之無料（免費）醫療券」〔註16〕

1939 年 12 月「歲末同情周間」活動的主要內容除募集同情袋、「醫大」和「滿赤醫院」開設義診、「協和劇團」和「滿鐵奉天音樂隊」演奏之外，還有通過放送（廣播）的演講宣傳慈善事業等內容。

二、以 1939 年為樣本的「歲末同情周間」分析

為了更直觀地闡釋和分析《盛京時報》對「歲末同情周間」的策劃和報導，本文作者選取 1939 年 11 月到 12 月底兩個月中《盛京時報》晨報、晚報所有關於「歲末同情周間」相關的題目，總結如下表 9-1：

〔註16〕第五回歲末同情周間實施行事決定，盛京時報，1939 年 12 月 6 日晨刊，2 版。

表 9-1　1939 年《盛京時報》以「歲末同情周間」活動的相關報導〔註17〕

序號	時間	版面	標題	地點
1	1939 年 11 月 23 日	晚刊二版	亙七日全市實施歲末同情周間	奉天
2	1939 年 11 月 24 日	晨刊五版	邁進社會救濟事業十字會設施診所施療	黑山
3	1939 年 11 月 24 日	晨刊五版	廣濟慈善會開始放粥紅十會下月一日亦放	吉林
4	1939 年 11 月 25 日	晚刊二版	歲暮同情周實施在邇開始調查個貧戶	奉天
5	1939 年 11 月 25 日	晨刊五版	賑濟災黎演義團博施濟聚集腋成裘	海城
6	1939 年 11 月 25 日	晨刊五版	國立癩病療養所明春開始收容	鐵嶺
7	1939 年 11 月 25 日	晨刊五版	救濟西南水災冬賑籌備完畢	鐵嶺
8	1939 年 11 月 26 日	晨刊二版	滿赤劃期施療施藥實施百萬人救濟策	新京專電
9	1939 年 11 月 26 日	晨刊五版	歲末同情周吉市舉行各事項	吉林
10	1939 年 11 月 28 日	晨刊五版	慈善總會救濟貧民決定來月一日開始施粥	哈爾濱
11	1939 年 11 月 29 日	晚刊新京特刊	下月一日設立粥鍋五處約有五千餘口領粥票業已配給	
12	1939 年 11 月 29 日	晨刊頭版論說	醫藥施療與國際防疫	
13	1939 年 12 月 1 日	晨刊五版	歲末同情周間先行調查貧民	蓋平
14	1939 年 12 月 1 日	晨刊八版	紅十會大連分會施粥廠開辦有期	大連
15	1939 年 12 月 2 日	晨刊五版	通化官民協力施糧醫藥	通化
16	1939 年 12 月 2 日	晨刊五版	為救濟一般貧民舉行年末同情周	哈爾濱
17	1939 年 12 月 5 日	晚刊二版	歲末同情行事巡迴指示辦法	奉天

〔註17〕本表作者根據 1939 年 11 月到 12 月之間《盛京時報》內容製作。

18	1939 年 12 月 6 日	晨刊二版	第五回歲末同情周間實施行事決定	奉天
19	1939 年 12 月 7 日	晨刊五版	歲末同情周間廣行救濟貧民	海城
20	1939 年 12 月 8 日	晨刊新京特刊	首都歲末同情周間印發同情袋十萬枚諸大慈善家量力捐助	新京
21	1939 年 12 月 9 日	晚刊二版	歲末同情周間國都將自十五日募賑	新京
22	1939 年 12 月 9 日	晨刊五版	牡丹江年末同情周決自月之二十日起舉行	牡丹江
23	1939 年 12 月 9 日	晨刊五版	慨解義囊拯救街頭老婦匿名軍人義舉可風	齊齊哈爾
24	1939 年 12 月 10 日	晚刊二版	第五回歲暮同情募金在市屬演舊劇	奉天
25	1939 年 12 月 12 日	晨刊五版	救濟旱災官公署及各種團體協力發起募集義捐金	大連
26	1939 年 12 月 13 日	晨刊頭版論說	募集歲暮同情金	
27	1939 年 12 月 13 日	晨刊五版	為謀救濟貧苦民眾徹底調查貧困原因	哈爾濱
28	1939 年 12 月 14 日	晨刊二版	鄰保努力救護貧民並調查貧困者真相	奉天
29	1939 年 12 月 14 日	晨刊二版	省立救療所現已竣工舉行落成式（戒除鴉片）	奉天
30	1939 年 12 月 15 日	晨刊二版	同情周間自昨日開始施療演劇募賑	奉天
31	1939 年 12 月 15 日	晨刊五版	年末同情周擴大舉行演義務戲募欵	蓋平
32	1939 年 12 月 19 日	晨刊五版	劉信一道士誠善舉本冬爰例設立粥廠	鐵嶺
33	1939 年 12 月 20 日	晨刊二版	奉市滿映加盟電影院釀金救助貧民	奉天
34	1939 年 12 月 20 日	晨刊六版	十字會施粥	昌圖
35	1939 年 12 月 23 日	晨刊五版	赤十字分院舉行盛大落成式	普蘭店

　　通過如上表 9-1，1939 年「歲末同情周間」活動是從 1939 年 12 月 14 日到 20 日一周時間。《盛京時報》卻早在 1939 年 11 月底就逐漸開始在報紙上報導「同情周」的內容。在報導的頻率上，《盛京時報》採用的是集中報導的形式。在晨報和晚報穿插報導，基本達到了每日不少於一條新聞信息，在我們採集的為期一個月的樣本中《盛京時報》晨報、晚報關於「歲末同情周間」的報導總計 33 篇。在報導的範圍上，《盛京時報》不僅立足於奉天本地，而且把報導的範圍擴大到吉林、海城、黑山、新京、鐵嶺、蓋平、昌圖、普蘭店等「滿洲國」各地，對各地施行的「歲末同情周間」進行報導和宣傳。在報導的方式上，《盛京時報》不僅在晨刊 5 版和晚刊 2 版上進行新聞消息報導，並且運用論說、新京專版等形式進行評論和專題報導，因而在報導的形式上採用集新聞報導、評論、專題報導於一體的形式。

　　值得注意的是，在 1939 年「歲末同情周間」活動中，《盛京時報》發表了兩篇論說，一篇是 1939 年 11 月 29 日頭版頭條「醫藥施療與國際防疫」，一篇是 1939 年 12 月 13 日頭版頭條論說「募集歲暮同情金」。一般來說，評論是一份報紙主要思想及輿論引導的重要內容。因而《盛京時報》論說的內容往往是時事評論中國家、國際間重大事件等。在《盛京時報》舉辦的眾多活動「事業」裏，即便是「盛京賞」這樣重要的活動「事業」，以論說的形式進行專門的評論也並不常見。而在「歲末同情周間」活動中，《盛京時報》以兩篇完整的篇幅評論關於慈善救濟「歲末同情周間」和「衛生防疫」的問題，說明其對慈善事業宣傳的重視。顯然通過上述分析，我們能夠比較清晰地看到《盛京時報》以「歲末同情周間」為主要內容的慈善宣傳取得強大的殖民宣傳效果。

　　我們認為「歲末同情周間」的活動中，《盛京時報》的角色發生了轉變，《盛京時報》不再一味充當日偽政府宣傳慈善的中介，而作為慈善活動的發起者和主辦者，承載的是構建偽滿殖民文化及維護偽滿傀儡政府正面形象的強大使命。為公眾提供了一種「王道樂土」式的媒介政治幻象。

第四節　利用媒體打造「王道樂土」的政治幻象

　　傳播學理論認為，媒介往往可以打造社會的政治幻象，這種政治幻象往往是媒介通過營造一種有別於真實社會環境的「擬態環境」而完成的。著名傳播學者李普曼在 1922 年《輿論學》一書中就提出的「擬態環境」的概念，

李普曼對「擬態環境」進行了經典的論述，「回過頭來看，對於我們仍然生活在其中的環境，我們的認識是何等的間接。我們可以看到，報導現實環境的新聞傳遞給我們有時快，有時慢；但是我們總是把我們自己認為是真實的情況當作是現實本身……他們的行為是對虛假環境的一種反應。但是，因為是行為，如果見諸行動，其後果就不是在刺激起行為的假環境中而是在發生行動的真實環境中起作用。……因為在社會生活的層次，所謂人對環境的調整當然是通過各種虛構作為媒介來進行的。」〔註18〕

李普曼《輿論學》中關於「擬態環境」的論述為後人研究媒介提供了重要的理論依據。我們認為媒介通過報導反映的現實世界並非現實本身，而是一種與真實世界相近的「擬態環境」，而有的時候「擬態環境」比較客觀、真實、全面、客觀地反映真實世界；而大多數時候媒介只是提供單面的、不健全的新聞，甚至是以扭曲和錯誤的方式提供了一幅虛假的現實世界景象。「過多地接觸新聞可能會使受傳者對於社會上究竟什麼才是通常的、正常的、合乎常規的事情反而知之甚少」〔註19〕。最終導致受眾迷惑於媒介建立起來的「擬態環境」，從而難以把握現實。

具體而言，我們認為《盛京時報》在1935年末開始組織的「歲末同情周間」活動，以新聞報導、論說、系列報導等形式對偽滿慈善事業的宣傳，是一種為「滿洲國」政府和日本侵略者製造的有別於現實世界的「擬態環境」，通過慈善活動的宣傳，營造一種「滿洲帝國」國家實施「仁政」、「博愛」，救濟眾生，人民生活安逸，安居樂業，即便貧民也能在新年到來之前，穿上棉衣、吃上飯的「政治幻象」。

一、營造一種有別於真實世界的「擬態環境」

《盛京時報》對「滿洲國」慈善事業報導和宣傳主要是通過1935年底開始的「歲末同情周間」活動進行的。《盛京時報》在每年 12 月開始，以密集型報導、論說、連載等方式報導「滿洲國」各地如何組織開展「歲末同情周間」活動的。我們依然以《盛京時報》1939 年 11 月到 12 月「歲末同情周間」為例，通過新聞標題歸納，分析《盛京時報》所營造的「擬態環境」。如下表9-2：

〔註18〕 李普曼著，林珊譯：輿論學，華夏出版社1989年版，第9頁。
〔註19〕 （美）沃爾丁·賽弗林，小詹姆斯·W，坦卡特著，陳韻昭譯：傳播學的起源、研究與應用，福建人民出版社，1985年版，第210頁。

表 9-2 1939 年《盛京時報》「歲末同情周間」期間相關新聞標題〔註20〕

單位	新聞標題
各地政府舉措	1.（通化）通化官民協力施糧醫藥 2.（新京）下月一日設立粥鍋五處約有五千餘口領粥票業已配給 3.（奉天）歲末同情行事巡迴指示辦法 4.（哈爾濱）為謀救濟貧苦民眾徹底調查貧困原因
各種慈善機構舉措	1.（吉林）廣濟慈善會開始放粥紅十會下月一日亦放 2.（哈爾濱）慈善總會救濟貧民決定來月一日開始施粥 3.（黑山）邁進社會救濟事業十字會設施診所施療 4.（大連）紅十會大連分會施粥廠開辦有期 5.（奉天）省立救療所現已竣工舉行落成式（戒除鴉片） 6.（昌圖）十字會施粥 7.（普蘭店）赤十字分院舉行盛大落成式
廣大市民救濟活動	1.（齊齊哈爾）慨解義囊拯救街頭老婦匿名軍人義舉可風 2.（鐵嶺）劉信一道士誠善舉本冬爰例設立粥廠
劇團、電影院義演	1.（海城）賑濟災黎演義團博施濟聚集腋成裘 2.（奉天）同情周間自昨日開始施療演劇募賑 3.（奉天）第五回歲暮同情募金在市屬演舊劇 4.（蓋平）年末同情周擴大舉行演義務戲募欵 5.（奉天）奉市滿映加盟電影院釀金救助貧民

非常明顯地，我們從上表中看出《盛京時報》在 1939 年 11 月到 12 月為期兩個月的報導中，通過各地政府、民間慈善機構的救濟措施，廣大市民的救濟活動，劇團、電影院義演的方式，基本上營造了一種歲末時期「歲末同情周間」，「滿洲國」內，政府對臣民施「仁政」，粥廠施粥、年末的各種慈善募捐「如火如荼」，音樂會、劇團、電影的義演募集救濟金，貧苦百姓年末能吃上飯、穿上棉衣，高高興興過新年的「擬態環境」。

在報導方式上，《盛京時報》善於利用連載、列數字等形式，突出「救濟」、「施糧」、「義演」「賑濟」等關鍵詞，為偽滿慈善事業宣傳。如 1940 年 12 月25 日《盛京時報》二版用「歲末同情解囊者風起雲湧約達兩萬元」為標題進行報導，列舉奉天募集慈善金約兩萬元顯示慈善資金募集得比往年多：「年關已臨近，對於不幸之貧民加以扶助計，日下奉天市歲末同情所舉辦之各種行

〔註20〕作者根據 1939 年 11 月到 12 月《盛京時報》各版關於「歲末同情周間」相關新聞標題總結製作。

事，救濟資金及同情袋，每日由市民之手寄至市公署內者較例年之成績更為
良好……至二十四晨，共計為九千二百二十八圓四角一分，此外加以分區所
募集的一萬元加入，共約兩萬元之形勢。如此好成績，可見一般市民對鄰保
共動精神之貫微雲。〔註21〕」

　　再如，1941 年 12 月 16 日《盛京時報》開始以每日一篇（五篇）連載的
形式回顧了當時奉天主要慈善機構，同時派新聞記者巡視奉天主要粥廠，寫
成「八里堡粥廠視察記」五篇在 1941 年 12 月 18 日前後相繼發表。作者總結
1941 年 12 月關於《盛京時報》「社會福祉事業概觀」五篇連載標題如下表 9-3：

表 9-3　1941 年 12 月《盛京時報》「社會福祉事業概觀」連載報導〔註22〕

序號	時間	版面	名稱	標題
1	1941 年 12 月 16 日	七版	紅十字會瀋陽恤養院	恤孤恤嬰恤嫠恤產恤瘝在抱慈善為懷
2	1941 年 12 月 17 日	七版	奉天育嬰堂	收容嬰兒施以教養創設卅載成績昭然
3	1941 年 12 月 18 日	七版	奉天同善堂	贍老育嬰濟良救產工廠病院造福躬黎
4	1941 年 12 月 19 日	七版	女子職業傳習所	養成女子獨立精神道德技藝兼修並進
5	1941 年 12 月 20 日	七版	奉天直隸會館	捨衣興學廣行善舉施療護妊成績尤昭

　　從題目上看，用「慈善為懷」、「造福躬黎」、「成績尤昭」等描述偽滿時
期奉天各個慈善機構。

　　我們認為《盛京時報》對「歲末同情周間」的策劃和報導，營造一種有
別於現實社會的「擬態環境」。並不能說明偽滿慈善事業發展的真實狀態，單
憑一周時間進行慈善事業，更多的是一種教化宣傳方式。其真實的目的是利
用慈善事業進行新聞宣傳，從而製造一種「王道精神統治國家，民眾生活安
居樂業，百姓生活幸福」的媒介幻象。而真實的「滿洲國」社會環境並非如
此。根據作者的查閱，實際上偽滿時期的日本侵略者在東北長達 14 年的殖民
統治，瘋狂地掠奪東北的糧食、礦產、石油、森林、煤炭等資源，造成東北
人民生活動盪不安、飢寒交迫、民不聊生。以煤炭為例，1933 年到 1936 年間，

〔註21〕歲末同情解囊者風起雲湧約達兩萬元，盛京時報，1940 年 12 月 25 日，2 版。
〔註22〕作者根據 1941 年 12 月 16 日到 20 日《盛京時報》第七版製作。

僅撫順地區每年向日本運送煤炭達到 200 萬噸〔註23〕。日偽還成立「滿洲石油會社」和「滿洲合成燃料會社」負責開採東北各地區石油等其他資源。對大興安嶺等地木材等資源進行掠奪。為了搜刮戰略物資，日本侵略者在東北地區對糧食、鹽、油、煙等進行控制。對糧食實行強制出荷制度，無論收成好壞，一律按耕種面積出荷糧食，導致很多農民口糧不足，上交糧食後，自家只能靠吃野菜充饑〔註24〕。

二、打造「王道樂土」的政治幻象

關於「政治幻象」的概念，美國新聞學者蘭斯·班尼特在《新聞：政治的幻象》一書，這樣解釋，「有的領導者讓自己的追隨者喪失幻想，有的領導者會把政治形勢描述得對自己非常有利，而前者的政治生涯往往比後者短。因此，新聞裏充斥著精心編製的故事也就不足為其了……。新聞往往把政治世界轉化為以受眾感情和價值觀為基礎的東西了。事實上，評判政治技能的標準是：是否能夠使公眾對某一形勢的解讀深信不疑，而不管在這個過程中實際情況是如何被扭曲或簡化的。〔註25〕」也就是說，政治領導者往往充分利用媒介，精心編造「故事」，從而製造出有別於現實世界但對政治有利的言論和氛圍。而讓受眾相信這是「現實世界」，從而有利於統治者的利益。這樣的例子比比皆是，如第二次世界大戰期間，納粹德國利用報紙、廣播、公共演說等媒介展開輿論攻勢，推行其所謂「日耳曼」民族是優等民族說，在德國乃至整個歐洲形成一種心理上的狂熱，使法西斯勢力迅速抬頭、生長、蔓延，從而爆發第二次世界大戰。

「滿洲國」成立之後，以溥儀為代表的滿清遺老們等政治勢力希望借助日本人的勢力，在東北延續其「帝王」的統治。在思想上，以鄭孝胥等為代表的政治勢力積極推動中國儒家孔孟思想中的「王道精神」。因而在媒介宣傳上，統治者更希望報紙、雜誌、廣播為代表的媒介打造所謂「王道樂土」的「政治幻象」。其實，所謂「王道樂土」是「王道精神」的一個重要部分。「王道樂土」的觀念最早是孟子提出的，孟子講「王道」、「民本」、「仁政」。其「王

〔註23〕姜念東，伊成，解學詩，呂明元，張輔麟合編：偽滿洲國史，吉林人民出版社，1980 年版，第 302 頁。

〔註24〕本文作者參考中央檔案館編：東北經濟掠奪，中華書局，1991 年版，第 557、558 頁。

〔註25〕（美）W 蘭斯班尼特著，楊曉紅、王家全譯：新聞：政治的幻象，當代中國出版社（北京），2005 年版，第 150 頁。

道」具體是指「以德行政者王」就是有德行的人才能成為一個國家的最高統治者。孟子認為實行王道的國家才能「保民而王」,才能「樂以天下,憂以天下」(《孟子·梁惠王下》)。「王道」思想可以說是孟子主要思想如「民本」、「仁政」、「性善論」的最高境界。他認為一個國家只有實現「王道」統治,國家人民才能得以幸福。因而「王道樂土」的含義就是指施行仁政,把國家治理的很好,人民安居樂業。〔註26〕「王道樂土」被認為是中國儒家學派尤其是孟子思想的最求理想,用「王道」治理國家,統治者施以「仁政」,國民生活安居樂業,從而形成「王道樂土」的境界。

而鄭孝胥為代表的「滿洲國」「王道精神」的主要內容基本延續了孟子的思想,鄭孝胥在其《王道學》中論述了「王道思想」的核心內容,成為「滿洲國」建國後被普及的「建國精神」,他認為「博愛謂之仁,行而宜之之謂義,由是而之焉之謂道」〔註27〕,因而在國家中施行「博愛」、「仁政」才能真正實現「王道」的政治理想。以德服人、君王施行仁政等思想成為鄭孝胥為首的偽滿傀儡政府思想重點。鄭孝胥認為在「滿洲國」境內建立一個王道理想國家,只有遵循中國傳統的儒教禮義,才能真正使臣民服從於「帝王」,才能實現所謂的「王道樂土」。

因而在「滿洲國」成立時,溥儀在執政典禮時,鄭孝胥宣讀《執政宣言》就承諾了「滿洲國」要建立「王道樂土」的政治理想:「人類必重道德,然有種族之見,則抑人揚己,而道德薄矣。人類必重仁愛,然存國際之爭,則損人利己,而仁愛薄矣。今吾立國,以道德仁愛為主,除去種族之見,國際之爭,王道樂土,可見諸事實。凡我國人,望其勉之。」〔註28〕

實質上「滿洲國」政府是希望用中國儒家傳統學派孔孟之道控制東北民眾的思想,一方面抵制上世紀 20 年代在中國開始的馬克思主義思想風潮,另一方面用孔孟之道的「忠君」、「愛國」來維護「滿洲帝國」的統治,從而真正維護統治者利益。

而這種「王道樂土」的政治幻象,需要利用媒體進行精心地策劃和宣傳。顯然慈善事業成為媒介打造「王道樂土」政治幻象的有力武器。以《盛京時

〔註26〕 李瀚文,馬濤主編:成語詞典(第 4 卷),九州出版社,2001 年版,第 1718 頁。

〔註27〕 程克祥釋:普及建國精神教育資料——王道入門,吉林省公署公報,1933 年,第 393 期,第 8 頁。

〔註28〕 溥儀,我的前半生,北京:群眾出版社,1964 年,第 227~228 頁。

報》為代表的偽滿中文大報，以「歲末同情周間」的具體活動，在報紙上成功打造出「滿洲國」內在每年歲末，政府對貧民施以「仁愛之心」，施糧施藥，關愛百姓；各種慈善機構救濟貧民；民眾間「慈悲為懷」，紛紛捐助錢財、糧食、衣服，整個社會是一副「王道樂土，百姓安居樂業」「幸福」場景。進而完成為統治者打造「政治幻象」的目的。

第五節　對以「歲末同情周間」等慈善事業宣傳的評價

我們對以《盛京時報》「歲末同情周間」為代表的「滿洲國」慈善事業的策劃和宣傳，應該辯證地一分為二地看待：一方面，「滿洲國」利用媒體對慈善事業的大力宣傳，從客觀上促進了偽滿時期社會慈善事業的發展，其內容成為東北地區社會慈善事業歷史中不可缺少的組成部分。

一、「歲末同情周」是日偽進行慈善宣傳的重要手段

我們認為《盛京時報》從 1935 年底開始舉辦的「歲末同情周間」活動及其他慈善宣傳是偽滿洲國利用報紙媒體對慈善社會事業大力宣傳的一個縮影。當時的偽滿洲國，日偽政府每年年底在東北各地區組織的「歲末同情周間」活動主要的目的是維護日偽政府利益，維護社會穩定，為營造「王道樂土」政治幻象製造輿論。它從本質上說，並不是偽滿政府為改善民生、實施社會慈善事業的具體措施，而只是作為媒介手段，進行輿論宣傳的工具。因而「歲末同情周間」活動並沒有從根本上解決偽滿洲國貧民吃飽穿暖的問題，而是借助這樣的活動進行新聞宣傳和輿論塑造，帶給公眾一種政府實施「仁政」、「博愛」，營造「王道樂土」的政治氣氛。但在效果上看，《盛京時報》對「歲末同情周間」活動的策劃和宣傳帶了強大的媒介效應，《盛京時報》在「歲末同情周間」活動中，比較成功地打造出「滿洲國各地政府普濟救助貧民，廣發善恩，募集善款；民間富紳大戶接濟貧民，民眾積極參與，獻出愛心」的「擬態」社會環境。其真實的目的是利用慈善事業進行新聞宣傳，從而製造一種「王道精神統治國家，民眾生活安居樂業，百姓生活幸福」的媒介幻象。這種媒介打造除來的「政治幻象」，其真正的目的是維護日本侵略者為代表的統治階級利益。

二、客觀上促進了慈善機構及醫藥衛生防疫體系的完善

我們認為以「歲末同情周」為代表的「滿洲國」慈善事業,客觀上促進了東北地區的慈善事業及醫藥衛生防疫體系的發展。1931年九一八事變之後,「滿洲國」傀儡政府執政,在「滿洲國」成立之初就國務院民政司成立「滿洲國中央社會事業聯合會」負責接管民國時期東北地區的主要慈善機構及每年對慈善事業的調查、統計及實施措施等。「滿洲國中央社會事業聯合會」成立之後,在各個地方成立「地方社會事業聯合會」,統一管理各地區的官辦及民辦的慈善機構,這樣有利於統籌規劃,在客觀上完善了東北慈善機構的功能,使其社會職能分類更加詳細和明確。另外「滿洲國中央社會事業聯合會」負責調查和巡視各地區每年的社會事業發展及宣傳情況,並且編輯出版《滿洲社會事業概覽》一書,詳細記錄了每年各地區統計每年各地區慈善機構、從事的慈善活動等,成為東北地區慈善事業發展重要的研究資料〔註29〕。

由於東北地區自然災害頻發,導致流行性傳染病如天花、霍亂、鼠疫等疾病頻發,受傳染疾病折磨致死的人不計其數。從1911年東北鼠疫開始,民國政府在東三省設查疫局,在各地檢查協疫人口,1913年北洋政府各省會及商埠均設警察廳,下設總務、行政、司法、衛生4科,其中衛生科主要負責衛生防疫事務。在1919年在黑龍江省成立防疫處。在偽滿時期,由於「滿洲國」政府為防止傳染疾病的流行,首先在「滿洲國」民政部設立衛生司,下設醫務、防疫、保健三科,統一管理醫療衛生及流行疾病的預防、隔離和治療;在疾病的防疫方面,在滿鐵醫院、滿洲醫科大學等設立臨床實驗室,負責研製流行性疾病的疫苗。如1934年、1935年京白鐵路沿線與平齊沿線相繼發生鼠疫,滿鐵各地保健所增設細菌化驗室,開展防疫工作〔註30〕。偽滿洲國政府針對部分地區夏季出現的赤痢及虎烈拉傳染病(一種腸道疾病),在滿洲醫科大學等醫學院開設專門研究所,《盛京時報》在1939年「盛京科學賞」獲得者謝秋濤即專門研究虎烈拉等傳染性疾病專家。第三,在1937年12月1日,以敕令365號公布《傳染病預防法》,〔註31〕成為大偽滿時期第一部傳染

〔註29〕 本文作者在吉林省博物館和網絡數字圖書館(cadal)中找到關於1934年和1935年《滿洲社會事業概覽》,此書在偽滿期間每年編輯一輯,主要負責統計偽滿洲國各地官辦及民辦的慈善機構,每年各地區慈善救助金籌措、發放等內容。

〔註30〕 根據遼寧省衛生志編纂委員會:遼寧省衛生志,遼寧古籍出版社,1997年版,276頁。

〔註31〕 吉林省地方志編撰委員會:吉林省志·衛生志,卷40,吉林人民出版社,1992年版,第19頁。

病預防法規，比較完整地規定了傳染疾病的類型、隔離以及治療的手段，並在法規中規定患有傳染性疾病的患者必須強制進行隔離，對一些傳染性疾病建議強制進行注射疫苗。因而，偽滿時期衛生機構的設立，細菌、傳染性疾病的研究所的建立客觀上都為東北地區衛生防疫事業的發展奠定了基礎。

三、客觀上發展了東北地區文化教育

偽滿時期對慈善事業的大力宣傳在客觀上促進了東北地區文化教育的普及。從清末、民國時期開始，政府為救助貧民及無家可歸人士，往往設立貧民習藝所，教養工廠等以加強對貧民的思想教化和文化教育、技能等內容的普及。1908 年，奉天貧民習藝所成立，成為東北地區第一家提供謀生之計的慈善場所。1916 年奉天貧民習藝所由奉天童善堂接管，習藝所分「建築、皮革、縫紉、染工、織工、印刷、木工、銅鐵」等不同項目分別對貧民施行教授，習藝所內不僅提供衣服、被褥及伙食外，「生產餘利以七成歸公，三成歸藝徒，」作為謀生的資本。以三年作為習藝所學習期限，三年畢業後，可去工廠做工，也可自謀職業〔註 32〕。偽滿期間「滿洲國」為了宣傳慈善事業，擴大了很多貧民習藝所及教養工廠。另外，偽滿時期設立專門的女子傳藝所，如「奉天女子傳習所」，專門收無家可歸及被拐賣女性，傳習所設立各種分科，主要教女子識字、織布、紡紗等各項技能。在客觀上為東北文化教育、技能的普及起到了積極作用。

因而，我們認為偽滿洲國政府在偽滿時期以報紙作為媒介手段進行的慈善事業宣傳，具體說以《盛京時報》主辦的「歲末同情周」為代表的偽滿慈善事業宣傳，雖然從客觀上為東北慈善事業及衛生防疫體系發展奠定了基礎，但是它的本質是日本侵略者利用媒體打造其「王道樂土」殖民統治的重要手段，它是日偽在東北地區進行殖民文化侵略的重要手段，帶有著強烈的欺騙性和煽動性，對此我們必須有清醒地認識。

〔註32〕遼寧省地方志編纂委員會編：遼寧省民政志，遼寧科技出版社，1996 年版第298 頁。

結　論

　　1931 年九一八事變後，日本侵略者加緊對中國的侵略擴張，在 1931 年 9
月 18 日以武力侵佔了中國東北，從此開始了對中國東北長達 14 年的殖民統
治。日本統治者為加強殖民統治，在東北以及中國的其他地區建立所謂「大
東亞殖民理想」，因而利用報刊、雜誌等大眾傳播媒介對東北地區的進行殖民
文化宣傳和教化，試圖以這樣的方式對東北地區人民進行思想滲透和精神控
制。日本殖民者在《盛京時報》、《泰東日報》、《大同報》等有影響力的報紙
宣傳「建國精神」、「王道思想」，宣揚「日滿親善」、「日滿一家」的殖民思想，
最終達到其殖民文化統治的真正目的。

　　偽滿時期《盛京時報》主辦的各種「事業」，無論以文藝、體育、教育、
旅遊、慈善、市民文化等各種內容，實質上都是為日本殖民統治服務的。《盛
京時報》主辦的這些「事業」，一方面向民眾灌輸了「王道思想」、「建國精神」
的殖民意識形態，另一方面一方面以崇尚日本為尊，推崇日本文化內容，通
過文藝、醫學、體育、旅遊等方面進行各種形式的宣傳教化，妄圖達到殖民
文化宣傳和教化的真實目的。可以肯定地說，日本侵略者利用《盛京時報》
報紙媒介傳達一種殖民文化意識形態，彰顯了日本殖民文化構建的野心，是
文化侵略的重要內容。因而，通過系統地闡釋、分析偽滿時期《盛京時報》「主
辦事業」的研究，我們得出如下結論：

一、偽滿時期《盛京時報》主辦的各項「事業」評價

　　《盛京時報》自 1906 年 10 月 18 日由日本人中島真雄在奉天（瀋陽）創
刊，到 1944 年 9 月由於日偽進行第三次新聞整頓將《盛京時報》合併成《康

德新聞》，前後經歷了 38 年的發展歷程，其中《盛京時報》經歷了清朝末年、民國時期、偽滿時期三個重要的發展時期。從民國時期開始，《盛京時報》由於其辦刊的特色、言論犀利，逐漸成為當時東北地區發行量最大的中文報紙之一，為受眾廣泛接受。在偽滿時期，作為日本殖民統治輿論宣傳的重要工具，《盛京時報》成為日偽官方倚重和信賴的中文大報，其影響力日益加深，成為東北地區最具影響力的中文大報。偽滿時期《盛京時報》則逐漸通過兼併、收購、擴張的路徑完成當時東北地區最大的中文報社。

因而，在《盛京時報》辦刊 38 歷史中，總體上說偽滿時期是《盛京時報》鼎盛時期，《盛京時報》成為「滿洲國」最具影響力、發行數量最多的報紙。這種影響力不僅是在言論方面被體現出來，在《盛京時報》主辦的多項「事業」中也被清晰、全面地展現出來。具體地說，《盛京時報》在偽滿時期主辦的「盛京賞」活動，從 1936 年開始，每年 10 月舉辦一次，以推舉「滿洲國」「傑出人才」的形式，持續了 9 屆。這是東北地區當時唯一以報紙命名的文化獎項，對「滿洲國」文化發展及「人才推舉」具有及其重要的作用。「盛京賞」活動甚至在 1944 年 9 月《盛京時報》併入《康德新聞》之後依然延續。其活動所選舉出的「科學盛京賞」、「文藝盛京賞」、「體育盛京賞」、「語學盛京賞」等各項獎項的「傑出人物」及其貢獻，成為我們研究偽滿時期文化、歷史研究的重要的內容。「盛京賞」也作為《盛京時報》的報紙品牌，成為偽滿時期幾項重要的文化獎項受到「滿洲國」及日本本土的重視；《盛京時報》所主辦的「京吉驛傳馬拉松大會」、「奉天足球大會」、「滿華聯歡象棋大會」、「滿洲優良兒童表彰會」及「滿洲三十五景選取」、「歲末同情周間」等活動，無疑讓《盛京時報》成為偽滿時期「滿洲國」最具影響力的中文報刊。

從組織各項活動「事業」的方法和內容上看，《盛京時報》當時舉辦的「事業」的手法是成熟的，這些具體的活動不僅涵蓋「全國」的範圍，如評選「盛京賞」、「優良兒童」等內容，彰顯了一份「全國性」的報紙在整個「滿洲國」的影響力，同時《盛京時報》組織的活動也注重結合地域性，如組織「奉天足球大會」、「奉天市民滑冰會」等內容，這種能兼顧地方和「全滿洲」組織活動的方式，也彰顯了當時中文大報的影響力。

我們從《盛京時報》組織、策劃的各項「事業」，可以清晰地看到日本侵略者對中國東北地區進行文化殖民的手段和路徑。日本侵略者對中國東北地區的侵略，並不滿足於武力佔領和資源掠奪，而是希望在東北地區建立完全

意義上的殖民文化統治，這種殖民文化統治的內容不僅包括文化的基礎層次如科學、文藝、體育、教育、市民生活等方面，還包含文化的更深層次如宗教信仰、民族意識等。日本侵略者利用《盛京時報》組織策劃的活動，被認為是一種有意識地進行殖民文化滲透和思想教化的具體體現。

另外，《盛京時報》在組織和策劃的多項「事業」中，其作為大眾傳播媒介的社會角色發生了重大轉變，在「盛京賞」、「京吉驛傳馬拉松大會」、「滿洲優良兒童表彰會」等活動中，《盛京時報》不僅承擔了報導新聞、傳遞信息的媒介角色作用，更重要的是它已經成為日本殖民文化宣揚者和實施者組織、策劃這些活動，妄圖推動日本殖民文化意識形態在東北建立起來。因而《盛京時報》的媒介社會角色已經從社會信息傳遞者、輿論引導者轉變成為日本殖民文化的宣傳者和具體實施者。這種社會角色的轉變在當時的中文大報中，只有《盛京時報》可以做到。

二、本文的意義

從世界歷史上看，從上世紀三十年代初日本扶持溥儀為代表的傀儡政權在中國東北建立的偽滿洲國，作為東亞歷史上不可或缺的部分，成為我們還原東亞歷史及抗日戰爭歷史的重要內容。本文作者以偽滿時期「滿洲國」當時最具影響力的中文報紙《盛京時報》「主辦事業」的內容為依託，詳細分析、闡釋了代表日本殖民意識形態的《盛京時報》主辦各項活動的目的、內容、意義和對受眾的影響，進而系統地展示了日本殖民主義者對中國東北的文化殖民內容和步驟，因而它是研究東亞歷史中日本殖民主義文化研究的重要組成部分。

關於「殖民主義」，根據《韋氏新國際大辭典》的解釋，其具有兩層含義：「其一，殖民主義是這樣一些政治、經濟政策的綜合體。依靠這樣的一些政策，某個帝國能夠保持和發展對其他地區和民族所進行的控制。其二，殖民主義指的是在獲取和維護殖民統治過程中的行為、方式和觀念。〔註1〕」而中國的《辭海》對「殖民主義」的定義：「在資本主義發展的各個階段，西方強國壓迫、奴役、剝削落後國家，把它變成為自己的殖民地、半殖民地的一種侵略政策。〔註2〕」如果翻看歐美主要國家的殖民侵略史，我們不難發現，歐美等主要國家殖民主義侵略主要具備幾個特徵，一是殖民主義帶有著暴力性，

〔註1〕Websters, Third New International Dictionary, Massachusetts U. S. A. 1984, p447.
〔註2〕辭海編輯委員會：辭海，上海辭書出版社，1980 年版，第 1337 頁。

這種暴力性不僅體現在武力奪取政權，更體現在用暴力手段將殖民主義者所在國家文化代替被殖民者當地居民文化；二是殖民主義的手段，歐美等西方國家在進行殖民統治時，把西方的政治制度、語言、文化、教育、宗教、意識形態等內容輸入到所在的殖民地國家，強迫其殖民地國家人民認識和接受。英國、法國、西班牙、荷蘭等國家早期對澳大利亞、新西蘭、加拿大及東南亞、非洲各國實施的殖民侵略政策中得以體現。

在亞洲，日本近代被歐洲以堅船利炮打開國門之後，逐漸意識到落後就要挨打，只有進行變革才能使國家強盛，因而在 1868 年前後開始了「明治維新」等內容的資本主義改革，但與此同時，日本在長達一個多世紀的近代化過程確立了國內資本主義經濟制度同時，也開啟了對鄰國的掠奪和奴役之路。近代日本積極擴充軍備，製造「脫亞入歐」的輿論，對中國大陸、東南亞地區實施武力佔領。日本先是在 1874 年藉口琉球漂流民被殺事件，佔領臺灣；又在第二年 9 月，製造「江華島事件」實施侵略朝鮮；1894 年 7 月發動中日甲午戰爭，走上了侵略中國的道路。日本在 1904 年日俄戰爭中取勝，逐漸加緊對中國東北地區的侵略。

日本在 1931 年 9 月 18 日瀋陽柳條湖附近挑起事件，進而用武力佔領中國東北。1932 年春，日本侵略者扶持傀儡政府建立了「滿洲國」。在以暴力手段武力奪取政權後，日本希望按照日本殖民主義方式統治「滿洲國」。在殖民文化的構建上，報紙等大眾傳媒被日本統治者加以利用，成為殖民文化宣傳的重要工具。

本文作者通過對偽滿時期《盛京時報》「主辦事業」的研究，以新聞傳播學及媒介文化學的視角，通過對《盛京時報》「主辦事業」的內容，深入闡釋日本在偽滿時期殖民文化構建的內容和步驟。《盛京時報》在偽滿時期主辦的主要「事業」及策劃的新聞活動，是日本妄圖將日本殖民文化體系在「滿洲國」建立和形成的具體體現。這種殖民文化在「滿洲國」構建體系從內容和方式上都是有層次的，有秩序的，經過日本殖民者嚴密思考後形成的。它不是單一的、平面的，而是立體的，由文化的表徵等淺層次向人的思想意識和價值觀念等深層次過渡的結果。從而達到日本侵略者有步驟將日本殖民文化灌輸和奴化到東北民眾思想意識中的真實目的。我們從《盛京時報》主辦各項活動中可以歸納出日本殖民主義者利用報刊等傳媒手段對「滿洲國」實施的殖民文化的具體步驟和文化殖民的不同層次。

　　我們認為一個國家的文化的建立的基石在於對國家中人們的價值體系的建立。因而文化的構建其核心是文化價值體系的建立。在文化構建的層次上，荷蘭心理學家吉爾特‧霍夫斯泰德（Geert Hofstede）曾經把文化比喻成洋蔥，文化的符號象徵、英雄、禮儀和價值觀分別代表文化的不同層次。文化的最外層是表徵（Symbols），文化的表徵可以通過構建社會生活中關於文藝、美術、教育、體育、旅行觀光等各方面表現出來。而文化的第二層是英雄，在一個國家的文化中人們所崇拜的英雄，他的舉動、性格等能標誌著這個民族大多數人的舉止、性格及其他；文化的第三個層面是禮儀（Rituals），禮儀是每種文化裏對待人和自然的獨特表達方式。禮儀的層面內容包含的比較深入，如一個民族的人民生活面貌，精神崇拜和內心訴求、價值觀念等內容。這三個層面最終都指向文化的核心層面即人的價值觀念。〔註 3〕

　　按照霍夫斯泰德的文化構建層次的理論，日本侵略者在東北建立的「滿洲國」，希望其按照日本文化的意識形態進行改造。這種改造需要借助《盛京時報》這樣的媒介平臺，通過其組織策劃的各種活動，以主辦各項「事業」帶動的殖民文藝、體育、教育、旅行觀光、慈善事業等內容，更塑造所謂「英雄」和「儀式」，透過文化構建的表徵，進入到更深入的文化層次，最終妄圖達到改變東北民眾的精神世界和價值觀念的目的。

　　具體來說，《盛京時報》從 1932 年到 1944 年間主辦了多屆「盛京賞」活動、「京吉驛傳馬拉松」活動、「奉天足球大會」、「滿華聯歡象棋大賽」、「奉天滿系市民滑冰會」、「滿洲優良兒童表彰會」、「滿洲三十五景選取」、「歲末同情周間」等活動，初步構建了日本殖民文化體系中關於文化中的科學（醫學）、文藝、體育、語言、教育、旅行觀光、慈善事業等不同方面的內容，以日本殖民主義的話語權利和價值觀念灌輸和注入到這些活動中，使民眾的意識進行了潛移默化的改變。

　　第二個層面，我們在《盛京時報》主辦的各項事業中，發現《盛京時報》主辦的各項「事業」中，往往樹立「英雄」、「模範」的方式選舉很多「傑出人才」，這些所謂「傑出人才」是按照日本殖民意識形態和價值評判標準建立的，帶有強烈的殖民傾向。而所謂的「英雄」或「傑出人物」通過《盛京時報》的強大宣傳被受眾接受，並潛移默化受到「英雄」或「傑出人物」影響，

〔註 3〕此段文字本文作者參考了霍夫斯泰德著，李原，孫健譯：文化與組織──心理軟件的力量，中國人民大學出版社，2010 年版，第 6 頁到 11 頁內容。

最終接受日本殖民意識形態的改造。

第三層面，《盛京時報》主辦的各項「事業」中，有意識地將很多活動「儀式化」，如「滿洲優良兒童表彰壯行會」，「儀式」的內容比「英雄」的示範效應更加強大，這種「兒童使節壯行會」上的「儀式」，殖民的權威被強化。它讓「滿洲國」的兒童對日本的文化觀念和宗教信仰帶有強烈的膜拜感，其「儀式」內容也直指精神信仰，因而妄圖徹底改變「滿洲國」兒童的價值觀念。

因而通過對《盛京時報》主辦各項「事業」的分析，我們認為日本殖民主義者利用《盛京時報》在對「滿洲國」實行殖民文化統治是漸進的有層次的，按照文化構建的幾個層次來看，日本殖民文化先建立殖民文化初步表徵，如科學、文藝、體育、語言、教育、旅遊觀光、慈善事業等內容；然後進入到以「英雄」和「儀式」為代表的文化更深層次，最終達到文化構建的核心層次，即價值觀念。

從這個意義上看，偽滿時期《盛京時報》所主辦的各項「事業」，是日本殖民文化在「滿洲國」構建的縮影，它的背後潛藏的是強大的日本殖民主義者對「滿洲國」甚至是整個東亞殖民文化構建的整體思路。

對於以《盛京時報》主辦各項「事業」為代表的日本殖民文化侵略，讓我想起了馬克思關於「殖民主義雙重使命的」的論述。馬克思在 1853 年分別在《紐約每日論壇報》先後以《不列顛在印度的統治》和《不列顛在印度統治的未來結果》兩篇文章，關於英國在印度採取的殖民手段，馬克思這樣評價：「英國在印度要完成雙重的使命：一個是破壞性的使命，即消滅舊的亞洲式的社會；另一個是建設性的使命，即在亞洲為西方式的社會奠定物質基礎。〔註 4〕」在這裡馬克思強調英國在侵佔印度對其進行殘酷的殖民主義統治，破壞原有的社會制度、文化內容，建立殖民統治需要的內容。

我們對待《盛京時報》「主辦事業」為代表的殖民文化內容，應該採用一分為二的方式看待。一方面《盛京時報》在偽滿時期主辦的各項「事業」，客觀上推動了當時東北地區的文藝、體育、教育、旅行觀光和慈善事業等文化內容的發展；而另一方面，我們必須清醒地意識到《盛京時報》主辦的各項「事業」即活動，是日本侵略者對東北地區人民進行文化殖民的重要策略，日本侵略者妄圖通過這些活動進而改變整個東北民眾的思想意識形態，這是我們需要驚醒和批判的。

〔註 4〕馬克思，馬克思恩格斯全集，（第 9 卷）人民出版社，1961 年版，第 247 頁。

附　錄

附錄 1　偽滿時期《盛京時報》主辦各項「事業」一覽表

一、常規性「事業」

名稱	起止時間	報導面、活動報導持續時間	主要內容	主辦、協辦單位
1.「盛京賞」	1936 年～1944 年，每年10 月份，歷時9 屆	每年評選報導的時間跨度大約半月，刊登在報紙顯要位置 1. 方案公布（主辦方、後援）及評選規則 2. 每年人才選定 3.「受賞儀式」 4. 發言講話、受賞人才感想 5. 受賞人才簡歷公布	1936 年開始在全滿評選出醫學、文藝、體育三方面各一名傑出人才，到1940 年又增設滿語和日語語言方面10 大傑出人才	最初主辦《盛京時報》評選委員會，後聯合滿洲醫學會、滿洲文藝家協會、大滿洲體育聯盟以及康德新聞社、滿洲日日新聞社、《大同報》社、《大北新報社》等幾家

事業	時間	流程	內容	主辦單位
2.「全奉天足球大會」	1936 年～1943 年，每年 10 月，持續 8 年	每年 10 月，組織活動、分組、評選裁判，報導比賽大約持續 1 個月，刊登在報紙顯要位置 1. 方案公布、各參賽小組 2. 報導足球賽事 3. 頒獎儀式	1936 年是全奉天中等學校足球大會，1937 年 10 月開始變成全奉天足球大會	主辦《盛京時報》報社、奉天新聞社，後來聯合大滿洲國體育聯盟及奉天市公署
3.「全滿自行車選手大會」	1936 年開始，每年 10 月中旬，持續到 1943 年，歷時 8 年	報導持續十天左右 1. 公布比賽方案 2. 確定裁判、比賽項目、規則 3. 頒獎儀式	1936 年 30 週年特別策劃開始，每年 10 月 18 日左右，分別設置自行車表演賽和競技比賽項目，競技比賽分 1000 米、2000 米、5000 米、10000 米和 20000 米及團體項目	《盛京時報》主辦聯合奉天新聞等幾家媒體
4.「京吉驛傳馬拉松大會」	1935 年開始，基本上每年 5 月底或 6 月初到一直到 1943 年。每年一次，共 9 屆	5 月初公布方案，比賽注意事項、選手募集情況，持續一個月不定期報導，比賽當日及後幾天進行集中報導。	從新京到吉林地區馬拉松比賽	主辦《盛京時報》、滿洲新聞社、大滿洲帝國體育聯盟（1940 年前大滿洲帝國陸上競技協會） 協辦：新京特別公署、吉林省公署、吉林市公署
5.「奉天滿系市民滑冰會」	1939 年開始，每年 12 月中旬，一直到 1943 年，共持續 5 年	時間持續半個月 1. 公告召集、 2. 賽事選拔、新聞報導 3. 優勝者感言等	分個人競技和團體競技，個人、團體競技項目優勝者前三名，競技獎勵各單位團體	主辦：《盛京時報》，後援：體育聯盟奉天事務局

6.「象棋大會」	1936年開始，最初是奉天一地後擴展到奉天到整個偽滿洲國，從1941年每年春季和秋季舉行，一直持續到1944年，歷時9年	時間跨度半月以上，春季是五月下旬開始募集通告，6月初舉行比賽，持續到6月上旬；秋季是十月底舉行。 1. 募集通告、比賽規則、比賽時間地點、主辦協辦單位 2. 比賽三日連續整版多篇報導 3. 比賽後幾日公布結果、授獎儀式、發表評論等 4. 公告「滿華聯歡象棋比賽」規則 5. 報導「滿華聯歡象棋比賽」結果、優勝者簡歷、感想、評獎儀式等	採用聯動式活動策劃，首先《盛京時報》聯合其他報社舉辦象棋大賽，在新京、奉天、天津、哈爾濱、錦州、大連、北京共計七處挑選優秀選手，進行評獎，然後選舉出的優秀選手再參加「滿華聯歡象棋大賽」。	主辦《盛京時報》聯合《大北新報》及其他報社
7.「滿洲優良兒童表彰會」	1940年4月21日開始，每年4月開始，一直持續到1943年，共4屆	報導陣容強大，持續時間長，時間跨度2個月，從4月開始，持續到6月底結束。七月初繼續進行兒童使節團報導，時間大約持續15天。 1. 頭版顯要位置大幅刊出優良兒童表彰會內容、審查事項，彰會內容、舉辦單位、審查要求 2. 民生部大臣會長，新京特別市市長、奉天省省長、民生部各司司長講話內容 3. 報導審查進程 4. 舉辦表彰大會、頒發獎狀、提供42名優良兒童赴日資金 5. 優良兒童赴日參觀遊記、感想、評論	在長春、瀋陽、哈爾濱設審查委員會，在全滿國民優級小學校二年級學生中共選出 42 名學生，成立滿洲兒童使節團赴日本幾地進行參觀遊覽、流學習，使節團遊歷日本歷時15天。	主辦：《盛京時報》、《大同報》、《遼西晨報》、《大北新報》聯合主辦 協辦：民生部及中央審查委員會各司

事業	時間	內容	概述	主辦／協辦
8.「滿洲新人歌手大會」	1939 年開始，每年 12 月初舉行，一直延續到 1943 年，共 5 屆	報導時間跨度半月左右，從 11 月底開始進行通告，召集選手、 1. 通告比賽規則、報名時間、地點 2. 幾輪海選進行報導 3. 決賽情況、優勝者三名新聞報導 4. 頒獎儀式、獲獎感言	海選 30 名男女新人歌手，最終優選出前 3 名獲得新人歌手獎。	主辦：《盛京時報》報社、協辦：奉天中央放映局、百代唱片公司
9.「記者慰問巡迴各都市」	從 1939 年始，多見於秋季，持續到 1943 年，共 5 年時間	連載報導的形式，一般採用的方式集中一個月進行連載報導。讓讀者形成對某一都市或觀光地的連續深刻印象，一般是下半年的某月。	記者走訪各地，發回相關遊記，對各地面貌、特徵記、感悟，對各地面貌、特徵、風土人情進行描述，以連載的形式刊登在報紙	主辦：《盛京時報》報社、協辦：滿洲觀光聯盟
10.「滿洲觀光事業」	時間大概從 1938 年開始，持續到 1942 年左右	分為「募集觀光滿洲論文」活動及「滿洲三十五景選取」三項活動	「觀光滿洲論文」向「滿洲國」內各募集關於「觀光旅行」內容的論文。「滿洲三十五景選取」在「滿洲國」內通過市民選票形式選出 35 處風景名勝	主辦：《盛京時報》報社、協辦：滿洲觀光聯盟
11.「歲末同情周間」	從 1935 年開始，每年 12 月 14 日到 20 日，地點在奉天市。每年一次，一直持續到 1943 年，共 8 屆	活動策劃時間持續半月左右。 1. 提前一周公布活動通告 2. 由《盛京時報》聯合各單位印發同情袋 17 萬枚。（每年不太一樣）免費發放 3. 同情周電影放送話劇現場活動 4. 記者感想、評論、演講	同情周間市民在奉天市內各大醫院免費檢查牙齒、身體。由《盛京時報》發起奉天行政處組織的演員在奉天光電影院處公署演出，所得全部收益捐獻慈善救濟會	主辦：《盛京時報》、協辦：奉天市行政處、無線電日滿放送處、滿洲醫大病院、滿赤奉天病院、市內開業醫、齒科醫院

12. 軍事方面的報導	1937 年後逐漸展開，到偽滿後期達到高潮，從 1940 年開始，每年 6 月、9 月、12 月都舉辦	根據戰爭情況不定期，一次活動策劃在 5 天左右，但每年舉辦多次。 1. 公布活動公告 2. 就戰爭情況進行演講、募集歌曲，軍營參觀等。 3. 儀正情況的報導	其中有國兵法宣傳，募集招兵，壯行兵哥，軍事方面演講大會	主辦：《盛京時報》聯合偽滿洲各國各部門軍人家屬見學活動，《盛京時報》主辦，聯屬第一軍營區司令部，奉天市公署，協和會奉天省本部
13. 「9·18 事變」活動策劃	從 1932 年一直持續到 1943 年，共 13 屆	持續的時間 1 周，採用聯動式策劃形式，9 月 15 日是日本承認偽滿洲國紀念日，先紀念九·一五，然後組織偽滿洲國紀念九·一八事變的各項活動 新聞報導、評論、感想同時配合刊出，集中報導		
14. 「建國紀念」活動策劃	1932 年開始，到 1943 年結束，每年 3 月 1 日，共持續 12 次	持續時間一周，集中報導的形式 發表評論、感想		
15. 《盛京時報》運動年鑒	1938 年開始發行，每年一本，持續到 1943 年，共 6 年，每年 7 月發行	每年單獨發行，定價 1 元 5 角，發行之前在《盛京時報》、《大同報》、《大北新報》進行通告	記錄一年偽滿洲國體育運動比賽情況，體育賽事比賽請款各項比賽如野球、籃攬球、滑冰、拳鬥等比賽規則。	《盛京時報》聯合《大北新報》、《大同報》運動部聯合編製

二、特別「事業」

	報導規模、報導面	內　容	主辦、協辦單位
1936 年《盛京時報》創刊 30 週年特別「事業」	30 週年特別策劃持續一月時間，進行連續報導的形式　1. 活動通告　2. 評獎、頒發獎品、獲獎作品展示等	1. 向市民贈送獎券、現場抽獎　2. 懸賞徵文、設置獎品　3. 向讀者贈送美麗畫報　4. 舉辦「盛京賞」和「全滿自行車競技選手權大會」(兩項都是 36 年特別策劃開始的)	《盛京時報》報社
1941 年《盛京時報》創刊 35 週年特別「事業」	持續半月時間　1. 公布徵集公告　2. 評選規則、表彰　3. 傑出人才簡歷發表、獲獎感言等	表彰滿語日語十傑	《盛京時報》主辦，奉天市公署協辦
	持續一周左右	統一促進運動	《盛京時報》主辦，偽滿觀光聯盟協辦
	持續一個月，　1. 活動通告　2. 介紹候選景觀　3. 連載偽滿洲國景觀遊記、感受	滿洲十五景選定	《盛京時報》主辦，偽滿觀光聯盟明協辦
	持續一週報導、活動通告	放送雄辯大會	聯合滿洲電電
	持續一週報導、活動通告	放送歌唱大會	《盛京時報》主辦，聯合滿洲電電
		對創刊號保留者贈送紀念品	

附錄 2　1932 年及 1940 年《盛京時報》社員

1932 年《盛京時報》社員〔註 1〕

李克廷	穆六田	王冷佛	傅築齊	金小天	金中孚	孫智先	李士榮	高玉章
聞鳳鳴	王質彬	馬翼	吳丞承					
恩化東	夏星五	劉雲志	劉殿傑	劉廷芳	李世哲	張席		
張德發　張永勳　張雅三　巴文治　朱景文　張鳳林　張維民　關德潤　王貴林　張馨芝　劉鴻閣								
趙文忠　方慶魁　張貴　劉樹清　楊景德　劉永貴　管靜達　劉仲元　周安詳　潘治環　陶玉芝								
姜寶英　孫良臣　周致忠　張書霖　劉鴻德　劉國臣　潘治佩　張奉舉　張奎斗　周志遠　張錫麟								
王永生　葛萬祥　那玉峯　王起　王永昌　裴致華　信來生　吳廣君　王者風								
于江　依文本　張國士　馮景斌								
李海山　李少周　楊景文　馬成山　孫鳳閣　徐順義　王化玉　王化周								
王貴卿　張茂林　黃金多　周文升　程玉書　周文璋　劉振堂　張連喜　杜法堯　董喜堯　張兆慶　張步洲								
黃金有　黃慶祥　那景和								
劉治臣　孫元德　周祥　孫雲高　馮彬卿　脫成祥　張玉峰　張樹新　任成智　袁寶興　樊進發								

1940 年《盛京時報》社員〔註 2〕

染谷保藏　菊池貞二　東光明　酒家重好	
廣田正　熊耳貫雄　加藤清一　菅野祐　吉阪上雄一　穆六田　李克庭　金小天　于蓮客　李士榮　韓丞民　賈榮山　李雅森　范景融　李遇吉　王懷偉　韓鍾毓　楊森　安鳳麟　劉英豪　于赤葉　王海波　吳丕承　佟維周　舒崇勳　韓鍾秀　李桂孚　廉鳳鑾　陳少華　李永福　譚寶印	
榎原德三郎　山崎彰　高橋清孝　毛井正男　杳掛教男　宮本利男　水澤良次　穀田部哲雄　瀧澤美惠子　大野杉　永淵カズユ　恩化東　劉庭芳　金亞天　李世哲　王書勳　王道民　梁毓春　孫元德　劉治臣　馮彬卿　孫雲高　孫耀廷　劉敬榮　欒寶田　張玉庫　銀有昌　劉長盛　脫成祥	

〔註 1〕本表作者根據 1932 年 1 月 1 日《盛京時報》3 版「社員賀表」內容製作。
〔註 2〕本表作者根據 1940 年 1 月 1 日《盛京時報》頭版「社員賀表」內容製作。

原田義雄	鈴木義雄	張麟閣	張書俊	張維民	張新芝	鄭玉恒	巴文治	關德印　趙文忠
劉樹清 王永昌	方慶魁 侯振聲	管靜達	劉鴻閣	李之均	李振起	方景春	陳永久	王永生
陳德盛 吳國滿	楊相忱 崔鎮庭	劉同心	李希林	李景福	那景文	王克儉	李恩試	湯文舉
劉千祥 侯希華	路自昌 李希武	于恩林	張之學	徐順祥	李萬發	楊愈會	李世棟	田福成
張子敬 王寶琦	董國會 周文泮	張固本	班永憲	周純仁	杜雲芳	單維垣	舒德昌	鄭玉才
孫克正 喜明	楊金芳	于江	依文本	王錫壽	馬文權	李紹志	王者風	韓慶年　宋
王貴卿 包憲武	張茂林 孔憲哲	周文章	黃金多	周文升	程玉書	仁成智	杜紹興	王振亞
周志成	張寬	刁墨翰	周文漢	張玉九	周鳳岐			
周增森	馬奎良	王德泉	王有德	依文連	高銳峰	王維東	劉永魁	
于濱	任寶忠	于增麟	李士鐸					
伊藤洵治								
福島潔	星野武	牛島猛	高冠山	魏永泰				
市橋太郎	小川健太郎	小林周三	孫錫五	孫民初	李天德	于景周		
田春光	馬心誠							
瀨戶保太郎								
松本五七郎								
有留重利	王德興	中川英義						
段弼忱	趙月鵬	沈廼文	蕭本福	劉煥庭				
賽樹昌 曹笑塵 田作霖	馬欽麟 王英甲	程世魁 郎拙忱	邊振一	劉錦發	邵自立	劉紹炎	佟華章	楊鳳梧

附錄 3　「盛京賞」歷年獲獎情況（註 3）

	科學賞	文藝賞	體育賞	語學賞	獎金及推薦單位
1936年	閻德潤 哈爾濱醫學專門學校校長 主要研究方向：內分泌 民國十二年，南滿醫學堂畢業，民國 20 年（滿洲事變年），哈爾濱醫科專門學校執教	陶明濬 吉林省高等師範學校教授 代表作：《別本紅樓夢》	于希渭 文科部學務司總務科屬官 業績：800 米競賽康德三年（1936 年）最高紀錄 1 分 58 秒（康德三年九月五日西日滿洲國公園競技場第五屆新京預選會體育大會）		獎金： 科學　國幣 300 元 文藝　國幣 200 元 體育　金牌一枚 推薦單位： 科學　滿洲醫科大學教授會 文藝　盛京時報審查委員會 體育　滿洲帝國體育聯盟
1937年	劉曜曦 奉天是公署保健科長長醫學博士 研究方向：解剖學 中國人之骨盤鼻骨、背筋足、背筋 出身南滿醫學堂、滿洲醫大日本解剖學教授副手、曾任滿洲醫大講師	黃式敘 西豐縣縣長 代表作：松客詩（丁卯夏六月刊，單行本，朱孝臧朱伯陳嚴兩先生題字） 東渡詩（康德三年刊，單行本，前有鄭海藏先生題字）	體育賞這一年空缺		獎金： 科學　國幣 300 元 文藝　國幣 200 元 體育　金牌一枚 推薦單位： 科學　滿洲醫科大學教授會 文藝　盛京時報審查委員會 體育　滿洲帝國體育聯盟

［註 3］1936～1943 年「盛京賞」獲獎情況，作者是根據 1936 年～1943 年《盛京時報》統計得出，1944 年頒佈「盛京賞」時，《盛京時報》已經併入《康德新聞》，故 1944 年「盛京賞」獲獎情況，作者根據 1944 年《康德新聞》統計得出。

1938年	秦耀庭 奉天醫科專門學校教授 醫學士 研究方向：生物學 滿洲產蚊蠅瘧疾的研究 50歲 山東齊魯大學畢業	穆六田（儒丐） 盛京時報社論說委員 代表作：福昭創業記	唐國仕 奉天市公署教育科體育股員 業績：第七屆(1938年)滿洲國體育大會馬拉松最高紀錄，2小時41分38秒	獎金： 科學　國幣300元 文藝　國幣200元 體育　金牌一枚 推薦單位： 科學　滿洲醫科大學教授會 文藝　盛京時報審查委員會 體育　滿洲帝國體育聯盟
1939年	謝秋濤 奉天省公署衛生科長 研究方向：細菌傳染病 出身民國元年臺灣總督府醫學校畢業，同年入日本東京傳染病研究所，曾任日本陸軍軍醫防疫所教官	徐長吉（古丁） 國務院總務廳事務官 代表作：《奮飛》	郭義達 交通部大臣官房會計科科員 特長：足球代表選手遠征日本及朝鮮	
1940年	郭光武 哈爾濱醫科大學教授、醫學博士 研究方向：汗腺及肝膽方向研究 年齡41歲，民國八年奉天南滿醫學堂預科、民國十二年本科畢業，任醫學堂附屬醫院醫員，大同元年滿洲醫科大學講師兼同專門部助教，並授京都帝國大學醫學博士，1940年哈爾濱醫科大學教授	梁夢庚（山丁） 滿洲映畫協會製作部計劃課 代表作：小說集《山風》	關成英（女） 遼陽市公署教育科 業績：滿系女子陸上競技選手（樹立）兩項記錄	獎金： 科學　國幣300元 文藝　國幣200元 體育　銀盾一座 推薦單位： 科學　滿洲醫科大學及大陸科學院 文藝　奉天《文選》刊行會 　　　滿洲文話會 體育　滿洲帝國體育聯盟

1941年	王洛	趙孟原（小松）	王永芳	滿語：	獎金：
	民生部技佐·醫學博士	滿洲雜誌社編輯局次長	豐田昰志城銀行調查系	井吉幸男　通陽縣公署	科學　國幣300元
	研究方向：對法醫學及血清學有特殊貢獻	代表作：長篇小說《北歸》	業績：全國百米與籃球代表選手	神昰俊　新京特別市代官 合江省第七代官	文藝　國幣200元
	光緒三十三年生、昭和二年滿洲醫科大學專門部，留學日本，曾任滿洲醫科大學法醫學副手			高橋嘉太郎　間島省和龍縣開山屯警察署 田村清男　奉天市千代 田在滿洲國民學校 田村整一——撫順炭礦總務局勞務課 日語： 王立純　國務院總務廳企劃科 於長連　民生部保健科 劉濟綠　吉林師道高等學校 周潤身　經濟部稅務司關稅科 許明寶　奉天綏中驛長	體育　銀盾一座 推薦單位： 科學　滿洲醫科大學 文藝　滿洲文藝家協會 體育　滿洲帝國體育聯盟

1942年	石增榮	寧謙和	劉爵青（原名劉佩）	
	哈爾濱明明眼科醫院院長 醫學博士 研究方向：眼科，對沙眼及傳染性結膜炎（滿洲國民病）研究甚多 民國九年奉天南滿醫學堂眼科畢業、民國十三到十五年，日本京都帝國大學醫學部留學，民國十六年醫學博士。自建明明眼科醫院，曾授大阪每日新聞社賞。	新京鐵道工場勤務 特長：排球	代表作：小說《歐陽家的人們》	滿語： 牛島敬吾　錦州市綏中國民學校副校長 何金生　奉天維城國民高等學校 田中辰武郎　新京地方法律勤務 李柱雲　四平協和會本部成員 薩摩正義　撫順岩礦勤務 日語： 路德明　奉天南滿中學堂學生 吳家燦　北安省公署警務廳勤務 蘇絽卿　通陽縣伊通街 王福宇　莊河縣公署勤務 姜齊同　東阜新驛

1943年	賈連元	劉玉章（疑遷）	劉佐卿　吉林市公署	滿語（日系之部）
	哈爾濱市立村家甸內醫院長	滿洲雜誌社編輯長	主要成績：康德7年京吉驛馬拉松大會吉林選手第一位，同年7月全國體育大會預選會5000米、10000米第一位	木村肇　新京高等法院
	研究成果：十二指腸內細菌與膽汁分泌之關係、虎列拉之研究，滿洲在住漢民族之巫醫與邪病之研究	代表作：短篇小說《花月集》、風雲集、同心結、天雲集		鶴見唯一　協和會中央本部
	民國十一年七月南滿醫學院畢業，曾任滿洲醫大專門講師			近釵貞一郎　新京特別市長春大街3088　并律師事務所
				太久保一郎　新京市晶平胡同103-2
				篆原美致毅　齊齊哈爾鐵道建設事務所
				日語（滿系之部）
				徐慶德　錦州鐵道局
				李寶璽　中央邪務官訓練所
				白品秋　民生部勞務司
				爾雁書　長春縣公署
				路早印　建國大學學生

附錄 4　1937 年 10 月 7 日到 11 日《盛京時報》對戰局的報導標題〔註 4〕

	時　　間	標　　題	版面
1	1937 年 10 月 7 日	壯！吳家宅攻略戰 00 部隊最初激戰澁谷少佐等壯烈陣亡	頭版
2	1937 年 10 月 7 日	七七工兵少尉周春林投降日軍談華軍連敗與士氣沮喪	頭版
3	1937 年 10 月 7 日	津浦路華軍放棄故城退卻鄭家口武城 日軍主力部隊入德州城矣	號外頭條
4	1937 年 10 月 7 日	佐藤鐵道部隊南下追擊敵軍 日軍擊破劉家行後對敵大部隊加猛攻擊	號外
5	1937 年 10 月 8 日	日軍敢行決死衝突攻陷山西原平鎮	頭版頭條
6	1937 年 10 月 8 日	敵軍在滹沱河一帶配置兵力二十師孫連仲人總指揮疑決雌雄	頭版
7	1937 年 10 月 8 日	轟炸敵軍根據地周家口許州西安	頭版
8	1937 年 10 月 8 日	日軍裝甲列車突入平原而佔領 晉閻向南京報告華軍敗戰情況	頭版
9	1937 年 10 月 8 日	華軍全面的戰敗現已成時間問題 華北上海迅速行動使華軍震駭	號外頭條
10	1937 年 10 月 8 日	日軍追擊愈出愈迅濟南太原二城告急	號外
11	1937 年 10 月 8 日	日軍猛擊太原	號外
12	1937 年 10 月 9 日	日軍肉迫正定城遂攻略高飄日旗	頭版頭條
13	1937 年 10 月 9 日	日軍佔領崞縣城現掃蕩城內殘敵 晉軍因日軍追擊已成一大動搖	頭版
14	1937 年 10 月 9 日	華軍據石家莊堅壘仍疑掙扎挽回頹勢 日軍將對太原石家莊濟南加猛攻	號外頭條
15	1937 年 10 月 9 日	南進平漢線西部日軍殲滅敵部迫石家莊 現隔滹沱河相峙石家莊敵陣	號外
16	1937 年 10 月 10 日	察作戰軍猛力進擊確保平魯入城 華民眾感激歡迎皇軍	頭版

〔註 4〕本表作者根據 1937 年 10 月 7 日到 11 日《盛京時報》晨、晚刊（號外）對戰況和戰局報導總結形成。

17	1937 年 10 月 10 日	經衝鋒擊滅共軍完全佔領崞縣城	頭版
18	1937 年 10 月 10 日	在獲鹿安平等轟炸掃蕩敗殘兵	頭版
19	1937 年 10 月 10 日	日軍對峙二十萬大軍一大決戰現已迫及 平漢戰線最後戰機醞釀	號外頭條
20	1937 年 10 月 10 日	敵軍總指揮孫連仲程潛亦赴前線視察	號外
21	1937 年 10 月 10 日	掃蕩城內敗殘兵日軍主力入正定城	號外
22	1937 年 10 月 11 日	日軍強行渡河滹沱河猛擊石家莊敵陣 彼我炮聲殷殷震動暗夜	頭版頭條
23	1937 年 10 月 11 日	隔斷敵軍之退路同時炸破二鐵橋	頭版
24	1937 年 10 月 11 日	日軍捷足三部隊確保涼城寧遠	頭版
25	1937 年 10 月 11 日	日軍進入石家莊該陣地陷落在邇 皇軍各部隊踊躍開始猛攻	號外頭條
26	1937 年 10 月 11 日	佔領前線王母村陣地天津軍司令部發表敵軍 亂竄向南方潰走中	號外
27	1937 年 10 月 11 日	戰雲彌漫滹沱河畔	號外
28	1937 年 10 月 11 日	完全佔據崞縣矣日軍繳獲品極多	號外

附錄 5　1937 年 10 月 6 日到 11 日《盛京時報》報導「奉天足球大會」標題 〔註 5〕

序號	時　間	標　題	版面位置
1	1937 年 10 月 6 日	第二屆全奉天足球大會今日午後三時開幕	號外
2	1937 年 10 月 7 日	天晴日麗秋風送爽盛大舉行開幕	二版
3	1937 年 10 月 7 日 足球大會第一日	郵政竟遇勁敵市署能攻遂爾獲勝 雙方勢力相伯仲演空前白熱戰	號外
4	1937 年 10 月 7 日	東友奮戰一將負傷醫大車沉著乘機奏凱 兩軍勇猛善戰可稱棋逢對手	號外
5	1937 年 10 月 8 日足 球大會第二日	農科巧於聯絡初戰有利兩級勇猛最後成功 雙方選手堅強佈陣各盡精神	二版

〔註 5〕本表作者根據 1937 年 10 月 6 日到 11 日晨刊、晚刊（號外）《盛京時報》主辦「奉天足球大會」報導標題製作。

6	1937 年 10 月 8 日	維城今歲復遇舊敵功虧一簣敗於三中 全局不分勝負只延長戰失一著	二版
7	1937 年 10 月 8 日	於連綿細雨中展開激戰 報稅被罰非戰之罪滿鐵善守終操勝算 場中十足表現滿日協和之精神	號外
8	1937 年 10 月 8 日	省署善戰陣容欠整中銀以善聯絡致勝 雙方健將與細雨中演成持久戰	號外
9	1937 年 10 月 9 日 足球大會第三日	滿中屢出奇兵制勝一工勢孤雖敗亦榮 兩對衝鋒肉迫互成危機者再	二版
10	1937 年 10 月 9 日	奉師二工勢均力敵不分勝負入延長戰 奉師雖難一再被罰終未受何挫折	二版
11	1937 年 10 月 9 日	鐵工戰士攻守接佳中銀雖健竟輸一籌 兩隊酣戰初成均勢後乃稍異	號外
12	1937 年 10 月 9 日	聯合勇士能爭慣戰市署力拒失機敗北 一方待機得逞一方乘勝餘威	號外
13	1937 年 10 月 10 日 足球大會準決賽	秋陽皓皓，展開激戰 二中屢次奇襲肉迫一中獨立難支慘敗	二版
14	1937 年 10 月 10 日	滿中占三宜而未得利奉師出交鋒即棄權	二版
15	1937 年 10 月 10 日	兩級乘狂風猛攻肉迫商科屢挽危局卒敗	二版
16	1937 年 10 月 10 日	滿鐵因遇勁敵落後鐵工以多健將致勝	號外
17	1937 年 10 月 10 日	聯合善戰限於時間醫大能攻終獲勝利 雙方在暮色蒼茫中演成激烈戰	號外
18	1937 年 10 月 11 日 足球大會決賽	決賽佳期各選手興奮授獎優勝當場舉行 前往參加人士呈空前盛況	二版
19	1937 年 10 月 11 日	兩級奮戰有勝無敗得初級部錦標	二版
20	1937 年 10 月 11 日	高級部優勝滿中獲得二比零兩級隊慘敗	二版
21	1937 年 10 月 11 日	本社社長親自授予優勝旗及獎品 優勝者為兩級、滿中、鐵工 準優勝者二中、兩級、醫大	號外
22	1937 年 10 月 11 日	天氣晴朗風暖佳日難得參觀踴躍竟逾萬人	號外
23	1937 年 10 月 11 日	滿中猛戰復善於聯絡竟得高級部錦標	號外

附錄 6：1939 年《盛京時報》對「觀光旅行」內容的報導〔註 6〕

序號	時　間	形　式	內　容
1	1939 年 7 月 2 日	記者手記	大興安嶺高原地區滿洲西部巡禮（不少於 12 篇連載）
2	1939 年 7 月 3 日	報導	國境戰地風景素描
3	1939 年 7 月 2 日	報導	華北日軍佔領地巡禮
4	1939 年 7 月 5 日開始	報導	滿洲古蹟系列（副刊「世界珍聞及其他」超過 20 篇以上不定期發表）
5	1939 年 7 月 15 日開始	記錄	滿洲觀光事業之滿洲古蹟、古物、名勝、天然紀念物（副刊神皋雜俎連載超過 30 篇）
6	1939 年 7 月 16 日開始	記者手記	新戰場觀察記（多篇連載）
7	1939 年 7 月 16 日開始	論文	論觀光事業（副刊神皋雜俎連載多篇）
8	1939 年 7 月 18 日開始	記者手記	滿領外蒙西部國境戰野從征記（15 篇以上連載）
9	1939 年 7 月 18 日開始	記者手記	黑河行散記（10 篇以上連載）
10	1939 年 8 月 8 日	報導	滿洲觀光事業之重要性謀觀光機關擴充（副刊「經濟與產業」）
11	1939 年 8 月 9 日	報導	太陽島素描（濱江特刊）
12	1939 年 8 月 10 日	遊記	鳳凰山之遊（副刊神皋雜俎）
13	1939 年 8 月 16 開始	作文	日滿作文使節選文激勵少年義勇隊書瀚（超過三篇連載）
14	1939 年 8 月 19 日	報導	開發資源（為開發滿洲秘密境地大興安嶺）滿鐵第三次派遣調查隊
15	1939 年 8 月 26 日開始	報導	錦熱蒙地解說（多篇連載）
16	1939 年 8 月 31 日	記者手記	國境戰場風景線（多篇連載）
17	1939 年 9 月 5 日開始	遊記	池靈境探勝記（副刊神皋雜俎）
18	1939 年 9 月 15 日	報導	小興安嶺風光明媚地域計劃建國立公園

〔註 6〕 本表本文作者根據 1939 年 7 月到 12 月《盛京時報》內容製作

19	1935 年 9 月 2 日開始	報導	梅輯線之經濟意義（副刊「經濟與產業」連載 10 篇以上）
20	1939 年 9 月 25 日	記者手記	梅輯線行記（多篇連載）
21	1939 年 9 月 29 日	報導 2 篇	「觀光滿洲」論文當選發表 滿洲觀光聯盟野間口理事長談
22	1939 年 9 月 30 日開始	遊記	長白山遊記（「另外一頁」副刊多篇連載）
23	1939 年 10 月 14 日開始	遊記	東郊訪古記（副刊神皋雜俎金小天作超過 88 篇連載）
24	1939 年 10 月 17 日	報導	奉天東陵之農事建設（副刊經濟與產業）
25	1939 年 10 月 21 日左右	遊記	長白鄉土瑣記（副刊另外一頁多篇連載）
26	1939 年 10 月 5 日開始	論文	滿洲觀光事業發展策滿洲觀光應募論文前三名發表（共計不少於 27 篇連載）
27	1939 年 11 月 21 日開始到 12 月 8 日結束	遊記	奉吉錦熱十一月觀光行（16 篇連載）

附錄 7：1922 年「日本國際觀光局」在各地分局及案內所 [註 7]

序號	城市	所在地	序號	城市	所在地
1	東京	本局東京車站內 出割案內所東京車站內	8	大連	分局南滿洲鐵道會社
2	橫濱	案內所山下町七九	9	青島	分局
3	神戶	出割案內所海岸通一丁目二	10	奉天	案內所耶麻德飯店
4	下關	案內所山陽飯店	11	長春	案內所長春車站
5	長崎	出割案內所大浦四	12	哈爾濱	案內所滿鐵哈爾濱運輸營業所內
6	釜山	案內所釜山車站	13	北京	案內所王府井大街

〔註 7〕《遊覽日本旅客指南》，日本鐵道省，大正十一年一月，第 17 頁。

附錄 8：1939 年《盛京時報》以「歲末同情周間」 活動的相關報導〔註 8〕

序號	時　　間	版　　面	標　　題	地　點
1	1939 年 11 月 23 日	晚刊二版	亙七日全市實施歲末同情周間	奉天
2	1939 年 11 月 24 日	晨刊五版	邁進社會救濟事業十字會設施診所施療	黑山
3	1939 年 11 月 24 日	晨刊五版	廣濟慈善會開始放粥紅十會下月一日亦放	吉林
4	1939 年 11 月 25 日	晚刊二版	歲暮同情周實施在邇開始調查個貧戶	奉天
5	1939 年 11 月 25 日	晨刊五版	賑濟災黎演義團博施濟聚集腋成裘	海城
6	1939 年 11 月 25 日	晨刊五版	國立癩病療養所明春開始收容	鐵嶺
7	1939 年 11 月 25 日	晨刊五版	救濟西南水災冬賑籌備完畢	鐵嶺
8	1939 年 11 月 26 日	晨刊二版	滿赤劃期施療施藥實施百萬人救濟策	新京專電
9	1939 年 11 月 26 日	晨刊五版	歲末同情周吉市舉行各事項	吉林
10	1939 年 11 月 28 日	晨刊五版	慈善總會救濟貧民決定來月一日開始施粥	哈爾濱
11	1939 年 11 月 29 日	晚刊新京特刊	下月一日設立粥鍋五處約有五千餘口領粥票業已配給	
12	1939 年 11 月 29 日	晨刊頭版論說	醫藥施療與國際防疫	
13	1939 年 12 月 1 日	晨刊五版	歲末同情周間先行調查貧民	蓋平
14	1939 年 12 月 1 日	晨刊八版	紅十會大連分會施粥廠開辦有期	大連
15	1939 年 12 月 2 日	晨刊五版	通化官民協力施糧醫藥	通化
16	1939 年 12 月 2 日	晨刊五版	為救濟一般貧民舉行年末同情周	哈爾濱
17	1939 年 12 月 5 日	晚刊二版	歲末同情行事巡迴指示辦法	奉天

〔註 8〕本表作者根據 1939 年 11 月到 12 月之間《盛京時報》內容製作。

18	1939 年 12 月 6 日	晨刊二版	第五回歲末同情周間實施行事決定	奉天
19	1939 年 12 月 7 日	晨刊五版	歲末同情周間廣行救濟貧民	海城
20	1939 年 12 月 8 日	晨刊新京特刊	首都歲末同情周間印發同情袋十萬枚諸大慈善家量力捐助	新京
21	1939 年 12 月 9 日	晚刊二版	歲末同情周間國都將自十五日募賑	新京
22	1939 年 12 月 9 日	晨刊五版	牡丹江年末同情周決自月之二十日起舉行	牡丹江
23	1939 年 12 月 9 日	晨刊五版	慨解義囊拯救街頭老婦匿名軍人義舉可風	齊齊哈爾
24	1939 年 12 月 10 日	晚刊二版	第五回歲暮同情募金在市屬演舊劇	奉天
25	1939 年 12 月 12 日	晨刊五版	救濟旱災官公署及各種團體協力發起募集義捐金	大連
26	1939 年 12 月 13 日	晨刊頭版論說	募集歲暮同情金	
27	1939 年 12 月 13 日	晨刊五版	為謀救濟貧苦民眾徹底調查貧困原因	哈爾濱
28	1939 年 12 月 14 日	晨刊二版	鄰保努力救護貧民並調查貧困者真相	奉天
29	1939 年 12 月 14 日	晨刊二版	省立救療所現已竣工舉行落成式（戒除鴉片）	奉天
30	1939 年 12 月 15 日	晨刊二版	同情周間自昨日開始施療演劇募賑	奉天
31	1939 年 12 月 15 日	晨刊五版	年末同情周擴大舉行演義務戲募欵	蓋平
32	1939 年 12 月 19 日	晨刊五版	劉信一道士誠善舉本冬爰例設立粥廠	鐵嶺
33	1939 年 12 月 20 日	晨刊二版	奉市滿映加盟電影院釀金救助貧民	奉天
34	1939 年 12 月 20 日	晨刊六版	十字會施粥	昌圖
35	1939 年 12 月 23 日	晨刊五版	赤十字分院舉行盛大落成式	普蘭店

附錄 9：1939 年《盛京時報》「歲末同情周間」期間 相關新聞標題〔註9〕

單　　位	新　聞　標　題
各地政府舉措	（通化）通化官民協力施糧醫藥
	（新京）下月一日設立粥鍋五處約有五千餘口領粥票業已配給
	（奉天）歲末同情行事巡迴指示辦法
	（哈爾濱）為謀救濟貧苦民眾徹底調查貧困原因
各種慈善機構舉措	（吉林）廣濟慈善會開始放粥紅十會下月一日亦放
	（哈爾濱）慈善總會救濟貧民決定來月一日開始施粥
	（黑山）邁進社會救濟事業十字會設施診所施療
	（大連）紅十會大連分會施粥廠開辦有期
	（奉天）省立救療所現已竣工舉行落成式（戒除鴉片）
	（昌圖）十字會施粥
	（普蘭店）赤十字分院舉行盛大落成式
廣大市民救濟活動	（齊齊哈爾）慨解義囊拯救街頭老婦匿名軍人義舉可風
	（鐵嶺）劉信一道士誠善舉本冬爰例設立粥廠
劇團、電影院義演	（海城）賑濟災黎演義團博施濟聚集腋成裘
	（奉天）同情周間自昨日開始施療演劇募賑
	（奉天）第五回歲暮同情募金在市屬演舊劇
	（蓋平）年末同情周擴大舉行演義務戲募欵
	（奉天）奉市滿映加盟電影院釀金救助貧民

〔註9〕作者根據 1939 年 11 月到 12 月《盛京時報》各版關於「歲末同情周間」相關
新聞標題總結製作。

附錄 10：1941 年 12 月《盛京時報》「社會福祉事業概觀」連載報導 [註10]

序號	時　間	版面	名　稱	標　題
1	1941 年 12 月 16 日	七版	紅十字會瀋陽恤養院	恤孤恤嬰恤嫠恤產恫瘝在抱慈善為懷
2	1941 年 12 月 17 日	七版	奉天育嬰堂	收容嬰兒施以教養創設卅載成績昭然
3	1941 年 12 月 18 日	七版	奉天同善堂	贍老育嬰濟良救產工廠病院造福躬黎
4	1941 年 12 月 19 日	七版	女子職業傳習所	養成女子獨立精神道德技藝兼修並進
5	1941 年 12 月 20 日	七版	奉天直隸會館	捨衣興學廣行善舉施療護妊成績尤昭

〔註10〕作者根據 1941 年 12 月 16 日到 20 日《盛京時報》第七版製作。

參考文獻

一、報刊、雜誌類

1. 《盛京時報》(影印版共 141 冊)。
2. 《大同報》(以下為膠片):
   《大北新報》
   《黑龍江民報》
   《國際協報》
   《濱江時報》
   《泰東日報》
   《民報》
3. 東北地區雜誌部分內容:《同軌》(瀋陽 1934.2～1943.9),《道慈雜誌》(瀋陽 1934.9～1936.12),《興仁季刊》(瀋陽 1934.12～1936.6)《文教月報》,(瀋陽 1935.8～1936.7)《新青年》(瀋陽 1935.10～1940.6),《商工月刊》(大連 1938.6～1943.7)《文選》(瀋陽 1939.12～1940.10),《大同文化》(大連 1935.4～1936.5),《滿洲公教月刊》(瀋陽 1940.1～1940.11),《明明》(撫順 1937.4～1938.3),《新滿洲》(長春 1939.6～1945.1)《麒麟》(長春 1941.6～1945.2),《新潮》(長春 1944.1～1944.2),《建國教育》(長春 1939.11～1944.11),《弘宣》(長春 1940.1～1944.5),《青年文化》(長春 1943.8～1945.2),《藝文志》(長春 1943.11～1944.10),《東方醫學雜誌》(瀋陽 1933.1～1939.9),《奉天教育》(瀋陽 1933.3～1940.1)。

二、著作類

中文

1. 蔣蕾,精神與抵抗:東北淪陷區報紙文學副刊的政治身份與文化身份——以《大同報》為樣本的歷史考察〔M〕,長春:吉林人民出版社,2014。
2. 劉曉麗,偽滿時期文學資料的整理與研究〔M〕,哈爾濱,北方文藝出版社,2017。

3. 張菊玲，幾回掩卷哭曹侯滿族文學論集〔M〕，瀋陽：遼寧民族出版社，2014。

4. 初國卿，偽滿洲國期刊彙編（一、二）〔M〕，北京：線裝書局出版社，2008。

5. 劉慧娟，東北淪陷時期文學作品與史料編年集成〔M〕，線裝書局出版社，2014。

6. 張毓茂，東北現代文學大系〔M〕，瀋陽：瀋陽出版社，1996。

7. 岡田英樹，偽滿洲國文學〔M〕，靳叢林，譯，長春：吉林大學出版社，2001。

8. 彭放，中國淪陷區文學研究〔M〕，黑龍江人民出版社，2007。

9. 王建中，白長青，董興泉，東北現代文學研究論文集〔M〕，瀋陽：遼寧大學出版社，1986。

10. 趙新言，倭寇對東北的新聞侵略〔M〕，重慶：東北問題研究社，1940。

11. 方漢奇，中國近代報刊史〔M〕，太原：山西人民出版社，1981。

12. 姜念東，偽滿洲國史〔M〕，長春：吉林人民出版社，1980。

13. 曾虛白，中國新聞史〔M〕，臺北：三民書局，1977。

14. 孫邦，偽滿文化〔M〕長春：吉林人民出版社，1993 年。

15. 常城，李鴻文，朱建華，現代東北史〔M〕，哈爾濱：黑龍江教育出版社，1985。

16. 鄭孝胥，滿洲建國溯源史略〔M〕，新京：（偽）滿洲國政府，1937。

17. 東亞同文會，對華回憶錄〔M〕，胡錫華，譯，北京：商務印書館，1959。

18. 溥儀，我的前半生〔M〕，北京：群眾出版社，1964。

19. 溥儀，溥儀日記全本〔M〕，天津人民出版社，2009。

20. 解學詩，偽滿洲國史新編〔M〕，北京：人民出版社，2008。

21. 李則芬，中日關係史〔M〕，臺北：臺灣中華書局，1970。

22. 宋志勇，田慶立，日本近現代對華關係史〔M〕，北京：世界知識出版社，2010。

23. 王野平，東北淪陷十四年教育史〔M〕，長春：吉林教育出版社，1989。

24. 齊紅深，東北地方教育史〔M〕，瀋陽：遼寧大學出版社，1991。

25. 齊紅深，日本對華教育侵略：對日本侵華教育的研究與批判〔M〕，北京：崑崙出版社，2005。

26. 王希亮，東北淪陷區殖民教育史〔M〕，哈爾濱：黑龍江人民出版社，2007。

27. 王鴻賓，東北教育通史〔M〕，瀋陽遼寧教育出版社，1992。

28. 楊家余，偽滿社會教育研究（1932～1945）〔M〕，北京：高等教育出版

社，2010。

29. 劉晶輝，民族、性別、階層：偽滿時期的「王道政治」〔M〕，北京：社會文獻出版社，2004。

30. 楊曉、楊颺，矛與盾——近代日本民族教育之管窺〔M〕，北京：知識產權出版社，2015。

31. 陳小沖，日本殖民統治臺灣五十年史〔M〕，北京：社會科學文獻出版社，2005。

32. 郭鐵椿、關捷，日本殖民統治大連四十年史〔M〕，北京：社會科學文獻出版社，2008。

33. 關捷，日本與中國近代歷史事件〔M〕，北京：社會科學文獻出版社，2006。

34. 顧明義，日本侵佔旅大四十年史〔M〕，瀋陽：遼寧人民出版社，1991。

35. 陳本善，日本侵略中國東北史〔M〕，長春：吉林大學出版社，1989。

36. 武強，日本侵華時期殖民教育政策〔M〕瀋陽：遼寧教育出版社，1994。

37. 李卓，日本近現代社會史〔M〕，北京：知識出版社，2010。

38. （美）康拉德·希諾考爾、大衛·勞瑞等，日本文明史〔M〕，北京：群言出版社，2008。

39. 萬峰，日本資本主義史研究〔M〕，長沙：湖南人民出版社，1984。

40. 呂萬和，簡明日本近代史〔M〕，天津：天津人民出版社，1984年。

41. 石鑑春，日本「滿洲移民」社會生活研究〔M〕，北京：高等教育出版社，2011。

42. 梁忠義，日本教育〔M〕，長春：吉林教育出版社，2000年。

43. 張經緯，近代日本的內外政策與東亞〔M〕，北京：中國社會科學出版社，2011。

44. 張洪祥，近代日本在中國的殖民統治〔M〕，天津：天津人民出版社，1996。

45. 越澤明（日）著、歐碩（譯），偽滿洲國首都規劃〔M〕，北京：社會科學文獻出版社，2011。

46. 楊家安、莫畏，偽滿時期長春城市規劃與建築研究〔M〕，長春：東北師範大學出版社，2008。

47. 曲曉範，近代東北城市的歷史變遷〔M〕，長春：東北師範大學出版社，2001。

48. 呂欽文，長春、偽滿洲國那些事〔M〕，長春：吉林出版集團有限責任公司，2015。

49. 王新英、崔殿堯、宋志強，長春建築尋蹤〔M〕，北京：清華大學出版社，2014。

50. 陳伯超，瀋陽城市建築圖說〔M〕北京：機械工業出版社，2011。

51. 陳伯超，瀋陽都市中的歷史建築匯錄〔M〕，南京：東南大學出版社，2010。

52. 李雅森著，粵南萬里行〔M〕，奉天：東亞書店，1941。

53. 愛德華·阿納特博士著，李雅森譯，滿蒙探秘四十年〔M〕，新京近澤書局印行，1944。

54. 王清海，冰城夏都歷史舊事〔M〕，哈爾濱：黑龍江人民出版社，2014。

55. 錢單士螯，葵卯施行記歸潛記〔M〕，長沙：湖南人民出版社，1981。

57. 杜格爾德·克里斯蒂著，張世尊，信丹娜譯，奉天三十年（1883～1913）杜德爾德·克里斯蒂的經歷與回憶〔M〕，武漢：湖北人民出版社2007。

58. 芥川龍之介（日）著，近代日本人中國遊記〔M〕，北京：中華書局，2007。

59. 夏目漱石（日）著，王成譯，滿韓漫遊〔M〕，北京：中華書局，2007。

60. 柯德士（德）著，王迎憲譯，最後的帝國：沉睡的和驚醒的「滿洲國」〔M〕，瀋陽：遼寧人民出版社，2013。

61. 魯思·本尼迪克特（美），南星越（譯），菊與刀〔M〕，海口：南海出版公司，2007。

62. 張宗文，東北地理大綱〔M〕，中華人地與圖學社，1933。

63. 巴兆祥，旅遊與城市發展〔M〕，上海：復旦大學出版社，2013。

64. 李文海等，近代中國災荒紀年〔M〕，長沙：湖南教育出版社，1990。

65. 何啟君，中國近代體育史〔M〕，北京：北京體育學院出版社，1989。

66. 常建華，中國社會歷史評論（第 7 卷）〔M〕，天津：天津古籍出版社，2006。

67. 徐濤，自行車與近代中國〔M〕，上海：上海人民出版社，2015。

68. 崔樂泉，中國奧林匹克運動通史〔M〕，青島：青島出版社，2008。

69. 張福德、崔永志，外國體育簡史〔M〕，海口：海南出版社，1997。

70. 陳掌諤體育漫談〔M〕，東南出版社，1948。

71. 克勞塞維茨，戰爭論（第一卷）〔M〕，商務印刷館，1982。

72. 董霖、佩萱著，法西斯組織與新意大利〔M〕，黎明書局，1932。

73. 劉宇紅，隱喻的多視角研究〔M〕，世界圖書出版公司，2011。

74. 薩義德，東方學〔M〕，王宇根譯，北京：生活·讀書·新知三聯書店，2007。

75. 薩義德，文化與帝國主義〔M〕，李琨譯，北京：生活·讀書·新知三聯書店，2003。

76. 劉海靜，抵抗與批判：薩義德後殖民文化理論研究〔M〕，北京：中央編譯出版社，2013。

77. 約翰·費斯克（美），楊全強（譯），解讀大眾文化〔M〕，南京：南京大

學出版社，2001。

78. 尼克·史蒂文森（英），王文斌（譯），認識媒介文化〔M〕，北京：商務印書館，2001。

79. 阿雷恩·鮑爾德溫（英）陶東風譯，文化研究導論〔M〕，北京：高等教育出版社，2004。

80. 西村真次（日），徐碧暉（譯）日本文化史概論〔M〕，北京：商務印書館，1936。

81. 內藤湖南（日），褚元熹、卞鐵堅（譯），日本文化史研究〔M〕，北京：商務印書館，1997。

82 約瑟夫·坎貝爾（美），千面英雄〔M〕，杭州：浙江人民出版社，2016。

83. 彭兆榮，人類學儀式的理論與實踐〔M〕，北京：民族出版社，2007。

84. 陳士部，法蘭克福學派批判理論的歷史演進〔M〕，合肥：安徽大學出版社，2010。

85. （臺灣）林誌宏，民國乃敵國也：政治文化轉型下的清遺民〔M〕，聯經出版事業有限公司，2009。

86. （臺灣）施玉森，日本侵略中國東北與偽滿傀儡政府機構，雛忠會館，2004。

日文

1. 中下正治，新聞にみる日中關係史：中國の日本人經營紙〔M〕，東京：研文出版，1996。

2. 菊池寬，滿鐵外史〔M〕，東京：原書房，1975。

3. 李相哲，滿州における日本人經營新聞の歷史〔M〕，東京：凱風社，2000。

4. 加瀨和俊，戰間期日本の新聞產業：經營事情と社論を中心に〔M〕，東京：東京大學社會科學研究所，2011。

5. 春原昭彥，日本新聞通史：紙面クロニクル〔M〕，東京：現代ジャーナリズム出版會，1974。

6. 滿洲弘報協會，《滿洲新聞通信》〔M〕，滿州弘報協會，1940。

7. 文教部文教年鑒編纂委員會，《滿洲文教年鑒》〔M〕，1933。

8. 岡野鑒記，民族協和の具現〔M〕，奉天：株式會社奉天大阪屋號書店，1943。

9. 米野豐實，移住のは栞滿洲招く〔M〕，大連：滿洲日日新聞社，，1936。

10. 佐田弘志郎，滿洲に於ける言論機關の現勢〔M〕，大連：南滿洲鐵道株式會社，1926。

11. 山口重次，民族協和の道〔M〕，大連：滿鐵社員會，1941。

12. 加納三郎：《滿洲文化のために》〔M〕，大連：作文發行所，1941。

13. 滿洲國の弘報行政〔M〕，國務院弘報處，1938。

14. 安岡正篤，滿蒙統治の王道的原則〔M〕，金雞學院，1932。

15. 中野江漢，王道講話〔M〕，偕成社，1938。

16. 岡村敬二，滿洲出版史〔M〕，東京：吉川弘文館，2012。

17. 森田久，滿洲の新聞統制〔M〕，新京，滿洲國通信社，1938。

18. 森田久，滿洲の新聞は如何に統制されつゝあるか〔M〕，滿洲弘報協會，1940。

19. 淺野虎三郎，大連市史（覆刻版）〔M〕，東京：原書房，1989。

20. 西原和海、川俣俊，滿洲國文化―中國東北時代〔M〕，東京都三底市新川，廿石沙譽房，2005。

21. 小野秀雄，日本新聞發達史〔M〕，東京：五月書房，1982。

英文

1. C. Walter Young.Chinese colonization and the development of Manchuria. The Institute of Pacific Relations〔M〕. 1929.

2. Manchuria Land of opportunities. South Manchuria railwaycompany〔M〕. 1924.

3. Manley O. Hudson. The verdict of the League: China and Japan in Manchuria.World Peace Foundation〔M〕.1933.

4. Louise Young. The Japan's Total Empire: Manchuria and the Culture of Wartime Imperialism〔M〕. California: University of California Press, 1999.

5. Potok C. Heroes for an Ordinary World: In Great Ideas Today〔M〕. Chicago: Encyclopedia Britannica, 1973.

三、論文類

中文

1. 蔣蕾，楊悦，以法律之名製造的「新聞樊籬」——對偽滿新聞統制的歷史考察〔J〕，社會科學戰線，2016（06）。

2. 楊曉，試析東北淪陷時期偽滿教育方針的殖民文化特徵〔J〕，教育科學，2012，28（05）。

3. 楊圓，徐冰，偽滿時期長春的都市消費空間——以百貨商店的出現及發展為中心〔J〕，文藝爭鳴，2017（02）。

4. 孫江，救贖宗教的困境——偽滿統治下的紅卍字會〔J〕，學術月刊，2013.45（08）。

5. 祝力新，近現代中日文學的交錯空間——兼論偽滿文壇日本文人的創作

〔J〕，東北師大學報（哲學社會科學版），2015（06）。

6. 陳秀武，「偽滿」建國思想與日本殖民地奴化構想〔J〕，東北師大學報（哲學社會科學版），2010（06）。

7. 楊家余，偽滿社會教育方針的演變及其實質〔J〕，河北師範大學學報（教育科學版），2010，12（09）。

8. 鄧海燕，鄧海濤，偽滿時期東北通俗期刊《麒麟》的文學研究綜述〔J〕，瀋陽師範大學學報（社會科學版），2015，39（06）。

9. 方豔華，試論偽滿祀孔典禮的墮落與變異——兼論「王道政治」的歷史命運〔J〕，遼寧師範大學學報（社會科學版），2007（06）。

10. 劉亦師，偽滿「新京」規劃思想來源研究——兼及城市規劃思想史探述〔J〕，城市規劃學刊，2015（04）。

11. 黃詩玉，論偽滿時期東北的特殊會社〔J〕，宜賓師專學報，1998（04）。

12. 王慶祥，偽滿時期日偽的邊境政策〔J〕，社會科學戰線，2004（02）。

13. 孫玉玲，偽滿特殊會社剖析〔J〕，社會科學戰線，1995（06）。

14. 馮靜，殖民權力場域與東北現代文學話語建構——以《盛京時報》文藝副刊為考察中心〔J〕，社會科學輯刊，2016（06）。

15. 王志剛，日本對西安事變的觀點和反應——根據《盛京時報》新聞報導所作的分析〔J〕，抗日戰爭研究，2012（03）。

16. 程麗紅，葉彤，日本侵華新聞事業的先鋒分子——《盛京時報》主筆菊池貞二初探〔J〕，東北史地，2011（03）。

17. 焦潤明，《盛京時報》廣告所見日本對東北的奴化與掠奪〔J〕，社會科學戰線，2007（01）。

18. 宋海燕，《盛京時報》近代小說概況〔J〕，明清小說研究，2006（03）。

19. 王曉嵐，戴建兵，《盛京時報》關於七七事變報導研究〔J〕，抗日戰爭研究，2005（03）。

20. 劉威，偽滿建國初期的建築文化變遷——以《滿洲建築雜誌》為中心〔J〕，史學集刊，2011（06）。

21. 呂元明，論偽滿的文化〔J〕，學習與探索，1979（05）。

22. 梁德學，近代日本人在華中文報紙的殖民話語與「他者」敘事——以《盛京時報》《泰東日報》的偽滿洲國「建國」報導為例〔J〕，新聞大學，2017（03）。

23. 李力研，日本體育就是日本體育——對日本體育現象的一點看法〔J〕，體育文化導刊，2003（10）。

24. 肖煥禹，近代中日兩國學校體育的回顧與反思〔J〕，上海體育學院學報，1999（2）。

25. （美）蘭斯・斯特拉特著，胡菊蘭譯，英雄與／作為傳播〔J〕，上海大學學報，2016（6）。

26. 張羽，日本在臺灣和東北淪陷區殖民文化政策的比較研究〔C〕，紀念抗日戰爭勝利60週年暨臺灣建省120週年學術研討會，2005。

27. 劉曉麗，從《麒麟》雜誌看東北淪陷時期的通俗文學〔J〕，中國現代文學研究叢刊，2005（3）。

28. 姜飛，殖民話語的特性分析〔J〕，學習與實踐，2006（7）。

29. 詹麗，殖民語境下的另類表述——兼論偽滿洲國通俗小說的五種類型〔J〕，現代中文學刊，2015（6）。

英文

1. Lynteris, Christos. Epidemics as Events and as Crises: Comparing Two Plague Outbreaks in Manchuria (1910～11 and 1920～21). Cambridge Anthropology. 2014 (32).

2. Kari Shepherdson-Scott.Conflicting Politics and Contesting Borders: Exhibiting (Japanese) Manchuria at the Chicago World's Fair, 1933～34. The Journal of Asian Studies. 2015 (3).

3. BP Yan. On the Forming and Development about Logos of the Culture of Mainland in Great Dalian.Journal of Dalian University. 2003.

4. Victor Zatsepine.Divided loyalties: Russian emigrés inJapanese-occupied Manchuria.History and Anthropology. 2017 (28).

日文

1. 包寶海，「ガーダー・メイレン蜂起」に関する一考察：『盛京時報』、『東三省民報』を中心に〔C〕，日本モンゴル學會紀要，2016（46）。

2. 平石淑子，二十世紀初頭の中國東北地區における文學狀況について：『盛京時報』を中心に〔J〕，お茶の水女子大學中國文學會報，2015（34）。

3. 華京碩，滿洲における初期の新聞：『遠東報』と『盛京時報』の經營を中心に（古賀和則教授舟橋和夫教授小椋博教授退職記念號）〔C〕，龍谷大學社會學部紀要，2015（46）。

4. 張永芳，王金城，馮濤《盛京時報》近代小說簡目，清末小說，2009（32）。

5. 華京碩，佐原篤介と滿鐵子會社時期の『盛京時報』〔C〕，龍谷大學大學院研究紀要2013，（20）。

6. 村田裕子，滿州文人の軌跡——穆儒丐と「盛京時報」文芸欄〔J〕，Journal of Oriental studies，1989（61）。

7. 張楓，大連における泰東日報の經營動向と新聞論調：中國人社會との關係を中心に》〔A〕，加瀨和俊，戰間期日本の新聞產業：經營事情と

社論を中心に〔C〕，東京：東京大學社會科學研究所，2011。

四、學位論文

1. 蔣蕾，精神抵抗：東北淪陷區報紙文學副刊的政治身份與文化身份——以《大同報》為樣本的歷史考察〔D〕，吉林大學，2008。

2. 劉曉麗，1939～1945 年東北地區文學期刊研究〔D〕，華東師範大學，2005。

3. 涂明華，《盛京時報》的社論研究——從九一八事變到七七事變，清華大學，2010。

4. 葉彤，傲慢與欺騙：日偽時期《盛京時報》言論研究（1931～1944），中國傳媒大學，2015。

5. 趙建明，近代遼寧報業研究（1899～1949），吉林大學，2010。

6. 詹麗，東北淪陷時期通俗小說研究〔D〕，吉林大學，2012。

五、年鑒、檔案、地方文史資料

1. 吉林省圖書館，滿洲國現勢：影印本〔M〕，桂林：廣西師範大學出版社，2013。

2. 滿洲日日新聞社，滿洲年鑒：昭和十一年〔M〕，新京，1936。

3. 遼寧新聞志（報紙部分）編寫組，遼寧新聞志資料選編〔G〕，瀋陽：遼寧省地方志辦公室，1990。

4. 遼寧省地方志編纂委員會辦公室，遼寧省志·報業志〔M〕，瀋陽：遼寧科學技術出版社，1999。

5. 遼寧省地方志編纂委員會辦公室，遼寧省志·文化志〔M〕，瀋陽：遼寧科學技術出版社，1999。

6. 陳志堅，遼寧文史資料選輯（第 45 輯）紅十字光彩〔M〕，瀋陽：遼寧人民出版社，1997。

7. 瀋陽市民政局地方志編纂辦公室編，瀋陽民政志〔M〕，遼寧教育出版社，1987 年版。

8. 中共黑龍江省委黨史工作室主編，黑龍江黨史資料第 9 輯〔M〕，1987年版。

9. 吉林省地方志編撰委員會，吉林省志·體育志〔M〕，長春：吉林人民出版社，2003。

10. 吉林省體育總會等編，吉林體育百年全見〔M〕，長春：吉林人民出版社，1994。

11. 大連市史志辦公室，大連市志·體育志〔M〕，大連：大連出版社，2000。

12. 大連市體育運動委員會，大連體育 50 年〔M〕，大連：大連出版社，1999。

13. 大連日報社，大連報史資料〔M〕，大連：大連日報社，1989。

14. 大連市史志辦公室，大連市志·報業志〔M〕，大連：大連出版社，1998。

15. 金毓黻，奉天通志：影印本〔M〕，瀋陽：遼海出版社，2003。

16. 王瓊主編，通遼市志〔M〕，北京：方志出版社，2002。

17. 大連市史志辦公室編，大連市志·旅遊志〔M〕，北京：中國旅遊出版社，2006。

18. 哈爾濱地方志編輯委員會，哈爾濱市志·外事、對外經濟貿易、旅遊〔M〕，哈爾濱：黑龍江人民出版社，1998。

19. 姚義田編，遼寧省考古學文獻目錄〔M〕，遼寧省博物館、遼寧省考古研究所，1986。

20. 武強，東北淪陷十四年教育史料（第一二輯）〔M〕，長春：吉林教育出版社，1989。

21. 中國現代史料編輯委員會，抗戰中的中國文化教育〔M〕，中國現代史資料編輯委員會出版，1957。

22. 黑龍江社科院與遼寧社科院合編，東北文學研究史料〔M〕，哈爾濱文學院，1987。

23. 成都體育學院體育史研究所，中國近代體育史料〔M〕，四川教育出版社，1988。

六、日本外務省檔案資料

1. 「JACAR（アジア歴史資料センター）RefB02031065200 外国新聞、雑誌ニ関スル調査雑件／新聞調査報告（定期調査関係），第五卷（A-3-5-0-3_1_005）（外務省外交史料館）」。

2. 「JACAR（アジア歴史資料センター）RefB02031198500、南満州鐵道附属地行政権并司法権ニ関スル雑件，第一卷（A-4-4-0-1_001）（外務省外交史料館）」。

3. 「JACAR（アジア歴史資料センター）Ref.B02130835000、外国に於ける新聞，昭和 7 年版（上卷）／（満州及支那の部、附大連、香港）（情35）（外務省外交史料館）」。

4. 「JACAR（アジア歴史資料センター）Ref.B03040617300、新聞雑誌操縱関係雑纂／秦東日報（1-3-1-1_38_001）（外務省外交史料館）」。

5. 「JACAR（アジア歴史資料センター）Ref.B03040881000、新聞雑誌ニ関スル調査雑件／支那ノ部，第一卷（1-3-2-46_1_4_001）（外務省外交史料館）」。

6. 「JACAR（アジア歴史資料センター）Ref.B13080922700、各国ニ於ケル出版法規并出版物取締関係雑件（N-2-2-0-5）（外務省外交史料館）」。

七、網絡資源利用

1. 亞洲歷史資料中心。

2. 滿洲寫真館。

3. 現代中國研究資料庫。

4. 近代史數位資料庫。

5. Cadal 數字資源。

6. 日本國立國會圖書館。

7. 日本國際觀光局滿洲支部編纂，滿支旅行年鑒，昭和 15 年。

8. 日本國際觀光局滿洲支部編纂，滿支旅行年鑒，昭和 16 年。

9. 遊覽日本旅客指南，日本鐵道省，大正十一年一月。

後　記

　　丁香花開放的季節，迎來的是吉林大學的畢業季。畢業的故事裏，除了鮮花、眼淚、收穫之外，還有滿滿的都是回憶。

　　回憶起 2014 年 3 月，我考取吉大文學院文學傳播與媒介文化方向博士，至今整整四年。博士四年的學習生涯，每一天都過的充實而生動。有整整兩年的時間，我一頭紮進吉林大學圖書館、吉林省圖、長春市圖、哈爾濱市圖等地圖書館，翻看相關報紙文獻，並在吉林省檔案館、黑龍江省檔案館、遼寧省圖書館及吉林省社科院圖書館等地查找、翻閱中、日文相關資料，瞭解偽滿時期東北地區當時政治、文化等相關內容。來當時查閱資料的過程是相當艱辛考驗耐力的過程，但我堅持下來了，正是因為每天大量翻看報紙和資料，使我發現了《盛京時報》在偽滿時期「主辦事業」這樣的問題，因而最終成為我博士論文選題。

　　博上四年的學習生涯，滿滿地記錄的是導師蔣蕾教授對我的悉心教導和指點。導師為了讓我和師兄師妹們對偽滿時期歷史、政治、社會生活有深入瞭解，曾經設立專門的討論會，定期舉辦小型討論，在一次次地面紅耳赤的探討中，我的研究內容不斷在擴充和深入。

　　除了討論會，蔣蕾老師曾多次帶我們實地考察偽滿歷史遺跡和建築。我記得第一次去考察長春的偽滿建築，是 2016 年的盛夏，那一天氣溫高達 30 度，導師帶著我、梁師兄、詩戈大哥和師妹陳曦一起去走長春的「老建築」，我們興奮地像個小孩兒，一路說個不停。我們邊聽老師講解每一棟建築的來歷，邊拿著相機認真拍攝。2017 年 5 月，導師和我們又去了大連和瀋陽，參觀旅順博物館等地，在瀋陽我第一次見到李正中先生，聽他講當年記憶裏的人和事兒。

感謝導師蔣蕾教授對我多年的教導，這篇十四萬五千字博士論文凝結了您對我培養和期望；感謝您指引我進入偽滿媒介文化研究的學術陣營，讓我在幾年的時間聽過幾十場學術報告，有機會和美國哈佛大學費正清亞太研究所薛龍教授、加拿大諾爾曼教授等國際媒介文化研究學者進行面對面交流和學習，開闊視野，提高研究水平；感謝您在四年的博士學習中，讓我多次參加國內外媒介文化、新聞史等方向學術論壇，發表《殖民文化形態的呈現與表述——以〈盛京時報〉「盛京賞」為視角的研究》、《李芙蓉與其主辦的〈盛京時報·婦女週刊〉》等文章。

感謝我的師兄梁德學，在博士四年學習中，和你的探討、爭論、研究、考察，都成為博士學習中的重要組成部分；感謝師妹陳曦，在吉大圖書館查找資料和撰寫論文期間，有你的默默陪伴，一起找資料、寫論文，吃中午飯，才能使每個平淡日子變得充盈；感謝師兄詩戈大哥，我們一起參觀展覽、查找資料，討論問題，成為博士四年最開心的往事。

另外，在四年的學習生活中，感謝偽滿皇宮博物院王志強、趙繼敏院長給我們提供的學術交流平臺；感謝華東師範大學劉曉麗教授、東北師範大學劉妍教授、東北師範大學曲曉範教授、吉林建築大學莫畏教授及長春理工大學王玉英副教授等各位老師對我的教導和支持。

感謝我的父母，在我讀博期間對我的關心和幫助，我在兒子八個月考上博士，孩子太小，我又需要讀書、做論文。都是老爸、老媽對我支持和鼓勵，悉心幫助我照顧兒子，解除我的後顧之憂，讓我能夠順利畢業。每每想到老父親在我兒子生病時候，早晨 5 點鐘起床掛號的一幕，不禁潸然淚下。感謝我的愛人對我的支持和理解，感謝兒子三平，在無數個想要放棄的日子，是你稚嫩的笑臉和甜甜的笑聲，像一輪小太陽一樣，帶給我無限的安慰。相信未來的日子我們一起會更好。

最後，感謝自己，感謝自己的執著與努力，在四年一千四百六十天中，翻爛了兩萬多版《盛京時報》，查找幾百蛛縮微膠片，記錄了十幾本筆記，閱讀上千冊中文圖書，上百本日文圖書和幾十本英文資料，製作幾十張圖表，撰寫了十四萬五千字博士論文。

記得年少時最喜歡許巍的歌《曾經的你》，曾夢想仗劍走天涯，看一看世界的繁華，年少的心總有些輕狂……走在勇往直前的路上，有難過也有精彩……

我們在路上，相信自己，始終向前……